[美] 梅瑞迪丝·顾思坦 著　胡绯 译

单身婚礼
The Singles

四川出版集团　四川文艺出版社

蕙的风，性灵的阅读

>>>目录>>> contents

婚礼之前

在贝看来，那几位单身宾客不光在白板上没个着落，在现实生活中也同样没个着落。有那么一小会儿，她满心希望地思忖着有那么一天，这群单身客人不再是座位表上的棘手人物。

准新娘贝丝·埃莉诺·埃文斯芳龄二十九岁，身形苗条，长着一头金红色的秀发，脸上点缀了几粒雀斑。众人依她的姓名缩写把她叫做“贝”。此刻贝正站在一块白板前面，这是早前她从103号公路边上的“塔吉特”店里买来的东西。

这样一块白板，人们通常会在大学的讲堂或汉普顿酒店行政会议室的墙上见到，但在九月末这个闷热潮湿的周四，在马里兰州历史悠久的埃利科特城里，贝却正在父母家中用这块白板给自己的婚礼计划收尾。要是说起今年秋天在“塔楼花园乡村俱乐部”举办的一桩桩庆典，贝的婚礼可算得上其中最奢华的一场呢。

贝已经花了一个多小时在白板上又涂又写，摆弄着一个个圆圈、方块、数字和人名。她这一番辛苦下来，那块白板仿佛在为一场橄榄球比赛布阵，要不然就像画了一道数学方程式，专等着马特·达蒙在《心灵捕手》里扮演的那位能人。其实这不过是一张婚宴座位表，眼下距离婚礼已经不到四十八个小时，到时候贝丝家的亲戚都会露面，她的最后一项任务就是在众人抵达之前排好婚宴的席次。

她伸手把一绺散开的鬈发捋到右耳后面，焦急地向前探了探身。白板上有三十个圆圈，每个圆圈里有个数字，圆圈上伸出的一条条蓝线仿佛车轮上的一根根辐条，线上标注着一对对宾客的名字。

“韦斯利表哥和他的太太凯蒂”，其中一条蓝线标注道。“爸爸的同事巴罗卡斯先生和他的妻子伊冯娜”，另一条蓝线则这么注明。“吉米·费和他的女伴”、“邻居罗德曼夫妇”、“艾德和伊莱恩·瑞安（会计师）”、“郑薇虹医生和她的丈夫（儿科医生）”。

白板的右上角则用鲜红色墨水和大写字母列了一串名字：“汉娜·马丁、罗勃·纳特利、南希·麦高文、薇琪·克利福德、乔·埃文斯。”

贝在这串名字上方标了几个字——“单身宾客”，用的是一模一样的红色字体。

在准备出席婚礼的亲朋中间，唯独这一群宾客打算不带伴参加，也只有他们的名字还没有排到座位表上。

眼下正赶上经济萧条，贝要是不让单身一族们带伴来参加婚礼，那原本也是行得通的，不过她还是希望每个客人都有选择的余地，结果这一群宾客偏偏决定独自前来，这点很让贝想不通。

单身时代的贝曾经对某些新娘颇为恼火，当时的贝缺个正式男友，所以那些新娘没请她带伴出席婚礼，于是贝发下了一个誓言：要是赶上她结婚，她一定要给每个人带伴的机会，不能逼着别人独自赴宴。

除了那几位“单身宾客”，绝大部分受邀的客人都接受了贝的好意；在贝看来，那几位单身宾客不光在白板上没个着落，在现实生活中也同样没个着落。

这群人中间有两个经常招惹是非，另外两个曾经让贝当众出过糗，还有一个女人与贝素不相识，那是新郎家的一位朋友，据说此人长期离群索居。

贝的婚礼策划师曾经为一位前总统的女儿操办过奢华的婚典，因此算得上有些名气。这位策划师仔仔细细地打量了贝邀请的宾客名单，接着说了一句话：“不管你请了些什么人，总免不了会撞上单身前来的宾客。”

“你得准备好应付宾客数目不成双的情形。”策划师第一次跟她会面时就说，“不管做什么样的计划，单身客人总是不搭调。”

贝伸出右手用手背抹了抹眉毛，她紧张的时候最爱做这个动作。准新娘又一头扎进了圆圈和蓝线里，这些东西让她记起几年前在法学院入学考试时遇上的那些难题。眼下还有五名客人没有安排妥当，她得把这些人都加到某一桌客人中间，但这五个人还偏偏有一些条条框框，他们能坐的桌子就只剩下了那么一小撮。就拿其中一个单身姑娘来讲，那女孩绝不能坐在她前任男友的附近，另一位单身客人则动不动就得罪人，这人绝不适合跟一板一眼的成年人坐在一起——其中也包括贝自己的家人。

贝正在胡思乱想着一堆名字和座位，突然听见母亲从她身后进了屋。

“还没打发掉这五个人哪？”贝的母亲唐娜·埃文斯问道。她长长地叹了口气，来到餐桌旁边陪着贝。

唐娜身穿一件灰色的无袖背心，胸口印着“breathe”七个字母，首尾两个小写字母“b”和“e”正好落在胸前那一对凸起的“樱桃”上。她身上的瑜伽裤跟背心配成一套，裤腿刚刚遮住膝盖，一头金色鬈发照着女儿的发色做了挑染，眼下被拢到脑后打了个结结实实的圆髻。

“把这些人随便填到空座上就完事了，宝贝，反正这群人一半的时间都会泡在舞池里。”唐娜说道。准新娘正一脸无助地望着母亲，一双手软绵绵地搭在腰间。

唐娜丧气地哼了一声，随即从女儿身边挤上前去，准备端详端详那个单身客人名单。

她眯着眼睛对着这些名字打量片刻，一把从桌上抓起一支记号笔在白板上草草涂写起来。新郎的兄弟和表亲旁边还有空着的蓝线，于是她写上了薇琪·克利福德和罗勃·纳特利的名字，接着又把汉娜·马丁的名字用极小的字写在了某个圆圈上方，那一桌是跟贝一起上法学院的朋友及其伴侣。

贝还没有来得及说那桌已经坐满了人，唐娜抢先开口说道："我们会多加一张椅子，婚礼筹办方可以想办法让八人席塞下九个人。"

唐娜又挪到白板的另一边，写下了最后两个单身客人的名字——乔·埃文斯和南希·麦高文，那一桌坐的是贝丝父亲的律所合伙人及其妻子。

这时贝的父亲理查德·埃文斯在隔壁屋里嚷了一声："我发誓，如果你们两个再在那块白板前多站五分钟，我就把它扔到外面的垃圾箱里去，让大家在婚礼上随便坐。"

贝沮丧地从白板前掉开了脸。

"就这样吧。"贝对母亲说，这时唐娜已经放下记号笔转身向厨房走去，她脚上的运动鞋在硬木地板上吱嘎作响。

"妈妈。"贝冲她叫道。

"怎么啦？"

“我肚子饿。”贝的声音很轻，唐娜差点没听清楚。

“那就吃点清淡的东西。”唐娜从隔壁房间尖声回答，“不许吃含钠盐的东西，那件婚纱可没法多塞一两赘肉，宝贝。”

贝又转过身，对着白板上方的那些名字瞄了最后一眼。她很开心自己的身边有了曼特，从此再也不用过那种无人做伴的日子，有那么一小会儿，她满心希望地思忖着这群单身客人——会不会有那么一天，汉娜、罗勃、南希、薇琪和乔不再是座位表上的棘手人物呢？

这时准新娘转念想到又要吃上一顿没盐没味的饭菜，不禁皱起了眉头，伸出手断然把单身客人的名单擦得干干净净。

汉娜：美丽时光

汤姆会亲口告诉汉娜，要是说起她一生中最难熬的那个晚上，其实也是他一生中最难熬的一夜——那是他离开的那天晚上。

“能跟你说实话吗？”道恩大声冲汉娜说着悄悄话，她右手上夹着的一支烟已经快要燃尽，左手握着一把发夹。

现在汉娜已经明白：道恩压根儿不是在征询她的意思。

汉娜与那位浑身熟女气质的首席伴娘一口气相处了几天，发觉道恩讲话时常常来一句戏剧性的开场白，声嘶力竭地喊上一句悄悄话：“能跟你说实话吗？”

这个问题跟道恩后面要讲的话难得有沾边的时候，道恩对说实话也极少有什么兴致。

“不是什么坏——事啦。”道恩发现了汉娜警觉的眼神，又开口接着说。她故意拖长了那个“坏”字，仿佛它有两个音节。“我只是觉得，趁着今天的事情还没有开始，你说不定想要多上点妆呢，其他女孩和我都涂了眼线。”道恩边说边把眼睛睁大给汉娜看，“我发现你压根儿不画眼线。我不清楚你能不能看出来，不过我们都有一双夺目的美眸，在照片上艳光四射。你天生就有一对美丽的蓝眼睛，宝贝，我只是不希望你在照片上黯淡无光。”

尽管汉娜的鼻子离道恩的嘴至少隔着两英尺，但道恩的呼吸颇有力道，汉娜没能躲过她呼出的一口气，那气息闻上去有尼古丁和凯撒沙拉的味道。道恩又吐出一口烟，汉娜不禁往后缩了缩，躲开那股令人作呕的帕尔玛干酪加“百乐门”香烟味。

汉娜不太习惯别人当着她的面吸烟，她的朋友们大多在几年前纽约市批准禁烟令的时候就已经戒了烟。她认识几个趁天气暖和去室外抽烟的家伙，这帮人在布鲁克林的一处屋顶天台和露台上吞云吐雾，但过了十一月之后，在室外抽烟可就实在让人受不了了。

汉娜为参加贝的婚礼来这里待了一阵子，跟一群南方人度过了一段时光，总算体会到生活在一个大力禁烟的城市是多么有福。有一拨从罗利[1]和达勒姆[2]过来的家伙马上就要跟贝攀上亲戚，这群人全是些肆无忌惮的烟鬼，其中甚至还有几位在“菲利普·莫里斯”烟草公司[3]工作。

道恩这么一个完美主义者竟然一点也不担心身上的衣服沾上烟味，倒是让汉娜多多少少有点吃惊，但汉娜转念又想，如果周围每件东西闻上去都有烟味，那衣服上的烟味恐怕也没什么要紧。人人身上都带着这股味，但看上去只有汉娜一人深受其扰。

道恩对着那支快要燃尽的香烟来了最后一口，逼得汉娜把身子往后靠，好躲开道恩喷出的烟。她们身处的这座塔楼颇为宽广，天花板也挺高，但道恩喷出的烟雾似乎充斥了每一个角落，在明亮的顶灯下渐渐聚成一朵朵云。

乡村俱乐部塔楼的顶层有两间相通的大屋，汉娜、道恩和贝的那些伴娘们在婚礼开始前都聚在这两间屋里收拾打扮。室外已经搭了一座用于婚宴的白色帐篷，婚礼则将在露天举行，地点设在帐篷旁边的草坪上。如果碰上下雨还有个备用方案——把人都撤到俱乐部的餐厅里举行一个简短的婚礼，不过这个方案只怕是派不上用场了。眼下正值九月，天气一派晴朗，暖和得连外套也用不着。

---

① 美国北卡罗来纳州的首府。

② 又译作德罕，美国北卡罗来纳州中北部城市。

③ 著名烟草公司，“万宝路”香烟的生产厂商。

这间坐落在安纳波利斯市[①]的乡村俱乐部位于切萨皮克湾[②]附近，仅向会员开放，拥有上百英亩开阔场，囊括了高尔夫、双向飞碟及其他种种富人喜爱的周末运动。此刻贝的伴娘们正忙着梳妆打扮，她们脚下的这座褐色砖块城堡历史悠久，正是俱乐部里最古老的建筑。该俱乐部因为这座新哥特式塔楼得了名——“塔楼花园乡村俱乐部”，对汉娜来说，那座楼看上去仿若从童话仙境里搬出来的建筑。高耸的圆柱形塔楼有着白色的墙面和彩色的玻璃窗，从楼里可以望见楼下那片精心修剪的绿色林木，用不了多久宾客们就会聚在那丛绿地上面。汉娜感觉自己成了“长发姑娘”[③]——这个比喻再恰当不过了，因为她正跟长发姑娘一样困在一座高塔里。如果要把眼下的处境拍成一部电影的话，那得挑一个冉冉上升的新星来扮演受困高塔的伴娘汉娜，演这角色的新星必须有些不足之处，但又颇为讨人喜欢——当惯了选角指导的汉娜不禁在心里指派起角色来。“能找个一线明星就更棒了，但得找一位以愁容闻名的人物。”她一边向窗外张望一边琢磨着，先暗自低语了一句“找克里斯汀·斯图尔特[④]吧”，随后却又改了主意：《暮光之城》

① 美国马里兰州首府。

② 位于美国大西洋海岸中部，为马里兰州和弗吉尼亚州三面环绕。

③ 出自格林童话，故事中的长发女孩被巫婆囚禁在森林中的一座高塔里，后与王子相遇。

④ 克里斯汀·斯图尔特（1990－）：美国女演员，代表作包括《暮光之城》。

里那些少男少女也许不太适合出演二十九岁的伴娘汉娜。“还是找艾米莉·布朗特吧”，汉娜暗自心道。

想也不用想，首席伴娘道恩的角色当然会由瑞茜·威瑟斯彭来演。道恩长着一张圆嘟嘟的脸蛋，一头金发剪成了波波头，看上去活力十足。她说话带着南方口音，发号施令的时候听上去尤其刺耳。汉娜还寻思了一会儿，揣摩瑞茜·威瑟斯彭是否乐意演一个烟鬼。

说起汉娜最钟爱的一个癖好，那便是做做白日梦，在梦里豪掷千金挑选角色。她在现实生活中只拍过独立电影，那些片子给主演开的薪水从未上过二十万美元。紧巴巴的预算逼得汉娜不得不使出浑身解数到处挖掘新秀，但她巴不得能有一部影片让她雇些明星出演，在片子里用上这几年来她迷上的一些明星。

眼下她离这个梦只有一步之遥。汉娜一上午都像着了魔一般不断查看自己的手机，盼着娜塔莉·波特曼的经纪人能发来点什么消息——什么消息都好，汉娜的职业生涯正攥在那人的手心里呢。

汉娜一直在劝说娜塔莉·波特曼接一部低成本的独立电影，在汉娜看来，该片的剧本足以赢个奥斯卡奖。如果娜塔莉签下了这部片，汉娜的职业生涯无疑便会从此改变。该片会一举招来全国的眼球，也招来一拨新的投资人，投给导演一些急需的资金，不消说，汉娜也会跟着涨点人气；娜塔莉·波特曼说不定会把这部片变成跟《阳光小美女》[①]一样低成本高回报的好片。

再说娜塔莉说不定真会接这部电影呢：她的经纪人觉得很有几分希望，娜塔莉本人已经读过剧本且颇为倾心，再说该片有个女导演，这一点也正中娜塔莉的心意。在她的经纪人转发给汉娜的电子邮件中，娜塔莉曾经夸奖该片的剧本“引人入胜”，只不过她的档期有点棘手。

“她已经定下来要给一部片子拍续集啦，有整整四个月抽不出空。”经纪人的年轻助理对汉娜说了这么一番话，两天后汉娜便奔上了Acela特快前来巴尔的摩参加贝的婚礼。汉娜打过去的缠人电话一律由这位助理应付，结果助理小姐倒变成了汉娜的内应，只要一打听到她老板那边有什么风吹草动，她便会立即给汉娜发个消息过来。

“只要娜塔莉能拨给我二十天，我这边就成啦。”汉娜曾经苦苦恳求过那位助理小姐，仿佛她能做得了什么主，“拍摄期间她怎么也得歇个二十天吧，我是说，在那部片子里，她扮演的角色有一半时间都不知道在哪儿，对吧？难道就一点停工的时间也没有吗？”

汉娜恨死了那些平庸无奇但财大气粗的超级英雄故事片，那些片不仅能拿下续集，还要活生生地毁掉她这部高质量的小片

---

① 一部获奥斯卡提名的喜剧片。

子。

“听着，她真的很想接你这部电影，我也知道他们正在努力想办法。”助理说。

“你觉得他们什么时候会给我个明确的答复？”汉娜一边回答一边团起四套内衣往行李箱的侧袋里塞，箱子里是她周末参加婚礼时要带去的行李。

“起码要到下周才会给你确切的答复，但也许我能在本周六打探到一点动静，周六那天老板要在自己家里办一场公司的大聚会，如果娜塔莉要接你这部片的话，我老板到时候一定会到处吹嘘，一有动静我就给你发短信。”

“多谢，多谢，实在是太感谢了！周六我要去参加一场婚宴，如果能签下娜塔莉·波特曼演个角色的话，我真希望能把我的朋友一个不漏地通知到，说不定再通知一两个前男友。”

“我完全理解。”助理小姐要多善解人意就有多善解人意。

周六的下午眼看着就快过去了，汉娜却连一条短信也没有见到，就连汉娜最亲密的好友薇琪也没有一点动静，她原本答应一抵达安纳波利斯就会跟汉娜说一声。

贝的婚礼策划师跟贝和伴娘们交代得很清楚，一旦进了塔楼穿好了礼服，那在婚礼之前都得老老实实地待在那儿。汉娜觉得，在她自个儿胡思乱想编出来的那部大手笔婚礼片里，这位婚礼策划师将由演过《甜心先生》和《儿女一箩筐》的邦尼·亨特来扮演。

塔楼顶层的大屋里摆着一台电视机、一套“韦奇伍德”牌蓝丝绒家具，还有一间超大浴室，里面装有两面穿衣镜。“想要找什么借口溜出去，那都是行不通的。”当时那位婚礼策划师一边说一边紧盯着汉娜，仿佛一眼就能看穿汉娜的心思。

婚礼策划师解释说，等到五点钟宾客们纷纷落座以后，姑娘们要一个接一个从旋转楼梯下来，一步步走出塔楼，挽上伴郎的胳膊（当然，贝要挽上父亲的胳膊），然后再沿着通道一路走过来——通道是一条曲折蜿蜒的石板路，它和庭院里的其他建筑一样历史悠久，也同样经人精心打理过。

婚礼还要一个小时才会开场，道恩却已经动手把自己的化妆品整齐地摆在大屋的茶几上面。她把化妆品安置得井井有条，汉娜不禁想起了牙医诊所里有条不紊的金属工具。那些美容用品按大小次序依次排开：细骨伶仃的眼线笔挨着一管睫毛膏，接下来是一盒腮红和一盒眼影。

汉娜不知道自己是否可以再拖上大约半个小时，晚一点才开始化妆。她已经穿上了礼服，但是她一心希望能把化妆时间往后拖，拖得越晚越好——到时候她们会把汉娜打扮得像个舞会皇后。她迈开脚步向一扇窗户走去，边走边猛揉后颈，顿时感觉到珍珠项链正活生生地勒进自己的脖子。她使劲拽了拽胸衣的透明肩带，那东西恰好勒在脖子后面，让人很不舒服。在汉娜穿过的内衣中间，这绝对算得上最繁琐的一件——为了出席这场婚礼，伴娘们一律得去定制一套带衬垫的内衣。汉娜眼睁睁看着其余伴娘自顾自轻松地穿上了特制胸衣，她自己却死活弄不明白不找人帮忙的话怎么穿上那件衣服。众人一进塔楼，贝和道恩就围住汉娜给她套上了那玩意，内衣带子在她的后背上交缠了两道，在脊柱上方用一枚尖角的金属夹别住。

“一定要勒得这么紧吗？”胸衣刚刚穿好，汉娜就向新娘发起了牢骚。

贝还没有来得及说话，道恩倒是抢先开了口，“只要松上那么一点点，你的衣服就会滑下来，宝贝！”道恩的语气颇为严厉，边说边不以为然地瞄了一眼汉娜的双峰，“你本来就快要兜不住了。”

受困塔楼的汉娜已经给罗勃打过两次电话，一心希望罗勃能帮她定定神：谁让她要应付那件胸衣，要走婚礼过道，还要挂心着娜塔莉·波特曼的事呢——她觉得时间拖得越晚，娜塔莉同意的可能性就越加渺茫。罗勃·纳特利原本不该缺席这场婚宴，他回复贝的邀请时还说非常乐意参加，眼下却连个影子也没有，活生生印证了众人对罗勃的看法——他就是个吊儿郎当、行事鲁莽的小子。汉娜原本还指望着罗勃能陪她熬过这个周末，但现在她只能把希望寄托到薇琪身上了，虽然薇琪这一阵子实在算不上一个可靠的后盾。

汉娜凝望着窗外，手中紧攥着自己的黑莓手机，低下头发现了一个未接电话。来电人正是罗勃。

她摁下回拨键，手机屏上随即亮起了罗勃的号码，汉娜顿觉胃里翻江倒海起来——这已经是她今天第三次打电话给罗勃了。这时她听见罗勃接起了电话，听筒里传来他的笑声，她的胃不禁又翻腾了一回。

“不许笑，我有事找你帮忙。”汉娜说悄悄话的声音不算小，害得道恩颇为不满地从沙发上瞄了她一眼，“拜托了，这边可有几个女生打算用眼线笔在我身上大动干戈呢。难道你就不能在最后关头马上赶一趟飞机飞过来吗？你来的话还能赶上个婚宴的尾巴。不管花多少路费，我都跟你分摊！”

“我确实很喜欢听你求我，但我帮不上你，亲爱的，眼下我不能离开奥斯汀。”罗勃顿了顿，接着若有所思地补了一句，“不是钱不钱的问题，今天莉兹有点不对劲，我不能把她孤零零留在家里不管。”

“那好，我晚点再打给你吧。”罗勃还没有来得及开口，汉娜便一把掐断了电话。她原本希望罗勃会改主意来参加婚礼，但眼下她的满心希望扑了个空，整个人顿时蔫了下来。

汉娜迈步从窗口走回道恩身旁，道恩的脸上刚刚扑了一层粉，看上去比她的肤色要暗几分。汉娜挨着首席伴娘坐了下来，时不时紧张兮兮地摁着黑莓手机上的按钮，每隔几秒就低头瞄上一眼手机屏，看看有没有错过罗勃的电话，也看看那位助理小姐有没有打过电话。

靠着眼角的余光，汉娜可以瞥到隔壁房间里的新娘：贝正在整理那件还挂在衣架上的婚纱。这是一套剪裁合体的无肩带婚纱裙，白得一尘不染，下身配有一条娇俏的曳地裙裾，好似一把扇子般张开，上身则配有扇贝状花纹，让汉娜不禁想起了美人鱼。贝在几个月前跟汉娜提过一桩糗事，她原本打算穿母亲的婚纱出嫁，那是一条式样简洁的A字型雪纺裙，已经被唐娜用服装袋套起来珍藏在衣橱里快三十年了，可惜贝试穿时却死活拉不上拉链。唐娜一直保持着一副4号身材，至于贝呢，尽管她在大学期间拼死拼活保持4号身材，眼下却已经安心过起了穿6号衣服的日子。

现在新娘只穿了一条白色蕾丝小可爱，一件无肩带胸衣，一条塑身连裤袜，那玩意害得她看上去仿佛矮了一英寸左右，尼龙袜拉得跟紧身连衫裤一样高，居然遮过了肚脐眼。贝的头发编成辫子扭了一个髻，汉娜觉得那发型不仅非常不舒服，还古板得有点不合时宜。

汉娜喜爱贝的红发，尤其当贝把一头秀发松松地披在肩上时，她的美发略显蓬乱，十分轻盈。汉娜想不通新娘们为什么总要弄个复杂的发型，把一头秀发别得纹丝不乱，这让汉娜想到守丧时见到的那些逝者，他们化着浓得过火的妆，就连他们最亲密的人也认不出来。

贝的身边簇拥着另外两位伴娘——杰姬和丽莎，她们和汉娜一样已经穿上了长长的黑礼服，一头秀发拉得笔直。这两位伴娘正商量着如何才能把贝塞进婚纱里，还要不划伤婚纱也不弄乱贝的公主发型。

“也许她该从下往上套。”伴娘丽莎为人颇为柔顺，她提议道。

“不行！”作风强硬的伴娘杰姬断然否决道，“如果从下往上套的话，贝有可能会踩到婚纱，就会把婚纱弄脏，还是从上往下穿的好。”

“出售婚纱的人告诉我要从下往上穿，”贝若有所思地说，“再说地板看上去干净得很，不过……也许杰姬没说错，我们还是从上往下套吧，慢点就是了。”

新娘正跟两位伴娘一起齐心协力地穿上婚纱，这边的汉娜却宁愿跟道恩待在一起。在汉娜看来，道恩只怕也要人帮把手才能穿上礼服。

道恩的礼服和其他伴娘的礼服有点不同，虽然都是高腰、低V领的黑色吊带露背装，但道恩那件在腰间打了一个华丽的结，背后还拖着一条娇俏的缎子裙裾。汉娜还从未见过首席伴娘和其他伴娘穿着不同的礼服，她不清楚这是南部的婚礼习俗还是最近流行的风潮，不过眼下除了闲聊没什么事可做，于是汉娜斗胆向道恩打听起了她的装束。

“我还不知道首席伴娘的礼服跟别人不一样呢，这是南方的习俗吗？以前我还从来没有见过。”

“在我的家乡，”道恩跟瑞茜·威瑟斯彭一般拖长腔调慢吞吞地说，“人们乐意见到首席伴娘有点与众不同的地方。”

“你是在哪里长大的？”汉娜盖不住自己话里的那股火药味。

“罗阿诺克。”道恩尖声回答。

“罗阿诺克在哪里？”话一出口，汉娜禁不住暗自后悔——谁都会觉得这种问题是不给人脸面。

“在弗吉尼亚州，从里士满过去大概只要两个小时。你上地理课的时候是不是在做白日梦，亲爱的？”

道恩的脸上闪过一抹笑容。

“我对地理还真是不在行。”汉娜立刻竭尽所能使出最温顺、最娇柔的口吻补救。她又看了看手机，先瞧了瞧有没有错过电话，接着查了查时间——眼下离婚礼开始还有不到半个小时。汉娜长长地舒了口气，抬起眼睛迎上道恩的目光，“道恩，我——我对化妆也很不在行，如果你想要帮我画眼线的话，那就听你的吧，毕竟你是行家。”

“我不单单算得上行家，亲爱的，我可是顶尖高手。”道恩边说边整理着身上的棕黄色束腰，那东西从大腿中部一直罩到了胸衣处，道恩却似乎一点也不在意，她在束腰外面只套了一件T恤，上面印有“柏油脚跟小姐”[①]几个字。

“等我帮你化完妆，”道恩接着说，“汤姆就会双膝跪地求你宽恕。”

一听到汤姆的名字，汉娜不由抽了一口冷气，把指关节捏得咔咔响。

① 柏油脚跟，又作焦油脚后跟，是北卡罗来纳州和北卡罗来纳州人的昵称。

“我可不希望汤姆跪地求饶，”汉娜的口吻毫无底气，声音突然发起了抖，“我不希望他再回到我的身边，我真的不在乎他怎么想，贝太把这件事当真了。”

汉娜说的这一通也不全是谎话。她与汤姆分手已经有两年半了，贝的婚礼将是二人分手后首度重逢，当汉娜遥想在婚礼上与汤姆相聚的一幕，她并不觉得自己会跟他甜甜蜜蜜地再度相爱，至少不可能立刻燃起爱火。

两人分手后的第一年，汉娜曾经一心渴望汤姆能够回心转意，但她的满腔爱意一步步变了味，开始一幕接一幕地幻想着如何一洗当年之仇，如何狠狠地拒绝汤姆，当她得知会在贝的婚礼上与汤姆再度重逢时，这些白日梦似乎有了成真的可能。到了那一天，满腔自信的汉娜将会盛装出场，身边围绕着一群她与汤姆的旧友，那群人都颇为怀念他们恋爱时的美好时光。

汉娜喜欢想象这样的一幕：在贝的婚宴上，汤姆从房间的另一头望见了她，顿时倾倒在她的一袭石榴裙下，正如大学三年级他们初遇之时。

汤姆会发现她已经不再挑染头发，她的一头秀发已然退成了悦目的巧克力色，总算变得跟她的两弯眉毛颇为登对；他还会发现她已经甩掉了毕业后长上的二十二磅赘肉，尽管汤姆对于分手的理由有着诸多说法，汉娜却认定那二十二磅才是害得汤姆离开她的罪魁祸首。那天她会满腔自信，让汤姆缴械投降；她会仪态万方，让汤姆俯首称臣。汤姆还会发现汉娜已经不再咬指甲了——说起汉娜的种种习惯，最让汤姆受不了的一个就是咬指甲。贝或薇琪会把风声漏给汤姆，告诉他汉娜已经进了一家著名的选角工作室，该工作室负责制作全国性广告和真正的电影。汉娜已经不再跟着手头紧巴巴的剧院混啦，也不用再为医院找演员拍摄治疗糖尿病的视频。

就在他们两人分手前不久，汤姆曾经告诉汉娜，替公司选角就是背叛她的原则——那种片子才不管什么趣味性，干吗花力气为它们选角呢？“你其实并不开心，”汤姆在他俩吵架的时候对她说，“连你自己也亲口说过，这就是一个用不上脑子的工作。”那一架整整吵了四天，最后吵得干脆分了手。

可是几年以后，当初那些破烂工作终于有了回报。汉娜在二十出头时曾结识过一帮年轻导演，当时那群人刚刚起家，靠着在破烂剧院里执导巡回音乐剧《史酷比》过日子，也靠着为大公司制作性骚扰培训视频挣钱，如今却都纷纷接手了像模像样的电影。这批人没有忘记汉娜，他们出于情义雇她干活，兑现了当年相识时对汉娜许下的承诺。

也就是这样，汉娜才接到了手上这部片子，她一心希望这部电影能为娜塔莉·波特曼量身定做，为她的星路添光。该片的导演曾在四年前与汉娜合作过一个地区性汽车广告，眼下这名女导演正在执导一部耗资六百万美元的电影。

汤姆错得一塌糊涂，正是当初那些破烂工作把她打造成了今天的汉娜，而汉娜一心希望自己在年近三十时就是这副模样。当年倒是有个人没有说错——那是罗勃。当时罗勃发过电子邮件给汉娜鼓劲，鼓励汉娜留在纽约撑下去。有一次他看到汉娜的一则作品，还发了封邮件来打趣她，那是第一条由汉娜选角、由美国影视演员协会会员出演的全国性电视广告。

“阁下为那则卫生棉条广告挑选的演员简直无可挑剔，”罗勃在简洁的电子邮件中写到，“我真心相信那名女士十分注意防漏，连我都不禁为她担惊受怕，此话绝对真心实意。恭喜你。”

汉娜给贝的婚礼设定了这样的一幕：她和汤姆在婚宴上隔着整个房间互相对望，始终不与对方攀谈。他们心知对方正留心着自己，但好戏要等到婚礼结束才会上演，这时汤姆会敲响汉娜所住的酒店房门，乞求与她重归于好。汤姆会收回他在搬出爱巢当晚说过的那些话——就在那一晚，汤姆告诉汉娜她将永远无法担当为人妻子的角色。现在他会亲口告诉她，当年离开纽约是他犯下的错，眼下他再也不觉得挨着家人住在波士顿附近是如此重要。他还会承认新英格兰太小太古板，他非常怀念当初和汉娜一起去东村[①]那些派头十足的餐馆进餐，怀念跟汉娜一起去看她那些朋友出演的外外百老汇剧目，尽管在他们同居的日子里，汤姆对这些事情除了抱怨还是抱怨。

汤姆会亲口告诉汉娜，要是说起她一生中最难熬的那个晚

① 纽约曼哈顿的一片街区。

上，其实也是他一生中最难熬的一夜——那是他离开的那天晚上。当时汤姆的姐姐从波士顿赶来把他的家当装到车上，准备帮他把家搬到北边去，而他几乎立刻意识到自己已经失去了生活的支柱，也失去了一生中最好的朋友。他会告诉汉娜他每天都在想着她，尤其是每晚沉入梦乡之前。

在这一幕白日梦中，汉娜决定让保罗·路德扮演汤姆的角色。尽管保罗·路德的年纪比汤姆大上十岁左右，但他的模样演个二十来岁的小生绰绰有余。只要是个跟汉娜年纪相仿的女人，只要她们曾经迷上过《独领风骚》一片，那她们就难以逃过保罗·路德的魅力，汉娜边想边统计着白日梦中的票房。

不管前来酒店房间的是汤姆还是保罗·路德（具体人选将视汉娜的白日梦版本而定），但只要汉娜一打开房间门，来人就会从门缝里探头进来，扭脸准备吻上汉娜的嘴唇，不过这时汉娜会伸出手撑在他的胸口上拦住他。

“太迟了。”汉娜用平淡的口气说道——或者说话的是艾米莉·布朗特，要不然便是克里斯汀·斯图尔特。

“别这么说。”汤姆（或保罗·路德扮演的角色）已经快要哽咽起来了。

要是遇上个好日子，汉娜会就此打住：她“咣当”一声关上酒店的房门，对方被拒之门外，白日梦也就此结束。但有些时候，汉娜会忍不住给自己再造出一个新男友来，此时这个新男友正在酒店的床上等着她，只不过汉娜想象中的新男友也同样由保罗·路德出演。这一点有点怪异，汉娜还没有想出解决的办法。

当然她也有管不住自己的时候，有时汉娜并不乐意干净利落地拒绝那个曾经抛弃她的大学男友，不愿意就此给白日梦画上一个句号。要是遇上这种时候，她会给这一幕加上个尾巴：她一把抓住汤姆的领带把他从门外拉进房间，在酒店的床上与他翻云覆雨，手里抓着枕头，嘴里呻吟不停。通常在这种时刻，汉娜想象中的对方都是汤姆本人，她觉得保罗·路德不太像抓着枕头呻吟的那种男人。

不管是让汤姆吃个闭门羹还是跟他缠绵一番，两种结尾都让汉娜觉得挺不错。在过去的几个月里，靠着在脑海中不停地重播白日梦，汉娜不仅能够轻松地沉入梦乡，还多了几分劲头为出席婚礼作节食和锻炼。

当然，就算减过了肥，今早又跟着伴娘团做了个贵得离谱的发型和美甲，汉娜却深觉自己及不上道恩，那位光彩照人的首席伴娘看上去就是一道风景。严格说来，道恩只不过是嫁给了贝在法学院的一位朋友，但贝从大学时代以来就跟朋友们亲如家人，道恩成了其中的一员。

现在贝成了一名律师，也变成了一名南方人。说起当年跟汉娜一起在雪城大学厮混的密友，贝算得上最为用功的一个，这个不爱开口的小姑娘实践了她与家人间心照不宣的承诺——她跟父亲一样成了一名律师，并在三十岁之前嫁了出去。本科毕业以后，贝只做过一个令人吃惊的决定，那就是决定嫁给曼特，这小子跟贝的家人完全两样，他是个举止粗鲁又感情用事的大嗓门，身上数得出不少毛病。

在入读北卡罗来纳大学教堂山分校法学院的第一年，贝就和曼特·费坠入了爱河。贝希望做一名遗产规划师，而曼特只要一通过律师资格考试就会进他家自己开的花岗岩制品公司当律师。要是贝嫁给了曼特，在婚后跟着男方姓（贝倒是有这种打算），贝就会变成贝·费，不过这一点似乎并没有让她有多烦心。

“贝又不是我的真名，”刚刚宣布了订婚的消息，贝就对汉娜说，“如果你还记得的话，我的名字叫做贝丝，所以婚后我应该叫做贝丝·费。”

“你听过有谁叫你贝丝吗？”汉娜在电话那头干巴巴地回答，“你真要改名叫贝·费？有谁会乐意聘请一位名叫贝·费的律师啊？听上去简直跟‘白费’差不多，拜托你别改姓好吗？”

“我打算用婚前的姓氏做中间名，就叫做贝丝·埃文斯·费，首字母缩写还是贝，只不过把埃莉诺换成了埃文斯。”

“哟，这个名字怎么听怎么傻，想想看——贝·费。”

“汉娜，拜托你留点口德好吗？”

“好吧。”汉娜边答应边把“贝·费”一词暗自嘟囔了一遍。

汉娜只在去年听贝提过几次道恩的名字，年纪轻轻的道恩嫁给了贝在法学院结识的一位朋友，因此听说贝把首席伴娘的殊荣给了道恩，汉娜不禁吃了一惊——道恩居然这么快就攻占了贝的芳心。

电话另一头的贝觉察到汉娜对道恩颇有微词，赶紧解释了一通：

“这是挑首席伴娘，又不是挑我最亲近的密友，汉娜。你知道你在我生活中扮演的角色比她重要，不过我得找个人来帮我料理首席伴娘的那些事务，比如买东西啦，组织新娘送礼会啦。搞那些繁杂的聚会压根儿不合你的胃口，可是道恩爱死这些东西了，她遇上这种事简直如鱼得水。”

“我不介意，贝，我也不是非要当你的首席伴娘，那些东西确实让我倒尽了胃口，不过杰姬怎么样呢？你和她可是青梅竹马的密友，她能受得了吗？”

“杰姬也烦透了这种东西，至少眼下她不乐意碰……杰姬现在单身了嘛。我就是没办法狠心让她主管我的婚礼细节，杰姬分手分得那么惨，如果还非要让她来操办别人的好日子，那似乎有点……太没有人情味了。再说你会发现那是道恩的拿手好戏，她干的就是这一行。”

没过多久汉娜就得知，道恩竟然真的以侍弄各种美服、造型和礼仪为业。这位来自罗阿诺克的女郎芳龄二十三岁，是一名专业选美教练，换句话说，她指导年轻女孩们参加选美比赛。一些想让宝贝女儿在比赛中力压群芳的家长会付给道恩数千美元，好让道恩给姑娘们指点选美的门道，教授选美的技巧。道恩教年轻女孩们如何打扮自己、如何走步，帮她们挑选所需的装束，从品位不俗的露胸比基尼一路挑到礼服。道恩跟女孩们一起挖掘选秀的那一套，就算那些女孩身上实在挖不出多少优秀的闪光点；她让女孩们谈自己的希望和梦想，因为不管参加哪个选美比赛，姑娘们迟早有一天要回答这些问题。

“千万不要提自己的政治观点，”道恩建议道，“别提什么世界和平。你们要选一个真真正正的说法，然后坚持下去不要改口，我建议大家找个跟动物或军人家属有关的说法，尤其在弗吉尼亚州。”

道恩从来没有上过大学。当她自己年纪太大无法参加选美比赛时，道恩就立刻着手建立了咨询业务，自己一个人单干。还不到二十岁，她已经挣够钱买了一辆米色的“福特远征”，还在上面挂了一块个性车牌“TRUBUTY”。

两个月前，汉娜与道恩在贝的告别单身派对上见了第一面，道恩对她说：“能跟你说实话吗？”

当时贝和她的伴娘们陆陆续续从东海岸的不同城市赶来，聚到大西洋城希尔顿酒店的大堂酒吧中，准备在那里欢庆一夜。汉娜自从在电话里听贝提起道恩的职业后就一心迷了进去，忍不住向道恩打听参加选美比赛的那些姑娘干吗需要专业人士的指导——心理治疗师倒是个例外。

“指导选美根本不是你想象的那副模样。”道恩装作没有留意到汉娜那些话里的挖苦劲儿，“你要从头到尾陪着这些女孩——我是说，好几个月好几个月地陪着她们。你就跟她们的妈妈一样，我发誓。你要跟她们一起做概念规划，要帮她们购物，要帮她们留心体重，要帮她们弄鞋子弄头发，还要训练她们的言谈技巧，你整个儿就是一位神仙教母。等到她们捧得桂冠，小姑娘一心一意就想要扑进你的怀里。”

“这么说来，你就是一个逼着女孩们减肥的神仙教母喽？”汉娜已经喝了两杯“雷司令”葡萄酒，她略带醉意地追问道恩，害得贝从桌子另一头向她抛来了一个警告的眼色。

“我不逼任何人减肥。”道恩沉着地回答，接着啜了一小口荧光马提尼，“大多数女孩子都希望以自己最美的形象示人，有些女孩压根儿不需要为了重要日子减肥，但有些女孩需要啊。”

汉娜点点头放过了道恩，向着酒店大堂的正门瞄了几眼，她正翘首等待着杰姬的到来——杰姬是贝在马里兰州念高中时最好的朋友。

倒不是说汉娜与杰姬有多熟，只是当汉娜第一眼见到道恩这位陌生的首席伴娘，见到她那一头金发、一身南方气息、一双胭脂色嘴唇和一对上了眼影的眼睛，她便立刻急不可耐地想要见到杰姬那深色的鬈发和苍白的皮肤。

汉娜上次见到杰姬是几年前的事情，当晚是贝二十五岁的生日派对，汉娜和杰姬时不时拿酒吧里所有人打趣。汉娜真心实意地喜欢杰姬，至少在喝得醉醺醺的时候确实如此。如果要挑个艺人扮演杰姬的话，汉娜会挑茱莉亚·史提尔，尽管茱莉亚长了一头金发，但她那副哑嗓子和笑起来的模样都跟杰姬差不多。

贝和杰姬自小就已经相识。在缅因州的夏令营里，她们睡上下铺睡了整整六年；在高中期间，她们一直搭档打网球双打；在高中毕业舞会上，她俩的舞伴是一对孪生兄弟——克里斯·沙纳罕和埃德·沙纳罕；在大学一年级她们失去童贞的时候，拨出去的第一个电话找的就是对方。

但随着年纪逼近而立，她们两人却愈加疏远，杰姬也因此没能保住首席伴娘的位置。就在去年，杰姬交往已久的男友凯文居然闹了几回极其出格的外遇，两人随即分了手，杰姬自此疏远了正沐浴在爱河中的密友们（换句话说，也就是贝），有时候甚至对她有点刻薄。

杰姬跟贝结识的时间最久，关系最亲密，但又多多少少闹得有点不和，于是贝在大西洋城的酒吧里把杰姬和凯文的孽缘跟其他伴娘交代了一通，好提前让众人对杰姬有几分了解——当时杰姬还没有抵达酒吧。

伴娘们纷纷探身越过鸡尾酒凑了上来，贝告诉众人："杰姬在大学里主修的是金融专业，现在专门负责调查公司欺诈。她所在的公司办公室设在纽约金融区的一栋高层建筑里，大公司的高管们雇佣该公司前去调查雇员滥用公司信用卡的行为。杰姬查出一些员工拿公司支付的美国运通卡账户替自己买单——他们修理了私人汽车，买了牛排大餐。靠着这一点，杰姬替客户挽回了上百万元的损失。有一次她还抓到一名高管从公司信用卡上提取了数千美元现金去给他家小孩交私立学校的学费。

“凯文和杰姬从大学时就是一对，他跟着杰姬搬到了纽约。两人相处得十分快活，杰姬一度认为他们终将修成正果，直到她发现了一件事：凯文不仅背着杰姬和她工作上结交的熟人劈腿，还背着杰姬用她的名字开了一张信用卡。”

听贝讲，杰姬眼下仍然在还凯文欠下的两万六千美元债务，其中一笔是他在大学期间欠下的旧债，另外一部分用来给他自己买一堆根本用不上的玩具，还有一部分是他偷偷带另外一个女人出去吃午餐的花费。

杰姬识破凯文用的是最老掉牙的手段：一家信用卡公司打电话通知她已经拖了两个月没有还款，杰姬经常在调查中跟这家公司打交道，于是她跟该公司解释说自己根本没有在他们那里办过信用卡，一定是出了什么误会。信用卡公司的业务代表一口气念出杰姬社保号码的最后四位数和她的生日进行了确认，接着详细地把该账户上迅猛增长的消费额告诉了杰姬。杰姬原本以为自己遇上了身份盗窃，这时信用卡业务员却开口念出了该卡的消费明细：一个微软Xbox游戏机——那机子正躺在杰姬家客厅的地板上；一双亮绿色跑鞋——据称该跑鞋是流线型设计，凯文上个月把它带回了家。

杰姬随后找到凯文当面对质，凯文却说他的情绪有点抑郁，因此养成了私下乱花钱的习惯。他信誓旦旦地告诉杰姬会去寻求治疗，还向杰姬保证他这些胡作非为全是内分泌失调所致，这是他家遗传的毛病。

凯文在第六次治疗结束后急匆匆地赶回了家中，声称杰姬才是造成这一切的罪魁祸首，为了保证自己的精神不出毛病，他一定得搬离两人的爱巢。他倒是信誓旦旦地答应会在离开后继续偿还信用卡上欠的钱，但后来他连一笔钱也没有还过，甚至懒得把寄到杰姬家给他的信转寄到新地址。杰姬担下了余下的债务，压根儿没费半点神想办法去联系凯文。她觉得自己的本职工作就是挖出那些用信用卡吸血的蛀虫，结果却漏掉了枕边人，因此让她来还债也算合情合理。

“他们分手已经有一年了，现在的杰姬变得比以前更内向，更爱挖苦人。”在希尔顿酒店的酒吧中，贝把杰姬的遭遇讲给了汉娜和其他伴娘听，仿佛在讲一个鬼故事。她夸张地压低声音，一双眼睛睁得老大，汉娜想象贝正拿着一只手电筒从下巴往上照。

贝告诉伴娘们，当她邀请杰姬当伴娘的时候，杰姬隔了很久才答应下来。贝承认她时常在想杰姬到底有没有从信用卡和劈腿事件的阴影中走出来，还有没有足够的勇气去欢庆他人的幸福。

“才过了短短几个月，也许很难平复这么大的伤害和欺骗吧。”听完杰姬的一番悲惨遭遇，汉娜忍不住凶巴巴地冲着贝申辩道，“一声不吭就突然离开你……这样会把人完全打趴下。”她也许不该对贝的伴娘们说这么多，那些人要么已婚，要么也即将步上红毯。

汉娜原本指望杰姬和她会互相支撑一把，熬过贝的告别单身派对和那个在安纳波利斯举行的婚礼。她们俩不仅是这一群人中间仅有的两个纽约客，还是仅有的两名单身女郎，但众人到了大西洋城才短短几个小时，汉娜就发现杰姬并不打算跟她抱团，也对伴娘的种种义务缺乏兴致。除此之外，杰姬竟然已经有了一名新男友。当这位姗姗来迟的欺诈调查员到酒店酒吧找到其他姑娘的时候，杰姬给众人带来了一个消息：她已经有了新的约会对象—— 一位耳鼻喉医生，名字叫做威尔，她会带威尔出席婚礼。贝兴高采烈地追问杰姬对新恋情有多认真，杰姬却只是耸了耸肩。

吃完晚餐后过了几个钟头，贝已经醉倒在一个名为“笑笑俱乐部”的地方，活力十足的道恩却还非要拉着大家再在外面待上一个小时。这时汉娜扭头向杰姬瞥了一眼，指望她能帮把手——总得有个脑子清醒的人发话把众人带回酒店，让口水滴答的贝找个地方吐上一场、睡上一觉吧。

可惜汉娜既没有来得及开口让杰姬发话，也没有来得及跟杰姬抱团共同对抗道恩，杰姬已经先开了口，声称自己头疼得厉害，要先行回酒店休息。“你们这帮家伙就待在外面，玩得开心点吧。”杰姬说着避开了汉娜的目光，汉娜难以置信地盯着她。

汉娜猛地扭开了头——杰姬居然不跟她站在同一个阵营，这事简直让她火冒三丈。没了杰姬的反对，道恩便又拖着疲惫不堪的姑娘们去了两个酒吧，她在酒吧里跟戴棒球帽的男人们打情骂俏，汉娜却要照顾醉醺醺的贝，这时的准新娘只会满嘴嘟嘟囔囔地说："你觉得曼特和我会不会离婚？""你觉得曼特会不会劈腿？"

汉娜打算跟道恩讲讲理。尽管已经到了晚上十一点，道恩却还跟五个小时前众人刚开始喝酒时一般劲头十足。

"道恩，"汉娜尽量把口吻放得礼貌一些，"我觉得贝保不准会生病，我们还是把她带回酒店吧。"

"宝贝，"道恩边说边对着贝那张没精打采的脸蛋拍了两次手，"你给我吐过再来大喝一轮！"

"能跟你说实话吗？"道恩冲着汉娜大嚷起来，"贝能享受自由身的时间只剩下这么几个晚上了，要是她醒来发现自己不到午夜就已经躺在了床上，那她一定开心不到哪里去。"

又过了一个小时道恩才同意放众人回酒店去，这还多亏贝干的好事，未来的新娘子在酒吧里吐了自己一身——她确实是吐了一轮，却压根儿看不出几分重振威风的迹象。

贝刚刚出了洋相，道恩便一溜小跑冲出酒吧拦了辆出租车。平素腼腆的伴娘丽莎跟着道恩迈步开跑，道恩冲着汉娜喊了一句："祝你好运！贝就交给你了！"

汉娜花了二十分钟清理干净贝的烂摊子，随后带她出了酒吧。一到酒吧外面，汉娜就搂着贝的腰帮她揉起了后背，好让这位准新娘对着大西洋城的排水管道吐个干净。等她认定贝再也吐不出来多少东西，汉娜便拦下一辆出租车把贝扶了进去。

司机从后视镜里瞧见了贝的一张脸，发现她一副作势要吐的模样，惊得把脑袋“砰”一声磕在了驾驶座的椅背上。“她最好忍住别吐啊，”司机说，“如果实在要吐，那就得多加两百美金。”

“她吐不了。”汉娜说。这时贝咽下了一口唾沫，做了一个鬼脸。

准新娘总算勉强撑到了目的地。两人刚刚迈出出租车，贝就“哇”地一口吐在了汉娜两脚中间，倚过身子让汉娜来抱。

汉娜当做没看见自己脚下那摊乱七八糟的东西，一把搂紧了贝，领着她慢慢穿过酒店大堂。这时午夜已过，大堂里却比汉娜预想之中热闹——就算是身处赌城，这般热闹也实在有点出人意料。汉娜不想把贝刚才穿着的那件毛衣弄丢，那可是一件羊绒质地的毛衣，说不定值不少钱呢。毛衣浸满了准新娘吐出的秽物，汉娜把它团成一团抓在左手，又伸出右手紧握住贝的右胳膊肘，先让贝慢慢地站稳，然后扶着她经过前台向电梯走去。

两人刚刚走了几步，贝的吊带装却冷不丁滑了下来。

“也许这件吊带装松得有点过分，毕竟贝为了筹备婚礼减了些体重。”汉娜心想。这时四周的看客纷纷抽了一口冷气，汉娜顿时咬紧了牙关。今晚的准新娘压根儿没穿胸衣，眼下吊带衫已经垂到了胸部下面，她的胸前春光算是一览无遗。酒店大堂里有三名男孩，看上去正值念大学的年龄，他们目瞪口呆地紧盯着面前春光大泄的女郎。

“天哪！”其中一个边说边咧嘴笑了起来。

另一个年轻人穿着一件罗格斯大学的运动衫，甚至掏出手机凑近贝准备拍照。汉娜立即恨恨地瞪了几眼，让那家伙不敢造次。

“我对天发誓，如果你敢拍她一张照片，我就把那部手机塞到你下面那个洞里。”汉娜挺高兴自己总算借机撒了一口气，横行霸道的道恩和背信弃义的杰姬可让她憋了一肚子气呢。那个年轻人被骂得灰头土脸，随即放下了手机，垂下了眼神，他那些醉醺醺的朋友一个个笑得前仰后合。

贝低头望了望自己赤裸的上半身，跟着身旁的男人一起咯咯笑了起来。“我光着身子呢，汉娜。”

“我知道，贝。”汉娜温柔地回答道。

“我的乳头呢。”快要到电梯的时候，贝突然说。

“两个都在。”汉娜回答道，“一个都没丢。”

她们搭上了电梯前往十一楼，电梯里还有两位西装革履的男士，看上去像是出差在外的模样。汉娜又想把贝的吊带衫拉上去遮住她的胸部，可刚一松手衣服马上滑了下来。

“宜人的一夜啊。”汉娜笑着对男士们说。她已经泄了气，不再打算跟那件吊带衫较劲。

“没错。”高个男士的一双眼睛还没有从面前的双峰上移开，“今晚不是太冷。”说完两名男士都低头望着自己的脚，脸上泛上了红晕。

汉娜回到房间一把推开门，手里仍然抓着贝的胳膊肘。屋里的道恩和丽莎已经换上了睡衣，正一起坐在一张床上看大卫·莱特曼的节目，汉娜恼火地带着衣冠不整的贝穿过房间，领着她直奔浴室，“砰”的一声重重甩上了门。

汉娜把贝的头扶到马桶上方，自己则坐到了浴缸边上。过了几分钟，她听见丽莎轻声敲了敲门，这位念过法学院的伴娘一整晚都没有说过几句话，现在倒是开了口：“你需要什么东西吗，汉娜？我们在回来的路上顺便捎了几盒饼干和薯条，现在还剩了一些，我们还有些碳酸饮料和水。”

“别费神了。”汉娜凶巴巴地回答，话一出口马上后悔起来。汉娜恼的是道恩和杰姬，不是听话的丽莎，丽莎说不定是个颇为和善的人呢。别人说什么丽莎就做什么，一点忙也帮不上，这姑娘也许会是个很糟糕的律师，为人却倒是挺和气，汉娜决定让凯蒂·赫尔姆斯出演丽莎的角色。

等贝又吐过了两回，汉娜扶她进了浴缸，脱掉了她身上仅剩的衣服，一甩手把那条价格不菲的牛仔裤和白色小可爱扔到了马桶的另一头，随即打开水龙头。一股冰凉的水哗哗流了出来，冻得贝连声惨叫。

“待着别动。”汉娜说，“马上就暖和了。”

“你没必要这么护着我的。”贝说。这时她的醉意已经渐渐退去，一双眼睛又回复了几分神采，正若有所思地盯着汉娜。

“我怎么能不护着你呢。”汉娜背靠着墙坐在浴室的地板上，“你曾经为我做过同样的事情嘛。”

“我有吗？”贝迷惑不解地问。

“总共有两次呢，第一次是大二那年在曼特·多尔夫曼的宿舍里，当时我吐在了自己的大腿上，估计那次我吐得比你这次还恶心。第二次嘛，是在几年前汤姆和我分手以后。”

“我不记得汤姆离开后你吐过呀。”贝说着打了个嗝。

“不是真吐，不过在情感上却是稀里哗啦地作呕。”汉娜一边轻声说一边记起了当年那个夜晚，“当时汤姆和他姐姐把他的家当都一股脑儿搬了个干净，他们走后我给你打了个电话，你立刻开着车从你父母在马里兰州的住所一路赶了过来。你帮我打扫了公寓，我在一旁边哭边看了整整一季《迷失》。你待在那儿陪了我整整一个星期，等到我又敢自己一个人睡觉才走。”

一脸傻笑的贝用温水搓起了自己的胳膊。

“当年我真是护着你啊。”贝压下一个嗝自豪地说，“能递给我一管牙膏吗？”

“没问题。”汉娜说着伸手越过水槽拿到贝的化妆盒，翻出了一小管高露洁。

“汉娜，”贝边说边把一小块绿色牙膏挤在手指上塞进嘴里，“你觉得曼特是个好人吗？我是说，你觉得我们会幸福吗？”

汉娜歪了歪头，露出一抹笑容给贝鼓劲：“贝，曼特跟你爸爸不一样，你也跟你妈妈不一样，这根本就是两码事。这是你的婚姻，不是你父母的婚姻。”

等到贝终于换上干净的睡衣，时钟已经指向了凌晨两点。其他几名伴娘都在呼呼大睡，发出沉重的呼吸声。杰姬和道恩像天使一般摊手摊脚地占去了两张床，丽莎则别别扭扭地睡在了电视机前面的地毯上。汉娜发现屋里打开了一张折叠床，空荡荡的还没有人睡，看来丽莎多半想把这张床留给那位吐得昏天黑地的待嫁新娘。此时丽莎正躺在酒店的地毯上难以入眠，身上连一条毛毯也没有盖。“我还是对凯蒂·赫尔姆斯好一点吧。”汉娜望着丽莎心道。

她把贝扶上了小床，自己躺到了丽莎身边的地毯上面。丽莎睁了睁眼睛，汉娜只来得及说了一句话：“我很抱歉刚才冲你嚷嚷，丽莎，不过贝吐的那一大摊都快把我给埋了。”两人相视一笑，丽莎又闭上了眼睛。

地毯上没有被褥，两人冻得直发抖，不禁慢慢挪到对方身边相拥而卧。跟往常一样，汉娜在入睡之前想了想汤姆，她把此刻躺在自己身边的人想做是他，而不是一个几乎不太认识的伴娘。眼前是丽莎柔美的线条，汉娜却一心置之不理，她想象着汤姆宽阔的肩膀，在黑暗中叹了口气，闭上了眼睛。

第二天早上，汉娜打定主意要跟着乖顺聪慧的丽莎学。道恩也许真是个自私自利的选美教练，但眼下是贝的大日子，还是别捣乱听她吩咐为妙。让杰姬来领队的话也许更加合情合理，汉娜在现实生活中说不定真会跟杰姬交个朋友，但杰姬根本不在乎别人是否对她忠心耿耿，杰姬巴不得别人不去烦她，跟着她对汉娜一点好处也没有。

汉娜还深知一点：尽管自己在诸多方面都瞧不上道恩，这位选美教练却莫名地让她有种熟悉的感觉。第二天一早，当汉娜发现道恩精心收拾了一番才去退房时，她顿时恍然大悟，总算把个中原委想了个明白。身在纽约的时候，汉娜身边几乎总是簇拥着一群演员，这些俊男美女曾经靠着汉娜在广告和电影中找到角色，他们都算不上汉娜真正的朋友。

汉娜心知，尽管那些演员会带她出去吃饭、给她免费的门票让她去看戏剧演出，但这些俊男美女之所以肯花时间和她在一起，只不过是因为他们想要得到更多工作机会。

汉娜已经习惯了和这些不老实的演员们打成一片，尤其是在汤姆离开她以后，演员们总能帮着汉娜打发周末时光。

汉娜会从一个个派对里挑出最难对付的一名演员，也就是那个最爱评头论足又最讨人喜欢的捣蛋鬼，通常那人都是一名同性恋。汉娜会黏着他一晚上，这样她就能整晚从头乐到尾，还让对方没办法挑她的刺。如果要在贝的婚礼上挑一位跟这个角色类似的人物——也就是挑个嘴最损又最讨人喜欢的人，那道恩便是最合适的人选。“如果把道恩当做一个有异装癖的男人，我还挺喜欢她的。”告别单身派对开完以后，汉娜对电话那头的薇琪说，“如果她是一个拉拉哥的话，那几乎能算得上有几分讨人喜欢。”

“你这些话也太看低人家拉拉哥了，道恩这个人听上去很瘆人。”薇琪回答道，“在安纳波利斯的婚礼上让她离我远点。我可没办法当她是个男人，而且我怎么也忘不了贝现在跟一个选美皇后成了密友。”

汉娜倒是对选美皇后一事不再介怀。若是汉娜要把自己打扮成理想伴侣的模样，借此狠狠地在汤姆的心窝上揣上一脚，若是汉娜的形象要配得上艾米莉·布朗特这样的人物，那汉娜确实需要专业人士帮上一把，她确实用得着一名选美教练。

在安纳波利斯的乡村俱乐部里，汉娜正像一只小狗一般坐在道恩的身旁，望着那名首席伴娘打开一只淡色化妆盒，盒里的化妆品更加琳琅满目。盒子一头粘着一张汽车保险杠贴纸，上面写着“MRV”。

“这几个字是什么意思？”汉娜边问边向后捋着头发，好让道恩看清她的面颊。

“MRV代表‘罗阿诺克山谷小姐’，也就是我本人。”道恩自豪地说，“我还获得了弗吉尼亚小姐选美大赛的亚军。”

“哇，”汉娜说着被自己吓了一跳：她竟然顺理成章地觉得道恩挺厉害，“当时你不觉得有点怪异吗？我指的是你的少女时代，是你自己想参加选美比赛呢，还是你母亲逼你参加的？”

“倒不是参加选美比赛有什么不对。”汉娜又补上一句，把自己话里的火药味冲冲淡，“只不过看上去对小孩子很有压力。”

“能跟你说实话吗？老实说，我爱死选美比赛了，我天生就精于此道。媒体报道老是给选美比赛抹黑，乔恩贝尼[①]事件又雪上加霜，不过选美比赛的精髓在于自尊，在于女人味，在于关爱自己。”

“我明白了。”汉娜的声音颇为温柔。

“道恩，”汉娜换了个话题接着说，“我想要变得美丽动人，我也相信你的实力，但我并不希望自己看上去像个南方佳丽，那种风格我实在驾驭不了。别让我看上去……你明白……太出格了。”

“你这话是什么意思？”道恩翻了翻眼珠子说。

“我的意思是别用淡蓝色眼影，最好身上也别用闪粉。我确实想要变得光彩照人，但并不想看上去一副正浓妆出席舞会的模样。我还是希望做自己，只不过打扮得美一点。”

道恩笑了：“告诉你吧，舞会妆通常十分低调。至于身体

① 乔恩贝尼·拉姆齐于1996年当选“美国小皇后”，成为全国知名人物，于1996年圣诞节期间被谋杀。

闪粉么，那只怕是给艳舞女郎和站街女郎用的玩意。我可没有那些东西，我也受不了那些东西。行了吗，宝贝？”

汉娜深深地叹了口气，点了点头。婚礼已经近在眼前，她感觉精疲力竭。汤姆说不定已经到了城里，说不定正在前往乡村俱乐部的路上，他的身边还带着一个女人，一位名叫杰梅的辅导员。

“宝贝，你没事吧？”道恩问道——汉娜从未料到道恩还会有如此真诚的表情。

“我还是希望他能回到我的身边。”汉娜再也管不住自己，眼泪突然一颗颗涌了出来，濡湿了还没有上眼线的眼睛，把汉娜自己吓了一跳。

“甜心，”道恩边说边把汉娜搂到胸前，“你美得艳光四射，他马上就会重回你的身边。”

薇琪：神秘的吉他盒

至今为止，薇琪的同事从未想要瞧瞧那把吉他，也从不过问薇琪为什么带着一把吉他上路。照薇琪的同事看来，她只不过是新近喜欢上了弹吉他而已。

“你玩乐器吗？”

“你说什么？”薇琪闻声抬起眼神，一眼瞧见一名十多岁的少年正伸手指着她背上的乐器盒。

“对不起，我只是有点好奇你在玩哪种乐器。那是什么东西？”

“只不过是一把普通的Takamine吉他，没什么不得了。”薇琪耸耸肩，挤出了一丝淡淡的微笑。

“你在玩乐队吗？”那少年还在问。

“那倒没有，弹吉他不过是个爱好。我喜欢在睡觉之前玩上一会儿，给自己唱上几曲催催眠。”

“酷毙了。”少年嘀咕了一句迈步走向他的父母，那两人正在这家老酒店的正门旁边压低声音吵嘴。

难免会有人问起关于吉他的问题，薇琪早已备好了几个说法。来找她打听这问题的通常是个男人，要不然就是个年轻女孩。跟薇琪年龄相仿或年纪更大一点的女人通常对吉他盒子不怎么感冒，她们最多皱皱眉头，仿佛认定薇琪已经远远超过了在背上背个乐器的年龄。

据薇琪猜想，背着吉他盒子出行跟怀着身孕差不多。素不相识的人都觉得他们有资格评头论足，要不然就有资格打听更多消息。他们倒不会问“你怀孕多长时间了？”不过他们会问“你在玩乐队吗？”要不然就是“你玩哪种乐器？”人们还指望你回答这些问题呢。

薇琪看着酒店职员刷了自己的信用卡，顿时感觉肩膀一阵发紧：入住这家酒店让薇琪很肉痛。罗伯特·约翰逊酒店是一座砖制建筑，翻修得美轮美奂，据墙上的牌匾称，约翰逊家族在18世纪时就居住在此处。对前来马里兰州首府一览风光的旅客来说，离海滨仅有几步之遥的罗伯特·约翰逊酒店可能是个非常理想的住所，但对薇琪来说，这里纯粹是个浪费钱的地方，薇琪靠着出公差攒下的数千点“万豪”积分还没有花呢。可是汉娜非要住在这里。“我是伴娘，总得跟伴娘团待在一起吧。”汉娜在电话里跟薇琪解释道，“我们可以在罗伯特·约翰逊酒店或卡尔弗特酒店订个房间，罗伯特·约翰逊酒店看起来要小一些，也有可能会便宜一些。说实话，薇琪，这两个地方看上去都很美，至少从它们的网站上看着挺漂亮，再说总住万豪酒店你不觉得腻吗？”

“不腻啊，”薇琪老老实实地回答道，“我就是喜欢连锁酒店，它们能给我一种宾至如归的感觉，安纳波利斯的那种老酒店里有没有有线电视都很难说。”

到了罗伯特·约翰逊酒店后，薇琪发觉自己先前的话说得有失公道，她根本没说准这间丁点小的酒店能提供些什么东西。罗伯特·约翰逊酒店坐落在历史悠久的鹅卵石环路上，毗邻兄弟酒店“卡尔弗特”，店内已经安装了纯平电视，看上去能够即刻播放HBO频道。薇琪眯起眼睛分辨着一台可乐贩卖机从远处发出的亮光，颇为宽慰地舒了一口气。也许她能说服汉娜早早地回到酒店房间，买上几袋M&M巧克力豆，接着看一看“周六夜现场”。

一拿到房间钥匙，薇琪就推着自己那只小行李箱经过了前台。此刻离婚礼开始大约还有一个小时，她迫不及待地想要享受这段自由时光，但她还没有来得及走出酒店大厅，又有人冷不丁找上了她。

“你玩乐器吗？”薇琪身后的男人问道。

“没错。”薇琪一边尖声回答，一边猛地转身面对着那个男人。

她一身的火药味立刻灭了下来，男人的面孔轻轻松松地浇灭了她的火气，不禁让薇琪自己吃了一惊。此人长着一张丰满的面颊，一头发白的头发与孩子气的笑容颇不相称，看上去约有四五十岁年纪，比薇琪的父母年轻些，但也年轻不了多少。

“你是一名音乐家？是要去演出吗？在市中心的某个酒吧里？”男人满怀希望地问。

“噢不，那个只是我的爱好，我是来这里参加一场婚礼的。”

“太棒了。”男人说着露出一抹颤巍巍的笑容，“让我来猜一猜，是埃文斯家与费家联姻吧？”

薇琪的双肩又是一阵发紧，害得吉他盒子从她的后背往上挪了挪。

“没错，贝是我大学时的密友。”

这个男人又紧张地一笑，清了清嗓子：“我是贝的叔叔，乔。”

“哦，我记得贝提起过你，我叫薇琪。我跟贝一起念的雪城大学，大一的时候是室友，从那以后我们一直是朋友。”

男人闻言紧盯着薇琪，仿佛她说了什么讨人厌的话，脸上的笑容也随之消失了踪影。他一声不吭，几乎不再呼吸，身子跟耗尽了电池的电子设备一般僵硬。薇琪等了一会儿，但男人的面孔纹丝不变，浑身上下只有眼睛在动，那双眼睛细细地审视着薇琪的面容，最后停在她的嘴唇上。

“那好吧，婚礼上见。”薇琪说着尴尬地转过身，继续沿着走廊向房间走去。“怪人一个。”薇琪一边加快脚步一边小声自语道。

“刚才可能压根儿就没什么事。”薇琪摆弄着老式的金属钥匙，心中暗想。汉娜说得没错：也许薇琪总是一口认定每个人都在找自己的茬儿；也许是因为她做了一些让人们觉得别扭的事情，人们才会觉得跟她待着就有些别扭；也许贝的叔叔只是有点累，要不然的话，贝的叔叔说不定刚刚中了风呢。

薇琪一进酒店房间便扔下了自己的行李——她总算能把那个重得不得了的吉他盒子从背上解下来了。房间里有两张单人床，她小心翼翼地把吉他盒子放到其中一张床上。薇琪挑的是靠窗的那张床，谁让汉娜那家伙动不动就上洗手间呢。大学期间她们一起在周末旅行过好多次，薇琪从中发现了一件事：要是把最靠近洗手间的床分给汉娜，那汉娜就再开心不过了。

薇琪俯下身解开吉他盒上的两枚锁，好检查一下盒子里面的东西——那根本不是一把吉他。

吉他盒里的宝贝跟乐器一点儿也不沾边，里面装着一盏灯。薇琪小心翼翼地把这盏灯端平拿出来，仿佛那是一碗滚烫的汤。她将这盏灯端到床边墙上的插座旁，放在地板上插好插头，盘腿坐在灯前。当灯暖和起来以后，薇琪俯身探到灯的上方，让那些肉眼看不见的射线照到自己的脸上，接着伸手去拿旁边茶几上的电视遥控器。

薇琪的治疗师曾经告诫过她，看电视对她来说不是个好主意，用灯进行治疗的时候尤其不要看电视。霍华德医生倒也无法断言电视的光线和声音一定会妨碍治疗效果，但这些东西对治疗绝对没什么好处。

“看电视不能解决问题，它本身就是个问题。”霍华德医生有一口纽约州中部口音——发“o”时是中西部腔，发“a”时是纽约腔，“你没日没夜地看电视，这就是抑郁的表现。不要再看真人秀，不要再看警匪剧，一句话，不要再看电视了。”

一想到霍华德医生的告诫，薇琪立即关掉了电视，甚至都没有来得及看清电视上在放什么节目。一年前薇琪开始去找霍华德医生就诊，从那以后她便逐渐习惯了少碰电视的生活，也正是霍华德医生鼓励她买了这盏灯治疗季节性情绪失调。

饶有讽刺意味的是，只有坐在这盏灯前进行治疗的时候，薇琪才会忍不住想要伸手去拿电视遥控器，说实话，每天花上整整一小时瞪着治疗灯，确实让人感觉无聊透顶。薇琪要花很大力气才能在灯疗期间把所有的烦心事通通抛开，霍华德医生把这法子叫做认知行为疗法。

大概六个月前，薇琪从霍华德医生推荐的一家在线医疗用品公司买下了这台治疗灯，花了二百五十美元。霍华德医生告诉薇琪，治疗灯不一定能治好她的病，不过这个办法值得一试，看上去总比一而再再而三地增加她的抗抑郁药量要安全得多。

治疗灯原本有一个轻巧的包装盒，十分便于携带，非常适合经常出差的薇琪，唯一的问题是灯盒上赫然用加粗黑体印着品牌名称——“SAD-Lite”。

要是见到了这几个字，知情人便会一下子明白薇琪背着的是什么东西，不知情的则会追问下去，这种情况更加要命。

“‘SAD-Lite’到底是个什么东西？”薇琪第一次带着治疗灯出行时，一名同事这样问道。

“这个是……给我的笔记本电脑用的。”薇琪被问了个措手不及，开口回答道，“接在笔记本电脑上，以便无线上网。”

男同事狐疑地皱了皱眉。

“是不是治疗抑郁症用的灯啊？”他根本不理睬薇琪的回答，接着说道，“我的小舅子就有一台。”

“不是，我都说了是用在电脑上的。”

“嗯哼。”男同事满腹怀疑地哼了一声。

就在第二次带灯出门之前，薇琪想起了空房间里的吉他盒。这把吉他是薇琪在伊萨卡一日游期间买来的东西，当时她的大学男友里奇还跟她是一对。里奇在一支乐队里待过，他曾说要是薇琪学会了弹吉他，她便可以跟他的乐队一起唱上一两曲，听他那副口吻，仿佛薇琪巴不得加入他们的乐队。某次薇琪去听里奇那支乐队的一场表演，结果差点忍不住当场笑出了声：乐队翻唱了一些摇滚曲目，又演唱了六支原创歌曲，结果那六支曲子中竟然有三支唱的都是“破处”这个破事。

当时薇琪掏了五十美元买下这把旧吉他，还跟里奇打趣说，她要和汉娜组个乐队来跟里奇的乐队叫板，反正她们曾经编出了一长串乐队名，现在好歹能挑一些出来用用。可是薇琪和汉娜一直没有抽出空来，于是这把Takamine吉他已经好几年没有人碰了。

眼下这把吉他总算是派上了大用场。吉他盒子搭配治疗灯不仅大小合适，而且掩人耳目：至今为止，薇琪的同事从未想要瞧瞧那把吉他，也从不过问薇琪为什么带着一把吉他上路。照薇琪的同事看来，她只不过是新近喜欢上了弹吉他而已。

要是薇琪的同事知道她连吉他怎么拿都不清楚，要是同事们知道那个盒子里装的东西是用来防止薇琪陷入情感深渊的，那可就热闹了！

就在婚礼前几个星期，薇琪曾经开口跟汉娜提起过治疗灯这回事，打算提前给她提个醒。当时汉娜打电话过来打听薇琪准备如何打发婚礼当晚的住宿：是要自己一个人住价格昂贵的单间呢，还是愿意跟汉娜同住一个双人间。

薇琪倒用不着跟人分摊费用。汉娜住在纽约，房租从她的薪水里一口吞掉了一大块，薇琪赚的钱却大多攒了下来。她挣着一份体面的工资，在罗切斯特算是过得相当滋润。因为薇琪总在出差，餐费和车费总是公司掏腰包，所以她总是用不着花自己的钱；也因为常常出差不在家，她的水电费开销并不高。

薇琪没有多想就决定和汉娜一起分住一个双人间，自己掏腰包付一次房费，让穷得一塌糊涂的汉娜省省心。为了贝的这场婚礼，汉娜已经在高档伴娘礼服上花了一大笔钱，另外还买了一套五十二美元的胸衣，她声称那东西是出席这次婚礼的必需品。

跟别人共享一个房间确实让薇琪有点不安，她已经太过习惯独自出门在外的日子，但薇琪迫不及待地想见到汉娜，这好歹把她的担心冲淡了几分。跟薇琪在罗切斯特认识的那些熟人不一样，汉娜算得上薇琪真正的朋友，她常常让薇琪开怀大笑。

薇琪的办公室同事中也许有不少妙趣横生的年轻人—— 一些二三十岁的家伙，可惜薇琪难得与他们碰面。她就职于一家以高档预制食品闻名的全国性连锁超市“沃尔顿”，身为一名室内设计师，薇琪有百分之九十的时间都在外出差，走访纽约州中部和宾夕法尼亚州各商店，确保烘焙食品的标志跟天花板保持着恰当的距离，确保新店墙壁上刷的黄色没有出错。

一天下来她只能跟寥寥几个人说上话，通常是吩咐他们一些关于装饰板条和墙纸的事情。她对谈天说地已经十分生疏，也许正因为这一点，她在电话里跟汉娜谈到治疗灯时颇有点尴尬。

几个星期前，薇琪正在跟汉娜敲定婚礼那周的计划，这时她开口说：“我得告诉你一件事，我会带一盏灯来。”

“一盏加热灯吗？”汉娜迷惑不解地问。

“一盏抗抑郁灯，用于治疗季节性情绪失调。”

“你有季节性情绪失调症？”汉娜满腹怀疑地问，“你在雪城大学的那几年看上去挺好的啊。如果我没有记错的话，那时候连续下了两年雪，你也没有什么怨言。”

“谁知道呢，汉娜，我不知道自己有什么毛病。”薇琪泄气地笑出了声，“我是生了病，但我不知道是什么病。”

两人都没有吭声，薇琪等了一会儿，迫不及待地想知道汉娜的高见——过去的薇琪可好端端地没一点异样。

“我可以试试你的灯吗？”汉娜总算开了口。

听到汉娜还在开玩笑，薇琪长出了一口气，笑着回答说：“当然可以。”

“你是因为里奇才弄成了这副模样吗？”

“才不是！”薇琪在电话里嚷道，“不是，天哪，跟里奇无关，不是每个人都希望和自己的大学男友复合的，汉娜。”

“那好吧。”汉娜说，“对了，这会不会是你整天待在店里惹出的祸？反正我会这么猜。”她的口吻变得正经了些。

“不是。”薇琪不假思索地回答。

“嗯……”薇琪又想了想，接着说，“也有那种可能，我也不知道，我只知道这盏灯应该能帮到我，让我不会跳桥自杀。”

“好吧。”汉娜慢条斯理地说，“哇，一盏灯。”

“没错。”

“你能用它来美黑吗？”

“你这个傻瓜。”

汉娜不再纠缠于那盏灯的话题，开始一股脑儿跟薇琪讲起了贝的伴娘团。她讲到了大西洋城的那个告别单身派对，从她口中的故事听来，伴娘团里尽是些糟透了的家伙。随后她又提起了汤姆，从他三年前搬出跟汉娜的爱巢算起，这场婚礼将是他们两人首度见面。

“只要一想到他会和别的女人一起出席婚礼，我就忍不住要抓狂，”汉娜坦言道，“我不清楚自己能不能受得了。”

薇琪怀念跟汉娜共度的日子，而这正是原因之一：汉娜对多年前的恋人念念不忘，但她自己压根儿不觉得难为情。薇琪总觉得自己必须表现出坚强的模样，至少苦水要往自己的肚子里吞，但汉娜从来不把自己的感情藏着掖着，不管时机对不对，汉娜都会掏出心事跟人分享。“她简直是一块当演员的好材料。”听着汉娜倾诉她的满腹醋意，薇琪心中暗道。

“眼下汤姆恐怕跟她住在一起。”汉娜压低声音说道，“恐怕他们两人才相处了两个月，她就搬过去跟他一起住了。她恐怕没有什么特别的地方，贝在网上搜过汤姆的女友，她的长相明显……寻常得很，不是什么超模之类，但有可能贝撒了个谎免得我抓狂，说不定那女人身上根本挑不出一点毛病。”

“你在网上搜过她吗？”薇琪边问边担心着汉娜的回答。

“我搜不到，”汉娜不好意思地回答说，“贝不肯告诉我那个女人姓什么，我试着搜过‘汤姆·基廷’加‘杰梅’再加‘辅导员’，结果什么也没有搜到。”

“这样也许再好不过，汉娜。在这件事上，互联网可不会帮你的忙。”

此后薇琪还和汉娜通过几次电话，好敲定行程上的一些细节。汉娜得比薇琪提早三天抵达目的地去料理伴娘的事务，她会先跟其他伴娘一块儿住在卡尔弗特酒店的套间里，到婚礼当晚再换房间跟薇琪住到一块儿。

眼下离婚礼开场还有短短两个小时，薇琪估计汉娜已经在乡村俱乐部里等待宾客。屋里还开着那盏治疗灯，电视遥控器已经搁回床边，薇琪伸手从自己的包里抽出一本平装书《我的甜心奥德利娜》。

有件事薇琪一直守口如瓶，甚至没有告诉过霍华德医生：大约一年前，她被抑郁症折磨得厉害，于是从自家公寓楼下大街上的“巴诺”书店买了不少V·C·安德鲁斯的书。薇琪倒不觉得霍华德医生对她读情色小说会有什么意见，她只是不太好意思开口告诉他。

她买下的这些书籍正是年少时读过的那种情色小说，当时的薇琪曾经在家中地下室的橱柜里发现了母亲的珍藏。她的母亲收藏了大约二十五本此类书籍，其中部分是安德鲁斯的小说，余下一些则出自有类似笔调的作家。那些成人情色小说一下子就迷住了十三岁的薇琪，她简直不敢相信作者们能将性事描述得如此生动，也不敢相信他们如此露骨地描述男女私处，还把性爱夸成了激动人心、改变一生的极乐之事。

正是因为那些书，高三那年初尝禁果的薇琪对自己的性事失望透顶。

安德鲁斯害得薇琪相信女人可以实实在在地感受到男人的

激情一刻，她记得自己读到过这种句子——“她感觉到他释放在了自己的体内”，于是薇琪猜想男人的阴茎跟消防栓差不多，一旦开闸就会喷涌而出，她猜想那极乐一刻从阴茎里喷出的玩意儿会在女人的阴道里涂上柔软细致的一层，就像电影院里爆米花上涂的那层奶油。薇琪迫不及待想要亲身体验一番。

除此之外，男女之事总少不了一番撕扯。在安德鲁斯的书中，人们在做爱时总会又抓又挠，给彼此留下一些抓痕和淤伤，这种举动无关暴力，只不过是难以自抑的激情。有时那些性爱会跟乱伦沾上点边，虽然薇琪嘴上不肯承认，但这种情形其实是她的最爱。那是万万不可逾越的禁忌：兄妹相奸、近亲乱伦、美丽的双胞胎姐妹与同一个男人同眠共枕。

薇琪终于在十七岁时和男孩发生了关系，对方是她在毕业期间约会的对象，和薇琪压根儿不沾一点亲，事后她多多少少有些惊讶：那次做爱并没有多少激情，没有留下多少伤疤，也没有遇上消防栓一般的喷涌，只有些许疼痛和拖泥带水的节奏，完事的时候还得劳烦那个男孩开口通知薇琪。

大学期间与里奇的性事也没能帮她扭转局面。薇琪与里奇倒是情意绵绵，大三大四那两年里算得上颇为稳定的一对，但里奇并不相信安德鲁斯小说中渲染的激情性爱。

薇琪曾经试着伸手挠里奇几下，只为了瞧一瞧她能否让里奇狂乱起来——让里奇变得跟《阁楼里的花》书中的角色一般迷乱，但她这些过火的举动立刻被里奇泼了一盆冷水。

“噢！薇琪，你到底在搞什么鬼啊？”里奇大吼一声，这时薇琪正一边把指甲掐进他的后背，一边把自己当成《飘零的花瓣》中的凯茜。那本书能够排进她的最爱之列。

“我激动过头了。”薇琪不好意思地回答道。

“那行，但是别掐我。”

薇琪从未在里奇高潮时体会到他的喷涌，即便两人停用避孕套后也是如此。有时她倒有点湿答答黏糊糊的感觉，但这种感受只会让她忍不住想去冲个澡。

薇琪一度以为自己对安德鲁斯小说的再度倾情不过是昙花一现，结果却发现自己在短短一个月里就买了二十多本。她跟母亲一样攒起了这种书，每一本她都读了不止一次，有时还直接跳到那些带色的段子，她甚至考虑要买一个Kindle电子书阅读器，以便多带几本书出门。

薇琪把那本平装书翻到了卷着角的一页，脸上露出了一抹微笑：薇琪心中深知，只要再读上几个段落，甜美又糊涂的女主角就会在一番激情肉搏中尽享欢爱，沐浴在尽情喷涌的“水龙”中。

又过了一个小时，薇琪换上了礼服，这才仔仔细细地把酒店房间端详了一番。她叫得出墙壁的颜色：那是咖啡色，搭配着白色镶边，象牙色天花板——沃尔顿超市的后勤办公室用的就是象牙色。薇琪一边走进浴室整理头发，一边隐约好奇这家酒店的浴室是怎样一种装饰。

待到收拾完毕，她又满怀企盼地瞟了一眼床上的小说，断然拿起书一把塞进包里。她刚刚走进过道关上房门，突然悟到自己忘了带房间钥匙，忍不住冲口骂出了声。她把包里的东西一股脑儿倒在地上，可惜连钥匙的影儿也没有见着，看来待会儿回来过夜的时候还得找楼下的前台再要一把钥匙。薇琪脚蹬一双鞋跟高耸的黑色高跟摇摇晃晃向大厅走去，这时却听见有个男人在背后叫她的名字，那声音依稀有几分耳熟。

罗勃：亲密友伴

然而罗勃越是细想，就越发意识到一件事：尽管他曾经多次让汉娜捧腹大笑，他却从未成为汉娜真正的依靠。

罗勃打开自封袋，取出一枚白色的小药片。

他不清楚这药片混上酒会有什么后果，不过他估计最不堪的副作用就是恶心作呕，因此还是值得试上一试。

汉娜从婚礼上打来的电话让他心里焦虑得很，他觉得这种白色小药片说不定能帮上点忙。

他把椭圆的小药片放进嘴里，又啜了一口从楼下街上的专营店里买来的比利时啤酒。这款啤酒喝上去跟百威淡啤有几分相似，这一点实在有点离谱，它的价钱可是百威淡啤的三倍呢。

罗勃瞄了一眼放在咖啡桌上的电话。那张从“宜家”买来的咖啡桌搭得有点马虎，不过罗勃家的家具都是这副德行：只要再少上一颗螺丝钉，这些家具只怕就得散架。罗勃素来不爱读使用指南，因此每逢要装配什么家具，他总是连猜带蒙地把东西搭好，常常在完工以后才发现包装盒里还剩下一些钉子和折叶。上周他在床边的茶几上放了三本有点重量的书，结果活生生压塌了那张茶几；每次他往起居室里的两个书架上搁点东西，那两个书架都会摇晃几下。罗勃在家里走动时总是轻手轻脚，他明白这个家冷不丁就会全部散架。

今天罗勃接到的电话多得够戗，害得他耳朵边时不时响起莫须有的手机铃声。他发现自己动不动就去查看电话，便思忖着关了手机一了百了，却又实在下不了手。老实说，罗勃巴不得见到那个小小的手机屏幕再一次变成亮绿色，再一次显示出汉娜的号码，他倒不一定想接她的电话，但他希望她一直来找他。

汉娜常常说，罗勃就好这一口，他想要这种被需要的感觉。

在过去的几年中，汉娜从未像此刻这样占据罗勃的思绪。雪城大学的三年时光已是将近十年前的往事，当罗勃在奥斯汀忙着过日子的时候，他常常觉得那一幕幕回忆纯属自己的白日梦，要不然换个更妙的说法：他在电视上看到了一些这样的故事，于是信手拈来当成了自己的过往。罗勃竟然在纽约州中部住过一阵子，还曾经从学校里退过学，这一切听上去简直令人难以置信，而他后来的生活似乎才是真实的经历。

大多数人甚至不知道罗勃念过雪城大学。罗勃在奥斯汀的那帮朋友觉得他就是一个在德克萨斯大学图书馆工作的家伙，这份工作让罗勃可以免费拿到一个学位。他不花半点力气拿下了相当不错的平均成绩，毕业时还获得了三位英文教授的推荐，再过几个月就会申请就读研究生。除此之外，罗勃平时还搞搞自由职业，为当地的另类周刊写写书评。

迄今为止，只有几样看得见摸得着的东西能证明雪城大学的时光并非一段白日梦：学生贷款的账单，以及汉娜偶尔打过来的电话和发过来的电邮。汉娜会跟他通报老友们的近况，换句话说，也就是贝、薇琪，还有汉娜的前男友汤姆——汤姆曾是罗勃在大学期间最亲近的朋友。

罗勃总是很高兴听到旧识的消息，但这是他第一次期盼见到那些老朋友。想到贝即将出阁，再想到汉娜那惊慌失措的声音，罗勃简直等不及要见到汉娜的面孔，看着贝走上红毯，然后在众人入睡以后跟薇琪一块儿喝上几杯啤酒。

昨天下午汉娜给他打来了电话，当时众人正要共度周末欢庆贝的婚礼。罗勃接到电话后开心得有些飘飘然，害得他自己也吃了一惊。

第一个电话打来的时候，贝的晚宴彩排还要等几个钟头才开场。电话的区号是917，罗勃认不出这是谁的号码。

“你好，我是罗勃。”他用上了一贯的开场白。

“你什么时候过来？别跟我说你今天来不了。”电话那头是个女人的声音，听上去心急火燎又口齿不清。

“请问你是哪位？”

“我是汉娜。罗勃，是我呀。”

“不许冲我嚷，”罗勃边说边发出了低沉的笑声，“我们多久没有通过电话了，有一年了吧？”

“首先，我们最多只有几个月没通电话。”这句话刚一出口，汉娜就怀疑起了自己的回答。

“说不定是有一年了。”汉娜改口承认道，“其次，为什么你的手机里没有存我的电话号码？存了你才知道是我打来的电话嘛，你的手机屏幕上会显示我的名字。刚才为什么没有显示我的名字呢？”

“我的手机里从来不存任何电话号码。”

“那你怎么知道是谁给你打电话？”

“我接了电话，对方会告诉我他是谁。”

“我的天哪，罗勃。”

“如果你还记得的话，我们念大学的时候连手机都没有呢，不也照样过得挺好嘛。”

“我那天还在想着这事。”汉娜突然若有所思地说，“搬到纽约后我才有了第一部手机，那当年我们是怎么联络对方的？”

“如果我没有记错的话，靠的是信鸽。其实吧，我觉得是我吹响海螺，然后你就一溜烟跑过来了。”

汉娜没有吱声，绞尽脑汁想要回上一句嘴，但她顿得太久，两个人都忍不住咯咯笑了起来。

“别说你还要等很久才会过来啊，我可马上就要抓狂了。”

罗勃重重地叹了口气，单手撑在厨房台面上。“我不过去了。”他生硬地回答。

“你说什么？”汉娜嚷道，“你刚才说什么？什么叫你不过来了？你回复请柬的时候不是说要过来的吗？三个月前你还给我发电子邮件说你会来，贝也觉得你会出席，她把座位都给你安排好了，就在薇琪的旁边。”

“发生了一些事情，我也没有订机票，总之说来话长。”

“天哪，罗勃，这也太……唉！整个儿就是2001年的重演。你不能还是这么自私，这么不负责任。你不能告诉所有人你会去参加婚礼，结果放大家鸽子。宴席可是要花钱的，大家可不把这些事情当儿戏。”

罗勃翻了个白眼，恼火了起来：“贝压根儿不会注意到我没有出席，再说你我都知道她不缺这点钞票。”

“你心里很清楚贝能看出来，你清楚她会在人群里留心你。”汉娜又往罗勃的伤口上撒了一把盐。

“汉娜，真的很对不起，我不会去参加贝的婚礼，我现在还在德克萨斯州呢。”

罗勃听到汉娜暗自嘀咕了几句话，但他无法听清她说了些什么。“罗勃，”汉娜终于又开了口，他的名字听上去仿佛无比沉重，“这太不公平了。”

“这群人都迷了心窍啦。”汉娜把声音压得很轻，仿佛她落到了绑匪手里，而那匪徒就在隔壁的屋子里，“每个人都失控了，我是说，一个个情绪高涨，贝的老妈已经浑浑噩噩地昏了头。我对天发誓，我每次见到她的时候她的手里都拿着酒。还有那个名叫吉米·费的伴郎，此人无比英俊，只要他一露面，贝的母亲就会露出一副春心荡漾的模样，当然这也怪不得贝的妈妈。谢天谢地，好在这家伙已经有了一个女朋友。”

罗勃不做声地笑了。

“这么说唐娜这阵子在喝酒？她看上去怎么样？”

“贝的妈妈？我还真不清楚，她看上去就是一个妈妈的模样。听着，我需要你，拜托找个航班飞过来吧，我一个人撑不住啦。”

“你不会有事的，多拍些照片吧，尤其是大家非逼着你穿低胸衣服的时候。”

“她们要我戴一条珍珠项链，我觉得我做不到。”

罗勃的脑海中闪过一堆拿珍珠项链编出的荤段子，但他还是忍住了没有说出口。他能从汉娜的声音里感觉出几分紧张，看来尽快结束对话是最明智的做法。

“罗勃，你知道选美教练是做什么的吗？”汉娜已经开始东拉西扯，她那慌张的声音压得很低，“我敢打赌你不知道，要不你猜猜看。”

“放轻松。”罗勃没有搭理汉娜的问题，“给我坚持住，我们很快就会再通电话，如果有急事的话随时打电话给我。做个深呼吸，别把一切看得那么重，二十四小时后一切就过去了。”

“好吧。”汉娜轻声说。罗勃闻言想象着她正撅嘴生气的模样。

“别泄气，小姑娘。”罗勃一说完就按下了“通话结束”键，汉娜根本没有来得及再说上一句话。

罗勃低头望着空白的手机屏幕，一时冲动存下了汉娜的号码和名字。如此一来，汉娜就成了罗勃手机通讯录里唯一的联系人。

罗勃想象着汉娜蹲在酒店房间的某个角落或蜷在一家美发店里，正在偷偷摸摸地给他打电话，一心指望他能陪着她。他想象着自己出现在安纳波利斯的一幕：陪在汉娜的身边，对她耳语上几句逗得她开怀大乐——在大学时他就曾经这么做过。

然而罗勃越是细想，就越发意识到一件事：尽管他曾经多次让汉娜捧腹大笑，他却从未成为汉娜真正的依靠。他们之间不为人知的暧昧关系在大三期间持续了大半年的时间，那也是罗勃在雪城大学的最后一年，这段关系害得汉娜痛苦万分，还不得不找些谎话应付自己的密友。罗勃一向缺乏礼数，有时甚至会在凌晨三点找到汉娜的公寓，但汉娜从未让他吃过闭门羹。

他们两人从未“攻上本垒”——这是汉娜的说法，换句话说，罗勃和汉娜从未真正突破最后一道防线。

他们通常会有一番亲热，用汉娜的话讲是“除本垒外百无禁忌”，这意味着先来一段一小时左右的激情爱抚，接着再来一段三小时左右的交谈。

他们也从未跟任何人提起过这些深夜幽会。按汉娜的说法，这样会深深地伤害贝——自从大学第一年在宿舍遇上罗勃以后，贝就一直对他痴心一片。不消说，贝是个迷人的女孩，罗勃也承认她的美貌：如果按寻常眼光来看，贝比汉娜漂亮，甚至比他在雪城大学搭上的所有女孩都漂亮，但贝身上的乖乖女气质浓得有点过分，罗勃只要稍微作作怪就能让她肃然起敬。她用凝望詹姆斯·狄恩的眼神凝望罗勃，可惜不管她眼中见到的是怎样一副形象，罗勃永远也攀不上那个高度。曾经有一晚罗勃和汉娜待在床上闲聊，汉娜就事论事地询问罗勃为什么不去追求贝，他便打算好好解释一番。

“我们刚刚才亲热过，你就问出了这么一个问题，我觉得有点古怪啊。”罗勃顿了一下才开口说话，边说边揉着汉娜的后颈，汉娜正把头搁在罗勃的胳肢窝下。

“拜托，罗勃，我只不过是有点好奇而已。贝长得确实很美，再说她在我们认识的人中间算得上最和善的一个。”

“这就是问题所在。”罗勃说，“贝像个没心机的洋娃娃，害得我感觉自己是个色老伯，要对她下毒手。”

“首先，一个二十岁的小子当不了色老伯；其次，跟贝上过床的男人比跟我上过床的男人还多呢。”

“是吗？贝和多少人上过床？你又跟多少人上过床？”

“贝有五个，我有两个。”

“两个？竟然只有两个？”

“只有两个。”

“你真得出去多转几圈啦，汉娜。”罗勃沉默了片刻，嘴里小声嘀咕起来，“这么说来，我算是幸运的三号？”

“做你的大头梦吧。”汉娜小声嘀咕着从罗勃的胸口挪开身子，转头面对着卧室的墙壁。为了标示春季学期的开始，汉娜把墙壁刷成了薄荷绿颜色，但这种绿总让罗勃忍不住想起牙膏，害得他颇为怀念汉娜家里原来那堵深紫色的墙壁，那是标示秋季学期的颜色。罗勃不明白为什么汉娜和薇琪每隔半年便要大张旗鼓地把卧室粉刷一遍。汉娜解释说，作为一名未来的室内设计师，薇琪认为每学期开初都应该换上一种全新配色，但罗勃觉得这说法毫无道理。油漆本身就不便宜，再说她们寓所的油漆气味一直散不干净。这种绕梁不去的化学品味道让罗勃感觉保不住自己的脑细胞，尤以春季为最：那时雪城大学掩埋在堆堆雪花里，汉娜寓所的一扇扇窗户全关得密不透风。

罗勃颇为享受在汉娜房间里的午夜幽会，享受那种肢体交缠的亲密接触，也享受长达几小时的谈天说地，但汉娜才刚刚把墙壁刷成了佳洁士和高露洁的颜色，罗勃便已打定主意告别这段秘密恋情。到了二月中旬，罗勃已经可以预见到年底的一幕：他会退学搬去奥斯汀。他计划在奥斯汀待上几个月，直到想清楚下一步的对策，与此同时，他也打定主意尽快跟汉娜分开。他们两人在一起厮混的日子实在太多了，眼下两人之间已经不再像是偷欢，倒更像是一对男女朋友。因此在二月末那个周四的晚上，罗勃一反常态没有在汉娜家露面。

那年三月，一位名叫亚历克西斯的女孩顶上了汉娜的位置，她和罗勃在同一个班上修人类学。亚历克西斯来自长岛，穿着一个鼻环，平素不爱说话，而且只对“本垒打”感兴趣。

汉娜很快就意识到自己已经被抛到了脑后，她在罗勃乐队的一场演出中遇上了亚历克西斯，倒是装出一副毫不在意的模样。此后汉娜对罗勃颇为冷淡，但她并未就此当面质问过罗勃。罗勃对她的做法一点也不吃惊，因为他们两人之间有一桩默而不宣的共识：只要出了汉娜的寓所，两人将绝口不提这段地下情。

到了大家都备好行装准备回家过暑假的那一天，罗勃才在汉娜和薇琪的寓所里露了最后一面。这学期汉娜和薇琪用了些便宜的油漆刷墙，正因为这些油漆，汉娜卧室里的墙壁已经开始剥落。罗勃站在剥落的墙壁前面开口告诉汉娜，今年秋天他不会再来学校报道了。汉娜听完后便开始冲着罗勃大声嚷嚷，揪着他的成绩和未来对他一顿好骂，但她那哆嗦的双手和颤抖的双唇透露了一件事：她还有许多话没有说出口。

两人又以朋友身份一起过了一个周末，当时罗勃在男生中间只有一名密友汤姆，汤姆刚刚跟这群人混到一起，他邀请大家到他父母那栋位于科德角的避暑别墅去度假。这场聚会本该是罗勃的告别会，但汉娜从头到尾没怎么搭理他，贝在整趟旅行期间也一直和罗勃保持着距离。话说回来，贝倒是不时安慰汉娜，仿佛她一直都对汉娜和罗勃的地下情心知肚明。

那年夏天晚些时候，罗勃在奥斯汀找了间小型公寓安顿了下来，这时汉娜却给他写来了一封电子邮件——按罗勃的猜测，她恐怕是想让电脑查一查自己有没有拼错字。罗勃原本希望汉娜会为她那副冷冰冰的态度好好道个歉，但等他发现信里罗列了他的一长串罪名，罗勃倒也觉得不足为奇。电邮里的句子大多以“我觉得”开头，以“亲密”或“责任”之类的单词收尾，整封信压根儿没提一句具体的要求，纯粹是汉娜写来发泄心中的不满，于是罗勃一直没有回信。

汉娜在那年的圣诞节给罗勃打了个电话，聊了聊近况。她在电话里只字未提那封电邮，反倒问了问罗勃在奥斯汀过得如何，还跟他通报了朋友们的一些消息。她坦白说自己已经开始和汤姆约会，罗勃听后非但没有火冒三丈，反而恭喜了她一番，顿时让汉娜松了一口气。从那时起，汉娜每年会给罗勃打上一个电话，偶尔发上一封电子邮件，她把自己在纽约的职业生涯一股脑儿全告诉了罗勃，罗勃就在YouTube上把汉娜选角的那些片子找出来瞧一瞧。

罗勃只给汉娜打过一次电话，那是几年前的事情，当时罗勃从贝那里听说汤姆和汉娜分了手，搬了家准备挨着波士顿的家人住。贝告诉罗勃汉娜伤心欲绝，对罗勃来说，汉娜失去汤姆之后竟然如此痛苦，也算得上让他伤心欲绝。

汉娜第一次遇见汤姆·基廷就送了他一个绰号——“预科书呆”，但没过多久她就对汤姆欢迎有加，邀他跟大家一起共度电影之夜，邀他与薇琪、里奇、贝这群人一起出门游玩。

罗勃退学搬回德克萨斯州后，汤姆几乎不费吹灰之力就取代了罗勃在汉娜生活中的位置：一开始他邀请汉娜去看电影，随后他深夜造访找汉娜聊天，后来再升级到深夜里与汉娜卿卿我我——“除本垒外百无禁忌”。到了大四那年的十月，汤姆甚至成功晋身成为汉娜的男友，换句话说，他成了那位幸运的三号。

汤姆还为这件事打了个电话给罗勃，仿佛汉娜是罗勃的一桩私有财产。如果汉娜知道他们两人曾经打过这样一通电话，她一定会暴跳如雷。

“想怎么做就怎么做，汤姆。”罗勃尽最大的努力摆出一副满不在乎的样子。

这时罗勃刚刚搬进他在奥斯汀的第一间公寓，浑身上下全是臭汗，身边堆满一个个箱子，他飞快地点上一根烟说：“汉娜连我的女朋友都算不上。”

“我知道，但她当时真的很喜欢你，我知道你也很在乎她。这些话是她跟我说的，她说如果不是因为贝对你痴心一片，如果你没有退学，如果没出这样那样的事情，你们很有可能会在一起。”

汤姆的一番话让罗勃坐立不安，他震惊的是汉娜不仅曾经对他动过真心，还把自己对罗勃的感觉告诉了汤姆。

“太抬举我了，汤姆。”罗勃摆出一副神气十足的口吻，“汉娜喜欢我和她共度的美好时光，这让我很开心。不过说真的，我现在可在德克萨斯州，你就上吧，该做什么做什么。”

“这不是上不上床的问题，罗勃，我是真心喜欢汉娜。”

“汤姆，我刚刚是开玩笑的，说真的，我祝福你们。”

通完电话后，罗勃抓起刚刚从箱子里取出的一本书狠狠地扔到了墙上——那是一本约翰·塞尔斯的*Los Gusanos*①，上面沾着些咖啡印。

结果汉娜和汤姆两人在大四那年交往得颇为融洽，毕业后也没有分手，汤姆还决定跟随汉娜一起搬去纽约。从汉娜时不时发过来的电子邮件中，罗勃得知这一对情侣在皇后区住了三年，后来搬到了布鲁克林，汤姆则在市政厅附近的一家政治咨询公司里谋到了一份满意的工作。两人的日子过得安安乐乐，直到汤姆突然厌倦了纽约，想要搬到波士顿挨着家里人住，他希望有朝一日能在家乡竞选个一官半职，因此要在马萨诸塞州开始新的生活。

除非搬到洛杉矶，否则汉娜压根儿不打算离开纽约，于是汉娜和汤姆的恋情就此画上了句号。

罗勃不太清楚两人分手的详情，他不知道汉娜是不是曾经

---

① 该书出版于1991年，书名为西班牙语，意为“虫”。

求过汤姆留下来，也不知道他们两人是否有机会重归于好。听到他们分手的消息以后，罗勃倒是给汉娜打了一个电话，不过这个尴尬的电话没有说上多久，汉娜身边还有别的朋友可以依靠，远在德克萨斯的罗勃跟她疏于联系，消息也不灵通。

自从科德角一行后，罗勃就再也没有见过汉娜，眼下她打来的电话不禁让他记起汉娜的为人：她是个才思敏捷的人，能把罗勃逗得开怀大笑——这阵子罗勃已经很少这样笑了。

此刻罗勃细细回想过去，猛然发现汉娜一直算得上一个非常不错的朋友，就算在他们亲密接触之前也是如此。汉娜总帮他学习功课，逼着他用功备考某些科目，尽管他们两人都清楚罗勃会在考这些科目的时候睡大觉。她还常常在深夜询问罗勃父母的事情，罗勃从来没有见过自己的亲生父亲，他母亲在罗勃的少年时期则总是跟着男友东奔西走。

汉娜还帮罗勃打扫过一次公寓。那是罗勃得了流感卧床不起的那个周末，汉娜四肢着地趴在洗手间里做清洁，嘴里发誓说除非她消灭了病菌，不然罗勃又会害上一次感冒。

罗勃一直没有回报汉娜的一番心意。事实上，在汉娜二十岁生日那天，罗勃还笑话汉娜是个毫无新意的人——她果然不出所料要早早回家，结果才过了一支烟的工夫，罗勃就开着汉娜的“福特天霸”撞上了一根柱子。后来在他们那帮朋友面前，罗勃还申辩说，他明明已经喝了四瓶啤酒，汉娜压根儿不该让他来开车，不过话说回来，他要开车的话汉娜一定不会拦着，这一点倒也不出他的预料。

罗勃从未问过汉娜家里的情形，从来没有给过汉娜舒舒服服宣泄情绪的机会，即使他心中深知汉娜有多么渴望倾述。

在罗勃看来，汉娜总是对他寄予太高的期望，结果每当他做回自己，就会害得汉娜莫名地失落，这一切并不公平。罗勃素来不喜欢装腔作势，即便眼下的罗勃也只是这样的一个角色：这家伙发几封温暖人心的电子邮件，在电话里说几句玩笑话，但他并非那种在紧要关头陪在她身边的人。

在刚刚收到贝的婚礼通知函[①]时，罗勃倒真是满心喜悦，生平第一次有了一种为人父母般的自豪感：卡片上是贝和她那位即将新婚的丈夫站在苹果园里的合影。

照片上的贝穿着一条牛仔裤，配着一件长袖T恤，T恤外搭了一件胀鼓鼓的背心，看上去比罗勃记忆中更美，一头秀发添了几分金黄。她的双颊泛着玫瑰般的红晕，笑容真诚，显得信心十足，这是一个罗勃从未见过的贝。

贝的身后是那个幸运的家伙曼特·费，他的两只胳膊正搂在贝的腰上。罗勃从汉娜的某封电子邮件中得知曼特是一名律师，但在这张照片里他看上去更像一位橄榄球明星。曼特长着一头波浪发，发色比贝要深上几分，手臂则有罗勃三条胳膊那

① 这类卡片是新人为了向宾客预告婚礼日期提早寄出的通知函，与正式婚礼请柬不同。

么粗。

照片上的贝和曼特在两堆苹果后面摆着姿势，图像上方的文字写着："我们选择了对方！"

罗勃原本以为在婚礼通知函上拿摘苹果打双关语[1]会让自己暴跳如雷，要不然的话至少有点恼火，结果这张卡片却很讨他的欢心，害他自己吓了一大跳。贝完全配得上这一切。她的性格内向而和善，理应遇到一个待她好的人。大学期间，贝在交男友一事上一直有些不顺，她长期倾心罗勃，又喜欢待在汉娜身边扮演默不做声的密友，这两点在交男友一事上都没给她带来什么好处。贝长得非常标致，但学校里的年轻男孩大多对她敬而远之，她似乎太过正派、太过优雅，很难与她厮混。再说不管贝心里是否希望如此，有件事是明摆着的：跟贝约会就代表要跟她结婚，要不然的话至少得对她一片忠心，大部分大学男生可还没准备挑起这种担子。因此贝直到进法学院才遇到了曼特这般准备对她一心一意的男人，罗勃对这件事可一点也不吃惊。

罗勃仔仔细细地把那张婚礼通知函审视了一通，仿佛他肩负着身为家长的责任，手里的卡片必须经过他的首肯。眼前这个长大的贝增加了几磅体重，这倒是一件好事。大学时罗勃总怀疑贝刻意不吃东西，她整天靠一些"斯奈克威尔士"饼干

① 英文原文为双关。

和低脂酸奶过活，为的是把身材减得跟她妈妈一样纤细。贝的母亲生来便娇小玲珑，按照贝的说法，她妈妈一心沉迷瑜伽和“动感单车”健身课。那张婚礼通知函上的贝比当年大了几岁，看上去更加成熟，显得心满意足；那位曼特则有着健硕的身材，配着一抹浅浅的胡茬，看上去能保得贝衣食无忧，这种男人的衣柜里只怕有条不紊地摆着一条条褶裥卡其裤和一顶顶棒球帽。

罗勃通常不太喜欢戴帽子的家伙，但贝和这样一个人结婚倒让他满怀欣喜。尽管婚礼地点远在千里之外，他的银行账户上也没有足够的钱，但一想到贝结下了一段良缘，罗勃的心中倍感欣慰，因此他打定主意要去参加贝的婚宴。等正式的婚礼请柬一到，罗勃立刻给了肯定的答复，这还是他生平第一次答复请柬呢。

罗勃难得这样替他人的幸福开心，不过送出回复之后，他身上那股难得的热情却也随之戛然而止。几个星期一晃过去，他却还没有买机票，刚开始是因为费用问题，他上网查了一查，发现从德克萨斯到巴尔的摩的机票大约要花六百美元，中途还要停留几次，简直烦人得很，于是他给汉娜发了封电子邮件写道：“我等机票价格降降再说，别担心。”

罗勃在德州大学图书馆挣的工资颇为体面，但自从前女友露西·巴伯从他俩的爱巢搬出去以后，他就一直过着“月光族”的生活。露西两年前搬进来跟罗勃合住，那时她同意支付一半房租——这样才说得过去嘛。罗勃有生以来第一次有点财力偿还雪城大学的贷款，还能攒下一些钱来。

不过露西只跟他同居了六个月，这段夭折的同居时光并未让露西和罗勃有多吃惊，罗勃在露西搬进来之前就知道她是个靠不住的人，知道她动不动滥用处方药，但罗勃被她迷了心窍，愿意冒一冒这个风险。他们两人的恋情总是花样百出，罗勃还从未在这段恋情中踏实下来过，一想到自己能拦着露西不让她胡来，他的自我感觉还颇为不赖。

不幸的是，罗勃跟露西太过相像，他根本没有办法纠正她的恶习。同居才几周他就开始染指医生开给露西的处方药，他们根本不愁药物会断货，反正有些医生认定吃药能治好露西的情绪波动。

露西离开罗勃已经有一年多的时间，之后不久她就搬去跟前男友合住，那人比她年长许多。不过露西为人还算得上和气，她给罗勃留下了价值两千四百美元的Pottery Barn牌沙发和三个装满药丸的自封袋，她知道罗勃中意这几种药。

罗勃明白露西离开是最好的出路，但他仍然十分想念露西，说得更清楚些，他想念与露西的鱼水交融。比起跟其他女人共享鱼水之欢，与露西共享鱼水之欢要容易得多：他们的鱼水交融只关乎性爱，而不是他许下无法实现的承诺后从女方那里得到的奖赏；他与露西的性爱从不牵扯情感交涉。

罗勃心下明白，露西与他分手是自己应得的报应，他还在露西搬走最后一些东西前向她承认了这一点。好歹也该他当一次被甩的一方了，这是一种宝贵的人生经历，他这么盘算着。

露西走后罗勃和几个女人上过床，大多是朋友的朋友，但最近一阵子他几乎不怎么找床伴。算起来罗勃已经有好几个月没有跟女孩上床了，从失去童贞那天起他就从未遇到过如此漫长的空窗期，歇这一阵都是为了莉兹，但罗勃并不怪她。

当初露西收拾妥当最后一拨衣服，把钥匙还给了罗勃，没过多久他突然心血来潮从当地的动物收容所里领养了一条狗。罗勃也不明白自己怎么会有这种念头，他还从来没有养过宠物呢。

那是一个周二的下午，他正开着车从食品杂货店回家，中途经过一家动物收容所——每天去大学上下班的路上，他至少会经过这家收容所两次，那天他却莫名其妙地掉了个头，把车开到了收容所的车道上。

两个小时后罗勃带着一条狗出了收容所，那狗有些金毛巡回犬血统，还混了一些其他犬种的血统，也许是德国牧羊犬。罗勃给狗取名叫做莉兹，因为从收容所开车回家的路上，当地的大学电台正在播放莉兹·菲尔的一首歌。

罗勃初遇莉兹之时，她已经有五岁的年纪，收容所里还有些年纪更小、更惹人喜爱的狗，但莉兹那双悲伤的眼睛深深地吸引了罗勃。罗勃是查理·布朗，莉兹就是那棵蔫不拉几的小不点圣诞树，罗勃觉得如果他不把莉兹带回家的话，人们也许会动手结束她的性命。

罗勃领养莉兹大约一个月后，莉兹便出了第一个事故。事情发生在罗勃那间丁点小的客厅里，那条狗从她最喜欢待的地方站起身，突然间撒开腿跑了起来，仿佛正在赛狗场上飞奔。莉兹一头撞上了电视，电视机“砰”地摔到地上发出一声巨响，罗勃听了生怕它会把地板砸出个洞。摆放电视机的那张木桌也是一件搭得不太牢靠的宜家家具，它本该有四个必不可少的螺丝钉，眼下这些螺丝钉却缺了一半，结果那木桌在几秒钟后也跟着“哗啦”散了架。

莉兹似乎还没有弄明白自己捅了个多大的娄子，她仿佛走着太空步一般一步步往后退，一直退到尾巴拍上了墙壁。狗儿侧身倒在了地上，一边呻吟一边抽搐，两只呆滞的眼睛鼓了出来，眼神中满是恐惧。

罗勃吓得心胆俱裂，从沙发上一跃而起想要稳住莉兹的腿。

“撑住，宝贝，振作点，宝贝。”罗勃一次次对着狗儿说，他以为莉兹快要撑不住了。

大约过了一分半钟，莉兹的身子松弛了下来，又眨了眨眼睛。她看上去筋疲力尽又满怀疑惑，她的主人也是这副德行。那条狗慢慢撑着后腿站起身，还向罗勃靠过去让他帮上一把，准备撑着四条腿站起来。

罗勃一边抱起莉兹向沙发走去，一边抚摸着狗儿的毛皮，亲了亲她的耳背。

“会没事的，宝贝。”罗勃的话说得毫无底气，声音有些颤抖。

罗勃又抱起莉兹放到沙发上挨着自己，等到莉兹闭上眼睛带着沉重的呼吸进入了梦乡，他才走进厨房照着一块“宠物911”冰箱贴上的号码拨了个电话，那是他带莉兹去打针时兽医给的应急号码。

罗勃火冒三丈地拨打着1-800号码，还不得不四下里遍寻跟“宠物”这个词对应的几个数字。

一个男人接起了电话。

“噢，先生，你可以把狗带过来，不过现在已经是凌晨一点钟啦，我们这儿的规矩是：哪只狗情况最紧急，就先救治哪只。”热线那头的男人说，“如果她现在不再发作，又睡得好好的，那我建议你等到明天再带她过来。”

和宠物医院约好第二天的就诊时间后，罗勃回到了沙发旁边。莉兹还在沙发上打盹，她每喘上一口气，那光滑的身子就跟着屈伸一回。

电视机还躺在地板上，罗勃熬夜照看着莉兹，最后不禁挨在莉兹的身边沉沉入睡。

第二天早上他们到了医院，莉兹的诊断结果很快就出来了，它得了一种常见病——犬类癫痫症。

“我还不知道狗会得癫痫呢。”罗勃对兽医说，兽医是个矮矮胖胖、头发稀疏的中年女人。

“狗怎么就不能得癫痫？”对此刻脆弱的罗勃来说，兽医的回答有点太过刻薄。

那名毫不留情的医生简单明了地向罗勃交代了莉兹的状况：莉兹现在的病情只能暂时用药物控制，每个月大约要花上七十五美金，不过癫痫最终将会发作得越来越频繁，到时候就不得不结束莉兹的生命。

“她还能活多久？”罗勃把声音压得很低，仿佛不想让莉兹听到。

“她可以活上一年，说不定还能熬过两年，之后癫痫会频繁发作，到时候病情无法控制，她也会痛苦得受不了。”医生说，“要诊治的话得花一大笔钱，再说这只狗年纪已经不轻了，如果你决定现在结束她的生命，我们可以帮你。”

罗勃坐在兽医对面那张到处都是狗毛的布椅上，低头默默地看着莉兹。莉兹已经站起来了，正亲热地把头挨在他的腿上。

“先生，”兽医的口气温柔了起来，“也许你应该花上几天时间考虑考虑。”

当晚罗勃躺在床上，莉兹躺在他的脚边，他算了算这笔账：一年要花一千两百美元在买药和血检上，还要算上买狗食的钱，雪上加霜的是，露西再也不付那三百美元的合租租金了。

“他妈的！”他大声骂出了口，莉兹应声抬起头糊里糊涂地望着他。

第二天罗勃按处方取了药，遵医嘱把药和莉兹的干粮混在了一起。药剂师还建议罗勃考虑一下换个地方住，要有更大的露天场所，在狗儿癫痫发作的时候，最安全的地方是一片柔软空旷的草坪，这样狗儿抽搐起来有足够的地方，还能从草坪的一头跑向另一头，途中不会撞上锋利的东西。

就这样，罗勃找了一间新公寓，眼下已经住了约有八个月。这所房子的面积比原来的住处要小些，房租却高达每月八百美金。该寓所确实又小又贵，还坐落在一个不那么合人心意的小区，但跟罗勃的旧公寓不一样，这个地方有一个半英亩的后院。

“换公寓是为了莉兹，为了她的癫痫着想。”罗勃这么告诉本。本是罗勃在奥斯汀的密友之一，当本不陪妻子也不跟乐队巡演的时候，他偶尔会顺便来罗勃家喝喝啤酒。

“太浪漫了。”本说。

当罗勃打算去参加贝的婚礼时，他曾经考虑过要拿莉兹怎么办——那可是整整一个周末呢。他可以让自己的哥哥来奥斯汀照看莉兹，反正杰瑞米住在达拉斯，又总是千方百计地想从他家里人身边逃开。

但正如罗勃一直没有购买飞往马里兰州的机票，他也一直没有给哥哥打电话。他觉得这么处置再好不过，杰瑞米只怕会放莉兹鸽子，在某天晚上溜出去跟他的大学老友鬼混。

罗勃摇了摇头，伸手去拿电话。留在奥斯汀是对的，不过他也许应该给汉娜打个电话，好歹给她鼓鼓劲，也打听一下学校那帮朋友的消息。他拿起手机翻到里面存下的唯一一个名字，又一次拨通了那个号码。

菲尔：孤独的陌生人

出席这场婚礼的人们似乎都成双成对，要不然就成群结队。菲尔却独自一人坐着，两旁都是空荡荡的一条道，他很久很久没有感觉如此无依无靠了。

从巴尔的摩到安纳波利斯的车程原本不该如此漫长。

这两个同处马里兰州的城市中间只隔着三十英里，不过时值九月，炎热的天气把路况搅成了一锅粥。菲尔发现自己每到一座城镇都会歇上一阵，专心致志地听着电台的路况通报。他经过了格伦伯尼、塞文，还有佩欧——按菲尔的想象，这地方只怕住着不少有前科的家伙[①]。也许他曾经在打高中篮球联赛的

① 该地名在英文中有“假释”一意。

时候去过其中一些城镇，但过了这么多年以后，昔日的回忆已然一去不再复返。

自从大学毕业后搬到巴尔的摩，菲尔就罕少离开此地。他离儿时的家只有二十分钟车程，眼下他的母亲还住在那边，养了一只纽芬兰犬幼犬，这已经是她养的第三只纽芬兰犬，家里每次痛失一只纽芬兰犬，她总是再重新养上一只。

大约七年前，菲尔在三十二岁生日那天买下了一所公寓，从那所公寓到他上班的坎登球场只需走上一小段路，但他从未步行走到球场去过。比起纽约、费城以及任何一个他曾经到过的城市，菲尔的家乡在他眼里却更加危机四伏，就算长着魁梧的身材也无济于事。菲尔身高六英尺六英寸[①]，有一副宽阔的肩膀，这副身胚在球场上能派上些用场——他还在球场上负责安全事务呢，但到了大街上，那可就是另外一番景象。菲尔认定这样的高个和伐木工一般的体格会给他招惹是非，人们觉得他是一名硬汉，但事实并非如此。

眼下菲尔已经望见了安纳波利斯的标牌，这样算来他倒是能准时赶上婚礼。他原本很乐意跳过结婚仪式，正好踩着婚宴的时间赶到，不过话说回来，准时到达也许是件好事。他去这场婚礼不过是为了顶母亲的位置，菲尔本人甚至不在受邀宾客之列，他的母亲南希·麦高文倒是新郎母亲的密友。在菲尔十

① 约1.98米。

多岁的时候，姓费的一家（也就是眼下的新郎家）在巴尔的摩郊区住了两年，以便把他们的家族生意从北卡罗来纳州拓展到马里兰州和弗吉尼亚州。当时南希·麦高文和新郎的母亲住在同一个镇子里，从此成了如胶似漆的密友。过了这么多年，这两个女人的年纪都已经上了六十岁，她们千方百计地想要多碰几次面，但真能碰头的机会其实寥寥无几。

此次受邀出席婚礼让南希激动得有些飘飘然，南希曾经在曼特小时候照料过那小子，婚礼上她会见到老友芭波和曼特两个人，这一点足以让南希激动一番，除此之外，她还已经为婚礼上所需的盛装盘算了好几个月。南希罕少有个由头能够离家出城一趟，更别说身着盛装与陌生人攀谈了。

也算南希有福，曼特爱上的恰好是个家在马里兰州的女人，如果这场婚礼不在当地的话，南希才不会回复说她乐意参加呢。

只可惜南希在两天前染上了一场感冒。据菲尔猜想，那场病要么是感冒，要么是胃肠感染了病毒，不过南希压根儿不乐意细说，看来那场病恐怕害她拉了肚子。菲尔觉得，除了拉肚子，没有什么病能伤到南希的元气。

“外面天气还这么暖和，这时候生病简直再糟糕不过了。”南希在电话中告诉菲尔，菲尔觉得她讲得很有道理。

“你要我周六去你那边吗？”菲尔边问母亲边打着自己的小算盘：要是能去母亲那边免费洗上几件衣服，再看望一下那条狗，那也算没白去一趟。

“我能照顾好自己。”南希回答道，“不过亲爱的菲尔，你得去安纳波利斯出席那场婚礼，顶替我的位子。芭波告诉我每人的用餐费差不多要花两百美金，我才不会让她白花钱呢。我会给芭波打个电话，告诉她你会代表我们家出席婚礼。”

菲尔简直不敢相信自己的耳朵。

“天哪，妈妈，”他大声嚷道，“你在开玩笑吧，我都不认识那些人。”

“说话注意点！”南希凶巴巴地说。

就这样，菲尔心下明白这次是躲不过去了。他好不容易有个远离球场的周末，却得花上宝贵的一天去庆贺两个与他素昧平生的人结为夫妇。

尽管开车赶赴婚礼的一段路慢得让人受不了，尽管菲尔以为自己会在婚礼中途才赶到当场，但不久后他的车却已沿着闪闪发光的海湾向“塔楼花园乡村俱乐部”驶去，还多出了十分钟空闲时间。菲尔下车深吸了一口气，嗅着四周的气息。时值入秋，正是一派完美的天气。在坎登球场，这也正是他一年中最喜爱的时段：春天打比赛太过寒冷，夏天打比赛又热气灼人，整个赛季菲尔都在翘首期盼九月底那十全十美的两个周。

对于球场的工作人员来说，这也是一年中最快乐的时光，因为它意味着漫长的常规赛季即将结束。除非金莺队能打进季后赛，要不然的话常规赛季的最后一晚将在九月底上演，不过话说回来，该队自上世纪90年代末就一直无缘季后赛，宜人的气候算得上黎明前的一缕曙光。

菲尔走过停车场，一眼望见一群身着正装的人正在一排排白色坐席中间找位子，他估摸着大约有超过两百人。女人们一个个疾步如飞，她们的高跟鞋正陷进脚下潮湿的泥地里呢。男宾大多身穿黑色西服；女宾身穿黑色短装或浅色丝裙，要不然就穿着花卉连身裙，脚上蹬着金色凉鞋——按菲尔在球场上的见闻，这种鞋似乎是今年的潮流。

尽管不太情愿，菲尔却不得不承认这地方颇为美丽。要不是他一心想在教堂里结婚，只怕就会找个这样的地方举办婚礼，他心下思量。这家俱乐部看上去别有风致：一名19世纪的海军军官会在此地举办婚礼，不然就在此地打打高尔夫球。草坪看上去跟“阿斯特罗”人造草皮一般闪着光泽，一排精心修剪的灌木将草坪护在中间。菲尔眯起眼睛，望见远处一道木头篱笆后面紧挨着一排帆船，正是那道篱笆把俱乐部与外界隔开。

菲尔走向那片坐席，一名十多岁的男孩前来迎接：“你是新娘的朋友还是新郎的朋友？”

“都算不上。”玩笑话刚一出口，菲尔立刻后悔起来，“抱歉，是新郎。是新郎一方，我母亲是新郎母亲的朋友。”

“那是我的阿姨，芭波。”

“没错，芭波。我上次见到她的时候还是个小孩子呢，她是个非常不错的人。”菲尔尴尬地说。这时新郎一方在草坪上的坐席只剩了寥寥几个，那个小男孩把其中一个座位指给他看。

菲尔注意到新娘一方的坐席比新郎一方至少要空上四分之一，顿时有些替她难过。芭波的家人是一群吵吵闹闹的家伙，他们正等着仪式开始，看上去一个个生龙活虎，已然露出几分醉态；相形之下，新娘一方人数稀少，看上去一个个正襟危坐，显得颇为压抑。

菲尔刚要坐到他的位子上，却转了个念头迈着轻快的脚步向新娘一方的空座走去——他想让双方看上去势均力敌一些。他挑了一排压根儿没有人的座位，暗自希望不会有人坐到他的旁边，免得闻到他身上的异味。

菲尔是个极爱干净的人，一天要冲两次澡，赛前一次，赛后一次，但由于夏季棒球比赛日程安排得十分紧张，他的衣服有点儿乱套。他极爱清洗自己的球场制服，也爱清洗那些从特大尺码服饰店买来的卡其裤，但他对一些过季的衣服和正装心里没数。两天前南希向菲尔交代了婚礼的情况，他不情不愿地草草记下了婚礼细节、时间和地点，挂了电话就去找一套华丽的套装——自从七月份侄子的洗礼仪式过后，这套衣服就扔在卧室里不见了踪影。

一小时后菲尔搜过了床底，翻遍了脏衣服堆，结果在一个袋子里发现了那件皱巴巴的灰外套和长裤。他原本打算把衣服收在袋子里拿去干洗，不过不消说，这个袋子一直没有离开菲尔的家门。

菲尔把衣服放进烘干机里烘了几分钟，算是见到了成效：

西服上的折痕消失了，遗憾的是，菲尔弄不掉衣服上的那股气味。当初他在洗礼仪式后曾经大啃特啃辣鸡翅，尽管已经过去了将近两个月，西装上却仍然萦绕着一股鸡翅味，这股气味害得他饥肠辘辘，还微微有些作呕。

菲尔不清楚坐在他面前的一对情侣能否闻到自己身上的鸡翅味。他想跟他们道个歉，说清楚他为什么跟辣鸡翅一样气味熏人，但他的眼睛却一直盯着腿上的婚礼流程表。出席这样一个婚礼对他来说倒是头一回：流程表上全是些陌生的名字。但凡菲尔出席的婚礼，流程表上通常都会出现他的名字，他已经当过两次首席伴郎，十二次伴郎——他的大多数大学队友都请他做过伴郎。

菲尔用手指在流程表上摸了摸新郎的名字，想要回忆起上次见到曼特·费的时候。尽管他母亲把芭波家看得很重，菲尔却实在记不起芭波一家的情形，他不禁有些好奇自己是否把他们一家子给抛到了脑后。

随着年纪渐长，菲尔悟出了一件事：父亲在世的最后几年里，芭波恐怕是母亲唯一的倾诉对象。在菲尔年纪尚幼的时候，他的父亲被诊断出患有某种病症，最终没能熬过去。那种病“不太像帕金森氏症，也不太像葛雷克氏症”[①]，菲尔的哥哥曾经这样跟陌生人解释。

---

① 又译卢伽雷氏症。

在菲尔的记忆中，那种病是一片侵占了父亲大脑的黑雾，让他无法写字和走路，最终夺去了他的呼吸。

一开始的时候，南希、菲尔、菲尔的哥哥米奇都以为他们家那位大老爷只不过是有点抑郁。弗兰克的脾气原本颇为暴躁，还爱讲上几句俏皮话，但后来他却越来越沉默寡言，家里人还把这当做是丧亲之痛——弗兰克的母亲在前一年离开了人世。

南希最终还是开了口，询问弗兰克为何一直郁郁不欢，结果他的回答让人胆战心惊。“我觉得不太舒服。”他只说了一句话，右脸颊上还随之滚下一滴眼泪。

不到一个星期，他们一家子已经到医院做了各种扫描和咨询；不到一个月，诊断结果浮出了水面。

“那种病叫做额颞叶失智症。”南希告诉她的两个儿子，儿子们耷拉着脑袋坐在家里的花卉沙发上。弗兰克也在一旁，正坐在他最喜爱的皮革躺椅上凝视着窗外。

那种病的进展其实相当缓慢，对此菲尔暗自怀着一股怨气。如果弗兰克在不久后便撒手人寰的话，四十多岁的南希就不会花上许多年照顾一个病人：结果弗兰克熬了整整六年，从一个坏脾气的人变成了一个植物人。这副模样仿佛永远也没有个尽头，南希却一直把他留在身边，能留多久就留多久。

在菲尔对芭波·费的记忆中，有一幕至为重要：当南希意识到自己不得不把丈夫送去康复中心时，芭波对南希说了一番话。

当时菲尔正从自己的卧室走到客厅去看电视，无意中听到芭波和南希在窃窃私语，于是藏到走廊的阴影里偷听两人的对话。

“你不能再照顾他了。”芭波轻声说，“你已经仁至义尽，算是对得起他了，但这件事不止牵扯到你，这对孩子们可不是件好事。是时候送他去康复机构啦，南希。”

“不，”南希的话缺了些说服力，“还不到时候。”

“去办吧，我会帮你。”

这时菲尔听见母亲发出了一声啜泣。母亲通常都是不做声地哭，每逢那种时候，她的眼泪会夺眶而出，但口齿却还颇为清晰，这一次却是真真正正的尽情宣泄，不时夹杂着打嗝声和呜咽声。

南希喘息着想要吸上一口气，这时菲尔正双臂抱膝静静地蹲着，极力压下自己嗓子里的呜咽声。他心知自己的眼泪并非为父亲而流——父亲的房间紧挨着菲尔的卧室，眼下他正在那间屋里大声地打鼾。早在一年多以前，菲尔就已经接受了一个事实：他已经失去了那位伴他长大的父亲。眼下让菲尔心痛的是任劳任怨的母亲，母亲的生活原本不该这么苦，但她却遇上了如此的不幸，一副重担落到了她的肩上。菲尔很快就会离开她去上大学。虽说芭波迅速成了南希的密友，但她正打算搬回罗利去住。这样一来，菲尔的母亲会变成孤零零的一个人。

那天晚上，听到芭波离开他家关上了前门，菲尔在心中默默地对母亲许下了一片忠心：他现在才明白，原来母亲在几年前就可以把父亲送到疗养院去了。菲尔独自待在自己的房间里为母亲垂泪，他答应自己：不管遇上什么事，从今以后他要跟母亲共同分担。他一有机会就会从学校开车回家，只要妈妈还住在马里兰州，他就不会离开这里。

正因为这个缘故，菲尔才到了这个地方，跟一帮子陌生人一起待在一个乡村俱乐部的草坪上：菲尔一心要为母亲着想。

南希倒是跟菲尔交代过这场婚礼的一些细节，不过她的话东拉西扯、毫无章法：芭波的儿子曼特在罗利的法学院里遇见了这位新娘；她家在马里兰州的埃利科特城，离菲尔的家乡只有二十分钟车程；女方很有钱，她爸爸也是个律师。

“真是迷死人啊。”菲尔在心中挖苦道，这时他的妈妈却又喋喋不休地说起了婚礼的背景消息。

菲尔一直不理解曼特之类的人士：这些家伙供职于律师事务所、银行和各家公司，每天睁开眼睛赶赴朝九晚五的生活，却居然还能撑住不犯抑郁。不管世人如何看待菲尔的工作，他倒是对那份工十分热爱，他料理着一家球场的安全事务，不过身为管这个活的头儿，菲尔的职责并非把人们赶出球场，也不是告诉人们不许吸烟。要跟陌生人交代清楚他的工作职责不是件容易事，不过他的职业比这些小伎俩复杂得多。

身为安全事务负责人，菲尔手下有一百三十名员工，这个团队要负责让无数棒球球迷安然度过激情四射的四小时，球迷的人数最多时可达四万五千人。这份工作需要专心致志且协调得当，而且这一行一年比一年复杂。有些晚上菲尔要给某位人气球员护驾，通常是诸如亚历克斯·罗德里奎兹之类的球员，确保此人能够四下走动，还能躲过球迷的围堵和敌对方的围堵。菲尔还曾经被派去照管热爱棒球的名人，这种事至少也有个十几次。就在上个赛季，波士顿“红袜”队到了巴尔的摩，结果一群来自波士顿的演艺明星带着陪同人员在最后一刻现了身，要求到球队老板的包厢里去看比赛。这种曝光度简直让金莺队的管理部门笑开了花，他们乐颠颠地一口应承下来，于是菲尔跟那群著名的波士顿演员坐在一起，确保他们出入球场的时候不被人滋扰。他对其中一桩逸事津津乐道：这群人中间有个人气极旺的明星，尽管球队老板送来了一堆热狗和鸡翅，但此人在比赛期间压根儿没吃一口东西。

“所以我才这么没名气啊，”菲尔会拍着肚子跟他的朋友说，“我可不乐意得饮食失调症。”

有些晚上菲尔会主动站在球场的家庭观看区里，免得有醉醺醺的酒鬼在孩子们附近竖中指。

话说回来，比赛中途总会冒出一些意想不到的事情，让菲尔这份工作变得跟心理学或人类学研究差不多。

就拿上个月的例子来说，当时菲尔接到一个报料电话，声称某球迷在H门附近的大洗手间里看见一名色狼“打飞机”，菲尔立刻照章办事叫了警察，随后又一溜小跑奔向厕所，准备透过隔间的缝隙瞧瞧那家伙是不是个危险分子。

菲尔跑到洗手间透过缝隙往里张望，这才发现那并非一个上了年纪的偷窥狂，也不是个“打飞机”的色狼，隔间里其实是一名十多岁的少年，正在马桶前兴奋地自慰。

菲尔翻了个白眼走到卫生间门口，三名警察正待在门口准备突袭抓人。

“警官们，”菲尔面带微笑说道，“我很抱歉为这点小事惊动了大家，那不过是个孩子，不是个恋童癖，也没犯什么事。”

“先生，”一名身穿制服的警员回答道，“我们接到电话报料，声称这里出现了有伤风化的案件，我们必须查一查。”

“警官们，我明白你们不过是职责所在，不过让我跟他谈谈行吗？如果有什么不对劲，我再带他过来跟你们聊一聊。上帝啊，如果那倒霉小子只不过‘打了打飞机’就被警方大骂一通的话，只怕他‘小弟弟’后半辈子不怎么好使呢。”

三名警察的态度软了下来，其中一个忍不住露出了微笑。

“谢谢。”菲尔边说边走回隔间旁边。

他轻轻地敲了敲门，“嘿，小子，把门打开。”

一片沉默。

隔间里总算传来一个紧张兮兮的变声期嗓音：“有什么问题吗？”

“小子，把门打开。”菲尔提高了音量。

大约过了一分钟，红着脸的男孩出了隔间，腰板挺得笔直地站着，这小子看上去比刚才显得更加年轻。小家伙用不服气的眼神瞪着菲尔，后者的个头比这男孩整整高出一英尺半。

“出了什么事？我压根儿没做什么错事。”男孩的声音有些发抖，菲尔担心小家伙会当着他的面“哇”的一声哭出来。

“小子，”菲尔注意到洗手间里其他人正盯着他们，便轻声说，“小子，跟我来。”

他们走到洗手间的角落里，菲尔朝少年探过身去，好让两人看清楚对方的眼神。

这时男孩哭出了声，他的一张脸涨得通红，眼泪顺着面颊流了下来。

“听着，镇定点，没什么大不了。嗯，你不能在公共洗手间里自慰。虽说自慰挺普遍，不过如果有人能看到你，比如眼下这种地方，隔间的门缝一条条都那么宽，那有些人会觉得你是个变态，他们就会打电话报警，今天就是这么回事。”

“有人叫了警察吗？”男孩浑身发抖，睁大了眼睛。

“有人以为自己看见一个老头在洗手间里‘打飞机’，他们以为你是个色狼。嗯，‘打飞机’没什么错，不过你得在家里打。”

“我确实是在家里打的啊。”男孩边发牢骚边抹眼睛。菲尔探身挡住男孩，不让小便池那边的男人们看到他在掉眼泪。现在菲尔看上去倒像是个变态，他一边想一边心下暗乐。

“我‘打飞机’从来都在私底下。”那小子一口气急匆匆地说，“不过现在我在跟爸妈和妹妹一起度假，我们住的是同一个酒店房间，都已经四天了，我才第一次有机会自己一个人待着，我实在是忍不下去了。”

菲尔简直不敢相信自己的耳朵。他擦了擦额头的汗，男孩却又接着说了下去。

“我妹妹还把她的朋友海莉给带来了，我挨着她睡在地板上……”

“小子，”菲尔赶紧打断了那个男孩，不让他再掰下去，“你不需要跟我说这些。你没事了，你说的那一堆我都懂，不过你不能在这儿‘打飞机’，千万别再这么干了。现在去找你的父母吧，好好看棒球比赛。”

通常来说，重头戏在比赛结束之后才会上演。菲尔必须在球场待到很晚，把当晚被警卫赶出球场的家伙一个不漏地写进日志，并为被捕的人作个专项注解，其中最受他喜爱的一步是撰写“逐出球场的原因”。

“该球迷在栏杆上撒尿。”“该坦帕湾球迷对一名头戴金莺队帽子的小孩吐口水。”“此人为蓝鸟队男性球迷，性骚扰一名金莺队球迷。”只有写下这些字字句句时，菲尔才意识到喝醉的人们能干出何等荒唐事。

菲尔从未想过自己年近不惑时还在球场上工作，但大学期间当做暑期工来干的这份工作眼下已经成为了他的事业。他在公司里一级级地往上升，现在已足以跟金莺队的管理团队开会议事。球员们叫得出他的名字，有的球员还称他为麦高文先生。

说到这份工作，他原本最爱的一面是跟那些球员聊天。十年前他曾经对他们满怀敬畏，但现在他比大多数球星至少年长十岁，他看得出多数球星不过是些小年轻，他们还悟不到赚着百万年薪做自己喜欢的事是何等幸运。

现在菲尔倒是对这份工作的另外一面情有独钟：那就是管理一群兼职当保安的大学生，菲尔当年在大学期间也打过这样的兼职工。他喜欢当一个很酷的老板，他会放兼职的学生提早下班，在他们宿醉未醒的时候打发他们回家，给他们安上些“史莱克”和“安全带”之类的绰号。

不消说，棒球比赛的日程安排简直称得上惨无人道。除了母亲以外，菲尔在四月到九月期间几乎没空见任何一个人，这惨状已经从他身边赶跑了一些女人。女人们总是告诉菲尔她们对棒球颇为了解——不就是每个赛季有162场比赛嘛，其中一半比赛在主场打；但等到春天来临，等到菲尔再也抽不出时间与她们共度周六之夜，女人们又总是摆出一副惊讶万分、上当受骗的架势，她们一个个怒气冲冲，好似菲尔从来没有提醒过她们一样。

眼下菲尔坐进了一张白色折叠椅，身下的椅子随之陷进了那块完美的草坪。多亏此地临近海边，强烈的海水气息居然盖过了他衣服上的味道。菲尔四下张望，突然间留意到此间与球场有些不同：出席这场婚礼的人们似乎都成双成对，要不然就成群结队。菲尔却独自一个人坐着，两旁都是空荡荡的一条道，他很久很久没有感觉如此无依无靠了。他正思忖着这份孤独，手机忽然在腿边嗡嗡地响了起来，菲尔满怀感激地从口袋里拿出手机，一颗心顿时往下一沉：来电话的是他的赌球庄家。

乔：两个薇琪

乔立刻觉得自己很丢脸，他刚刚正在心里揣摩，要是这个女子把头发剪得跟“小叮当”一般短，那她是不是会更像乔在里诺遇上的薇琪呢？。

乔心里很清楚，家人并不希望他在侄女的婚礼上露面，至少嫂子唐娜不希望见到乔。在乔看来，那个女人是个招人厌的泼妇，她过日子离不开肉毒杆菌。

乔跟自家兄弟理查德最多一年能见一次面，见面地点还总在理查德家里。理查德家位于马里兰州，是一栋古板乏味的四居室砖房，离埃利科特城那条历史悠久的主街不太远，唐娜可把那条主街当个宝，她简直觉得那是地球上最有趣的地方。

多年以来，乔常常邀请哥哥去自己家做客，少说也请了二十次，唐娜却一直不肯让理查德去拉斯维加斯拜访乔。乔跟理查德一直不太亲，但他眼巴巴地盼着炫耀一下自己在拉斯维加斯的成就，尤其是他手下那些兴旺发达的饭店供货业务，他心知哥哥一定会很感兴趣。唐娜也从来不让孩子们去乔那边，跟游客一样，她把乔居住的那座城市称作“罪恶之城”，那口气仿佛该城里住的全是妓女和吸毒成瘾的赌徒。要是她能亲眼见识现今赌场里遵纪守法的一家又一家人，那岂不是妙事一桩。这些吵死人的家庭基本上占领了乔最大的客户之一——“纽约—纽约”酒店，全都归功于那家酒店的过山车和以微缩康尼岛为主题的商场。

乔的公司发展得兴旺蓬勃，他已经接近三年没有去拜访理查德了。说实话，倒不仅仅是因为工作忙，而是因为这几年他实在找不出什么理由去马里兰州。乔最心疼的侄女贝已经长大成人，与她的未婚夫一起住在罗利。贝的弟弟埃里克颇识时务，这小子离开了马里兰州去纽约念大学，遇上暑假多半会去欧洲旅行，旅行的费用则由理查德买单。如果理查德家只有几个老辈的话，乔可不乐意去拜访哥哥。

只要乔到了哥哥家，唐娜通常等不了多久就会向他发难，她只会容他轻松上几分钟，接着就会扔过来一串关于他女儿的问题，那些问题一个个刁钻尖锐，仿佛一切全是乔的错——乔在拉斯维加斯能赚到体面的收入养育女儿，而他的前妻非要住在离他两千五百英里的地方，结果这一切都得怪在乔的头上。

乔的前妻瑞秋是一名教师，她和他们俩的女儿辛西娅一起住在缅因州，挨着瑞秋的家人。乔支付的子女抚养费解决了她们的大部分支出，因此在乔看来，住在内华达州似乎是重中之重，毕竟他在那里有一份稳定的收入。乔有着这样那样的缺点，但他可不是个赖账的老爹，他对前妻和女儿颇为大方。每当唐娜给他安个罪名指责他不管女儿，乔总是回答："教师不是在哪儿都能工作吗？为什么瑞秋非要住在缅因州？这明明是可以选择的嘛！"这么一嗓子通常会让大家闭上嘴，晚餐也随之在沉默中结束。

大约一个星期前，唐娜跟乔通了一个电话，害他生了一肚子气，她在电话里非要询问乔在婚礼那周的安排。

"你不能待在我家里。"唐娜的话算不上多么客气。乔想象得出她正身穿一套名牌运动装，还是那副锻炼过度的模样。唐娜的人生便是一次次"下犬式"瑜伽、一次次多跑几英里，她害得贝整天对自己的容貌和体重无比纠结，因此在贝还是青春少女的那些年，乔去哥哥家探望时总会设法夸上贝几句，帮她逃离唐娜的阴影。

一听到唐娜的声音，乔顿时后悔自己回复了那封婚礼请柬。"我不会待在你家。"乔心存戒备地说。

"曼特的父母要住在我家的客房里——曼特就是贝的未婚夫。加上我的父母要待在贝的房间，我们家再没有多出来的空床了。"

“我在旅馆里预订了一间房，唐娜，我也知道曼特是谁，你用不着跟我说我自家的侄女要嫁给谁。”

“好吧。还有，乔，我只不过是给你提个醒，出席这场婚礼要穿礼服打领结哟。”

乔哼了一声，“唐娜，邀请函上明明写着‘佩戴领结与否任君自定’。我有一套很好的西装，没什么问题。”

“我只不过跟你打声招呼，免得你看上去不像样。”

唐娜的提醒让乔大为恼火，只要当着唐娜的面，他有哪次看上去不体面光鲜呢？也许他结婚时太年轻，离婚时也太年轻，也许他住在“罪恶之城”，有个罕少见面的亲生女儿，但他无论如何也算得上一个会打扮自己的人。事实上，打扮自己一直是乔的一项特长。乔的哥哥理查德很像他俩的父亲，他的衣柜里大多是不起眼的褐色裤子和不合身的衬衫；乔却一直把自己打扮得像个时装目录里的男模。乔对穿戴颇有几分讲究，家里的大型衣柜里摆着一排排剪裁合身的西服、一双双时尚优雅的鞋。他在拉斯维加斯大道上如鱼得水，但每次到东海岸看望家人，他就不禁意识到一件事：那些住在郊区、坐办公室的人大多喜欢打扮成银行职员的模样。

女人们喜欢乔的时尚感，这点倒是很省事，因为乔也喜欢女人。通常乔喜欢搭讪外地女郎，随便哪天他都有数以千计的目标可供挑选。

乔的小公司为大约四十二家位于赌场区的餐馆服务，这些餐馆大部分设在酒店里。大多数时候他会在下午走访餐馆的经理们，跟他们聊聊供货问题，通常还会留下来吃顿免费的晚餐，用的是他专为该店定制的银器。

等到白天的正事收班以后，他会晃悠到某个酒店酒吧里找一帮单身女郎聊一聊，这些女郎可能是外出聚会的伴娘团成员，如果时逢春季的话，则可能是些来度春假的学生。

大约每两个月他便要搭航班去里诺一趟，他的新业务大多来自这个地方。该地在最近的房地产热潮中冒出了一批新餐厅，其中约有十几家已经跟乔的公司签了约，这些新餐厅急需高端的叉子、刀子和金属筷子。

乔的生意搭档是大学的一个朋友，在乔发现自己居然要向怀孕的前妻支付子女抚养费的时候，这个朋友雇乔做了销售，结果乔在销售一道上颇有功力，他帮朋友赚到的钱比两人预想的都多，不出一年这位朋友就让乔入了伙。

乔挺喜欢自己的工作，唯一不太喜欢的是去里诺出差，他觉得那地方才配得上“罪恶之城”的名头。一到里诺他就觉得精神不振，那里就像拉斯维加斯最不堪的地方，却又毫无亮点：老太太们在老虎机上把自己的退休金挥霍一空；男人们在单身汉聚会上喝得云里雾里；长得不招人待见的夫妇们在为了钱吵嘴。

但去年他在里诺遇见了她：维多利亚。她是一名三十岁的研究生，自称薇琪，长着一头黑色的短发，看上去像一名带有亚洲血统的“小叮当”[①]。当时她正坐在一家日本牛排馆的酒吧里嘬着白葡萄酒，盯着一部20世纪70年代的武术片——餐厅的一台纯平显示器正在循环播放那部片。她的眼神有些呆滞，并非醉态，但有几分倦意。乔走到那位女郎身边怯生生地打听是否可以帮她买上一杯酒，他一贯的信心在此时消失得无影无踪。

“不用了，多谢。”女郎回答道，她那刺耳的声音让他吃了一惊。

“如果我跟你说酒账其实算不到我头上呢？”乔回了一句。

女郎用困惑的眼神瞄了他一眼。

“这家餐厅是我的客户，我给餐厅供货。我在这里用餐都是免费的，只要把你的酒水归到我的账上就行。”

他举起两手做告饶状，“无条件奉送，只不过是觉得一杯免费酒水能让你振作些。”

女郎犹豫不决地露出了一抹微笑，“好吧……如果不用你买单的话……那好吧，谢谢你。”

她又喝了四杯酒，随后答应陪他回房间。女郎当着乔的面在他的床边脱下衣服，似乎觉得自己刚下的决定有些好笑，她一边摇头一边露出微微的笑意。

“我还从来没有做过这种事。”她说，“不过我相信大家都这么说。”

---

① 出自《彼得·潘》故事。

“不，我相信你。”乔回答道，“我倒是总做这种事。”他说的话把自己吓了一跳。

那个名叫薇琪的女人已经一丝不挂，她耸了耸肩对他笑了笑，一双眼睛半睁半闭，“多谢你这么诚实。”

之后的男女之事既压抑又枯燥，薇琪看上去有些垂头丧气，仿佛她只是借着性爱在逃避某些事情。

尽管如此，那晚却并非只是一夜风流，至少乔不这么认为。他认定她需要一个像他这样的人，当时她一反常态决定不回自己的房间看电视，而是跟着他回房一夜缠绵，这其中必有几分道理。他想要了解她，想要再跟她见面，但他却忘了问她的姓氏。等他一觉醒来，身边已经不见了她的身影。

第二天乔下楼到了那家日本餐厅，想要看看是否能从酒保那里查到她的名字或房间号，但酒保提醒乔说薇琪的酒水免了账，酒吧里压根儿没有她的消费记录。

乔原本该在当晚离开里诺回到拉斯维加斯，但他抱着一丝渺茫的希望把航班推迟了一天：说不定他还能再见到她呢。他又在那家酒吧里守了一夜，盼着她会回那里找他，但她没有现身。半夜两点左右他逛回自己的房间，心里又是沮丧又是绝望——看来是再也找不到她了。薇琪曾提过她父亲的职业，也提过她在哪里念书，但他实在记不起来。他还想过找酒店的安保翻一翻录像，至少让他有个看得见摸得着的图像，但酒店方面绝对不会答应：他听上去像是个色情狂魔。

他料想如果薇琪想见他的话，她随时可以联系餐厅，找酒保打听是谁付了她的酒水。乔一直相信她会回来找他，但几个月过去了，她却杳无音信——薇琪一去再不复返。

眼下乔已经有了个女朋友，遇见薇琪时他还是孤家寡人，但大约四个月前他遇上了莎拉，自此便定期跟她见面。她是“永利”酒店的礼宾员，曾在康奈尔大学就读酒店管理专业，正在一级一级爬上管理层。莎拉芳龄三十一岁，家世良好，是个漂亮的红发女郎，但乔料想这段恋情极有可能长久不了，毕竟他们两人年龄相差不少。距离贝的婚礼还有一个星期时，莎拉问乔是不是乐意再要几个孩子，他却不知该如何回答。

“等我从马里兰州回来再说吧。”乔边说边吻了吻她的额头。

他倒是考虑过带莎拉来赴贝的婚礼，但他不愿意让她误会自己对这段恋情有多忠心。身为一名四十多岁的男人，乔不太确定自己能跟一个如此想要成家的人长相厮守。再说，坦率地讲，他也不想莎拉来马里兰州见到哥哥一家对待自己的态度。在莎拉身边，乔是一位成熟的男子汉，但在马里兰州的理查德和唐娜身边，乔则是一个窝囊废——他是永远长不大的彼得·潘，乔不愿意拉斯维加斯那边的相好见到哥哥嫂子眼中的自己。

乔把租来的车停在了旅馆后面的小停车场里，便又回到安静的旅馆排队等着拿钥匙。这栋小砖楼让他晕头转向，他对璀璨的灯光和光鲜华丽的酒店内饰习以为常，这地方却完全是一派古色古香的航海风格：旅馆里摆着一张张棕色的皮椅，裸露的砖墙和木墙上挂着印有海浪和帆船的画作。乔的前面排着几个商人和一对看上去挺眼熟的夫妇，那对夫妇说不定是乔自己的远房表亲，队伍的前头还有一个背着吉他盒的女人。那名女郎拿着钥匙从木质的前台走开，乔忍不住溜出队伍去跟她搭讪，他对带乐器的女人十分着迷，尤其是这女郎身着皮衣的时候。这样的女人让他想起丽塔·福特，他小时候曾经在卧室里张贴过丽塔·福特的海报。

女郎向电梯走去，乔疾走几步跟上了她。

他对着她的背影叫道，“你玩乐器吗？”

年轻女子猛地转过了身，差点把吉他盒子撞在乔的脸上。通常来说，音乐家们对他们的乐器可没有这般漫不经心，乔暗自心想。

“没错。”女子挤出了一丝笑容。

乔觉得自己的手掌顿时出了汗。眼前这个女人明艳照人，他心想。她长着及肩秀发，恰似薇琪的头发一般纤细，一般墨黑。薇琪有一双亚洲人的黑眼睛，一身柔和的橄榄肤色与一头乌发十分合衬，但这个女人的肤色让乔想起了白雪公主。她那凌乱的黑发剪着波波头型，盖在几乎透明的象牙色肌肤上，看上去并未化妆，一双嘴唇有些发紫，透出几分凉意。乔立刻觉得自己很丢脸，他刚刚正在心里揣摩，要是这个女子把头发剪得跟“小叮当”一般短，那她是不是会更像乔在里诺遇上的薇琪呢？乔想象着她一丝不挂的模样，思忖着她是否会介意他叫她薇琪。他集中心神想要保持镇定，免得自己涨红了脸。

乔深吸了一口气，开口问那女子是否要在附近演出，也许他可以抽个空子溜出婚礼去看她表演。

“不，这只是我的爱好。”女郎说，“我是来参加一场婚礼的。”

乔这下算是明白这个女子不会平白消失了踪影，于是松了一口气。他做了自我介绍，告诉她自己是贝的叔叔，名字叫做乔，突然间又后悔把自己说成了一个老头。

“我叫薇琪。”那个女郎说道，接着她还说了一些话，但乔一句也没有听进去。

乔原本很有可能放家人鸽子不来参加这场婚礼，说实话，唐娜也许已经料想他会不惜一切代价躲开东海岸和家里的牵牵绊绊，但乔一收到婚礼请柬就买了机票，租了辆车，还提前几个月预订了酒店房间。乔认定自己一反常态热衷于婚礼是出于对侄女的疼爱——贝小时候对乔这个叔叔可着迷了。但话说回来，也许乔来到此地另有缘由，也许他决定不带莎拉前来并非仅仅是因为不愿许下承诺。乔崇尚性灵，算不上迷信，但他相信因果和偶然性。也许这一切于冥冥中自有因果，他边想边在裤子两侧擦了擦汗津津的双手。

这时乔突然头皮一紧，赶紧低下头飞快地瞧了瞧自己的穿戴，揣摩着薇琪的看法——揣摩着眼前这个活生生的薇琪。他身穿一条定制的灰色长裤，外套下搭配着一件退色的白色T恤，这套打扮还过得去。乔又抬起了头，突然意识到自己应该说几句话回答薇琪，但等到他抬眼凝神一看，却只望见一只笨重的吉他盒子从他面前渐渐离开。他拔腿跟上前去，她却转过拐角消失了踪影。

汉娜：到底意难平

我不过是一直在楼下的人群里找他。就这么一直等啊等啊，都快让我抓狂了。我不过是想见汤姆一面，了却这段孽缘。

汉娜已经上好了妆，画好了眼线，正凝望着窗外乡村俱乐部的那块草坪。她眯起眼睛端详着一个个蚂蚁大小的人影，不肯放过任何一个黑发的家伙：她要瞧瞧那人是不是汤姆。其中一只黑发的“蚂蚁”倒是有几分相像，但再仔细一瞧，她却注意到那个男人的双肩太宽、步幅太短，不太可能是汤姆。汉娜望着那个陌生男人坐到新郎一方的坐席里，心中顿时舒了一口气，却又不禁涌上一股失望，这番折磨仍然没个尽头。

此时距离贝和曼特的结婚仪式还有二十分钟，大部分客人已经抵达“塔楼花园乡村俱乐部”，他们绕着一排排白色座席团团转，仿佛一只只身着正装的秃鹫。一对对宾客停下脚步小声交谈，议论着究竟是坐在最前面舒服些还是坐在后面舒服些：坐在前面则靠近临时搭建的圣坛，更容易听清结婚誓词，坐在后面则方便去洗手间。

宾客们绕着椅子漫步而行，一些身穿栗色夹克的年轻男子却在草坪和婚宴帐篷之间的就餐处忙碌。他们在一张张桌上摆好酒杯，拿出一盘盘鸡尾酒会所需的冰块。在新人说出“我愿意”之后，这个鸡尾酒会能让宾客们忙上一阵子，结婚誓词后要过上足足四十五分钟才会举行真正的宴会呢。

站在那座城堡里，从汉娜此时伫立的窗口俯瞰“塔楼花园俱乐部”，宾客们看上去正像一个个丁点小的舞者，又像一对对简笔画人物，仿佛正在跳一场盛大的华尔兹舞，然后再纷纷落座。人们一个个绕着圈，动作几乎一模一样，汉娜感觉耳边随时会响起音乐声，随即看见宾客们鞠起了躬、行起了屈膝礼。

汉娜踮起脚尖以便看得清楚些，结果她的鼻子几乎挨上了脏兮兮的玻璃。她把眼睛眯成了一条缝，假装自己是个神枪手，眼神飞快地溜过草坪上的一个个身影。

尽管那些身影都缩了水，汉娜还是认出了其中一些面孔。她见到了大三那年住在贝楼上那间寓所的两个家伙，他们一人挽着一个女人的手臂，那两名女郎长得颇为相像，想必是他们的妻子。汉娜望见了贝的父亲理查德，他似乎正在俱乐部边上跟牧师讲话。她还发现了贝和曼特的一些亲戚，这些人曾经在昨晚的婚礼彩排晚宴上露过面。

汉娜紧张地呼出一口气，在玻璃上喷出了一团小小的雾，她用手指擦了擦玻璃，然后颇不自然地揉了揉自己光溜溜的胸部：伴娘的黑礼服开口很低，汉娜平时罕少这样露出深深的乳沟。那件繁复的胸衣简直把她的乳沟挤到了锁骨，让身上的套装显得更加无遮无拦。

汉娜的目光又落到了楼下的庭院里，手指甲挖进了窗槛，她那修过的指甲剪得颇短，自念大学以来，这还是汉娜第一次涂指甲油。古老的木头窗槛质地柔软，汉娜玲珑的指甲在上面摁出了一块凹痕，棕色的油彩和红色的指甲油星星点点地飘落到一尘不染的硬木地板上。汉娜把手指含进了嘴里，揣摩着这算不算自己给自己下了点铅毒。她闭上了眼睛，想象着星星点点的油彩从自己的舌头上流到脑袋里，这些碎片会一举结果她的脑细胞，也结束她的悲惨遭遇。

“汉娜。”她听见道恩在身后尖声地发号施令。

汉娜猛地转过身，望见道恩站在大约两英尺远的地方，动了动食指向她示意：“你能过来跟我说上一会儿话吗？亲爱的，就一小会儿，过来吧。”

脚穿新鞋的汉娜慢慢迈开步子走向道恩。这时整个伴娘团都已经打扮停当、穿戴整齐，杰姬和丽莎仍站在贝的身旁帮她整理身后的裙摆，不时夸贝几句给她鼓鼓劲，刚夸完了她的装扮和发型，接着又夸她的小蛮腰。汉娜心知此刻的贝正需要听一听这种恭维话。新娘看上去确实明艳动人，但心中或许还有几分忐忑——不消说，贝怕自己在母亲面前暗淡无光。贝眼下在罗利安了家，挨曼特家更近一些，那家人让她沐浴在温暖之中，这一点倒是让汉娜松了一口气。

“怎么啦？”汉娜摇摇晃晃地问道恩。一想到要被首席伴娘责骂，汉娜不禁转开了眼神。道恩撅着嘴唇，突然一声不吭地抓住了汉娜的两个小指，一只手里抓着一个。

“马上给我住手。”道恩压低声音厉声道。

“住什么手啊？”汉娜惊愕地问道。

“看看你干的好事。”道恩的语气轻了些，把汉娜的手背翻上来查看她的指尖——汉娜的十指指甲都已经按道恩的吩咐染成了红色。汉娜一眼看见手上的指甲油已经缺了不少口，变得一团糟，真是托那红色指甲油的福，她的拇指仿佛正在淌血。

道恩放下了汉娜的双手，托着她的下巴抬起了她的脸。她向汉娜挪过去平视着她的眼睛，距离近得几乎快要贴上汉娜的面孔。要是随便挑个别的日子，道恩至少会比汉娜矮上两英寸，但这位首席伴娘为了长长的裙摆挑了一双高耸入云的高跟鞋，结果此刻的她至少比汉娜还高一英寸。

“能跟你说实话吗？”道恩低声说，这时她的手指还捏着汉娜的下巴，语气体贴但又严厉。汉娜没有回答，她大睁着眼睛，一张脸涨得通红，只是点了点头表示同意。

道恩没有出声，她盯着汉娜的双眼，细细端详着汉娜皱着的眉头。端详得越久，道恩的眼神就越发和善，眼中的同情也浓了几分。

"怎么啦？你在看什么？"汉娜紧张地问道。她一边说一边来回摆头想要摆脱道恩的魔爪，因此她的那些话通通字不成字句不成句。

"很抱歉弄坏了指甲油。"汉娜飞快地接着说，"我压根儿没有发现自己在捣乱，我不太习惯用指甲油。不会有人看到的，拍照的时候我会把手藏起来，我发誓。"

"不是指甲油的问题，宝贝。"道恩打断了汉娜的话，放开了她的下巴，却又一把抓住汉娜的两根小指用力地捏了起来，"我很心烦，亲爱的，因为你逼得大家快要抓狂了。再过短短几分钟贝就要走上婚礼的红毯，结果你倒好，你独自一人在房间的角落里望着窗外，仿佛是个精神错乱的连环杀手，正要拔出一把枪放翻几个宾客呢。"

道恩来到汉娜身旁，探过身子对着汉娜低声耳语："现在可不是属于你的时刻。"她的嘴唇触到了汉娜的耳垂，汉娜往后缩了一缩。道恩不为所动接着说道："你能不能别再想着自己，把心思放在你的朋友身上呢？现在你能不能一心放在贝身上呢，亲爱的？"

汉娜的目光落到了贝的身上。在这间古色古香的阁楼里，贝正站在房间的另一头，看上去像一尊瓷娃娃。她闭着双眼，杰姬和丽莎一边踩着小碎步绕着她打转，一边别扭地弯下腰把她的礼服下摆抖松。贝的嘴唇默不做声地动了动，想必正在排练她自己拟的结婚誓词。汉娜能体会到贝对即将来临的一幕有何感受：贝恨死了在人前发言。就读法学院时她就曾经在这个坎上挣扎，经常给汉娜打电话讨教戏剧界的窍门，汉娜总是教她把自己当成别人："你可是个律师，走到讲台上去，把你自己当成……《洛城法网》里头的苏珊·黛。"

"小时候父母不让我看《洛城法网》，汉娜。"贝说。

汉娜用手捂上了双眼，长长地呻吟了一声，"噢，天哪，我简直逊毙了，贝正在那边准备与人携手共度今生呢，结果我对她一点也没有上心。告诉我该怎么做，道恩，我该过去帮她整理裙子吗？"

"汉娜！看着我！"道恩压低声音大声发号施令，逼着汉娜拿开捂着眼睛的手正视她。一发现汉娜正在哭泣，首席伴娘的声音放柔了一些，却也变得近乎恶毒。

"不行，这绝对不行。"道恩说着用食指拭去汉娜眼中刚刚涌起的眼泪，不让泪珠流上汉娜的面颊，"不许流眼泪，一滴眼泪也不许流，你化着妆呢。"她握起汉娜的手与她十指交缠。

"看着我。"

汉娜紧紧地闭着眼睛憋住泪水。

"看着我！"道恩的声音有点响，害得丽莎从贝站的角落抛过来一个眼神，眼神中满是困惑和担忧。

汉娜默不做声地听了道恩的话，猛地睁开了眼睛。她飞快地眨了眨眼把泪水憋住。

“听我的，深吸一口长气。”道恩下了指示。

两人都吸了一口气，互相凝望着对方。道恩说：“现在呼一口气出来。”两人随即同时呼出了一口气。

道恩放开了汉娜，她的两只手无力地垂到了身侧。

“亲爱的，”道恩说，“你得收手啦。”

“很对不起，我不过是一直在楼下的人群里找他。就这么一直等啊等啊，都快让我抓狂了。我不过是想见汤姆一面，了结这段孽缘。我真想见上他一面，然后凄凄惨惨戚戚地做一会儿怨妇，接着回酒店去，再继续过自己的日子。我很抱歉，我是想力挺贝……但我的心里全是一件事：汤姆在楼下的草坪上，跟别的女人在一起呢。某个……辅导员。要是我不找他，那我就在查自己那只蠢手机，上面压根儿没有一条消息，简直空空如也。娜塔莉·波特曼杳无音信，我什么消息也没有收到。”

道恩把头扭到了一旁，压根儿不问汉娜为什么会提到娜塔莉·波特曼。她突然踩着碎步从汉娜身边向化妆包走去，汉娜望着她打开塑料手提袋拿出一只小零钱包，从中取出三枚白色药片。她又走回汉娜身旁，一双高跟鞋在木地板上踩出了一片噼啪声。

道恩一把抓住汉娜的右手，把药片放在她的手心里，“把这些药放进嘴里咽下去。”道恩一边发号施令一边冲着一杯走了气的苏打水点点头，汉娜早前曾经慢悠悠地啜饮过这杯苏打水，已经喝了一半。

汉娜咬了咬嘴唇，盯着那三片药。

“这是什么药？”

道恩的脸上闪过一抹笑意，“其中两片会让你定定神，另一片让你打起精神。我在选美比赛前让姑娘们吃这些药，药片可以调节神经，让人有个好心情。”

汉娜缓缓地摇了摇头，“我说不好，道恩，我可不想睡着，也不想生病，我一向不怎么受得起药物。”

“你不会生病的，宝贝。”道恩说着端起那杯苏打水塞在汉娜手里。两人的面孔贴得很近，汉娜可以看见道恩眼帘上的一丝假睫毛胶，那东西把两弯假睫毛牢牢地粘在了道恩的眼帘上。

“能跟你说实话吗，汉娜？”道恩开口道。此时汉娜正仔细打量着道恩的面孔，她那张圆脸长得如此可爱无邪，一口贝齿白得过火。“为了贝，你一定要吃下这些药，这些东西会帮你撑过婚礼，到时候你脸上的那抹笑容绝对真心实意。贝应该把心思放在她的婚礼上，结果现在倒好，她还得替你操心。”道恩说。

“如果你现在吃下这些药，”道恩不改自己的风格，继续大声在汉娜耳边私语，“你会开开心心地过上三四个小时，接下来可以直奔酒店房间饱饱地睡上一觉，第二天神清气爽地醒过来。”

汉娜低头看着药片，那三片药已经开始在她汗津津的手掌里融化。“三片都吃吗？剂量对不对头？”

“亲爱的，我带的那帮女孩不过十多岁，个个不超过一百磅，人家服的剂量比这还大呢。”

“吃了药会怎么样呢？这些东西究竟有什么作用？”

汉娜把药片放进了嘴里，随即飞快地喝了一口苏打水，道恩的脸上露出了胜利的笑容，“嗯，没什么特别显眼的药效。过上大约二十分钟，你会觉得心境平和冷静，到时候那道天桥就再也难不住你，等到药效消失以后，你就会想要好好打个盹。”

“你的意思是红毯吧，”汉娜说着露出了笑容，“刚刚你说的可是‘天桥’两个字。”

道恩说：“你高兴怎么叫都行，亲爱的。”她的语气仍然颇为轻松。

“多谢你，道恩。”汉娜轻声说。道恩飞快地向汉娜眨了眨眼，转身向贝走去，准备最后检查一遍新娘礼服。

汉娜站在原地，一边小口啜着剩下的苏打水一边望着道恩，道恩正在绕着贝的裙子团团转，从各个角度检查礼服。道恩探身过去跟贝说了几句悄悄话，害得贝咯咯傻笑了一阵。她们俩飞快地来了一个正经八百的拥抱，却几乎没有挨到对方，免得弄花对方的妆容和礼服。

那个颇不舒服的拥抱里饱含情义，汉娜不禁露出了微笑。

她思忖着要不要过去跟她们待在一块儿，最后却还是忍不住先迁就了自己一回。她首先查了查手机，但娜塔莉仍然杳无音信，她又走到窗边最后一次从楼上寻找着那个人的身影。汉娜打量着楼下草坪上一个个小人儿的头顶，准备瞧一瞧是否能找到汤姆的一头乌发——他长着一头灰黑色的头发，当初他在汉娜怀里沉沉睡去时，她便抚摸着那头黑发。

遇见汤姆之前，汉娜还从未见过这样一个人物：皮肤如此之白，头发却如此之黑。汤姆的头发甚至比薇琪还要黑，在一身雪肤映衬之下，薇琪那一头秀发可称得上三千如墨乌丝呢。说到汤姆与汉娜真正搭上话的那天晚上，他们两人首先谈起的就是他那惹眼的黑发。

汤姆原本是罗勃的朋友，在三年大学期间，罗勃看上眼的人不过寥寥几个。两个年轻人在一个女性研究课程上结识了对方，几年前学校发现有人在一些宿舍的洗手间里涂上了纳粹标志，不久学校便出台了相关规定，要求学生们修一修“文化理解”课，这个女性研究课程正好满足要求。

在周三下午女性研究讨论课结束以后，汤姆和罗勃爱去喝上几杯。罗勃告诉汉娜，该讨论课就是“十二个穿着毛皮靴的女人在高谈阔论，聊着会不会出现第四波女性主义”。

“每周我要听上整整四十五分钟瞎扯，基于课上那些不知所云的屁话，我有点替全体女性操心呀。”某晚在罗勃和汉娜见不得光的深夜密谈上，他告诉她。当晚罗勃刚过十一点半便到了汉娜家里，两人都觉得有点筋疲力尽，没有力气亲热。罗勃把头搁在汉娜的胸部上，两人一反常态温柔地拥着对方，汉娜抚摸着他的头顶，有那么一刹那，她想知道如果能够得到贝的恩准，她和罗勃是否能够谱出一段情缘。

这时罗勃却谈起了他新交的朋友，打碎了汉娜浮想联翩的美梦。“你真该多跟汤姆处一处，”他若有所思地说，“他说也许会来看周五的演出。”

“你居然挺喜欢那小子，吓了我一跳呢。”汉娜说着轻轻地用手指在他的头皮上画圈。她盯着天花板上那层为秋季学期涂上的漆，仔仔细细地在里面挑刺：灯具上稍稍溅上了一些紫色——她和薇琪在粉刷房间的时候还一直抽空喝上几口，紫色油漆也许是那时候惹下的祸。

“我还以为你想让我多交几个同性朋友呢。”罗勃从她身边挪开身子，仰面朝天躺了下来，把一双手枕在脑后。

“我知道。”汉娜放开罗勃时叹了口气，打了个冷战，“不过汤姆身上有种气质，让我莫名地觉得该防着他，我才跟他见过两次面，几乎没说上几句话，但我觉得他老瞪着我，总在对我评头论足。”

“我觉得你有点神经过敏，汤姆这家伙挺不错。”罗勃说。几分钟后，他们便双双沉入了梦乡。

没过几天，汉娜算是首次像模像样地跟汤姆聊了一通。当时他们都在一个平淡无奇的私人聚会上，里面全是跟“奥斯特罗姆与麦迪逊”乐队有些来往的熟人，该乐队的名号来自校外两条大街交汇的路口，罗勃大一那年在该路口当众撒尿曾经被警察逮个正着。“奥斯特罗姆与麦迪逊”乐队从经典摇滚中汲取灵感，由罗勃担任吉他手，薇琪的男友里奇任鼓手，曼特·多尔夫曼任贝司手，乐队主唱则是个主修音乐剧专业的小子，名字叫做贾里德·诺瓦克。人们从来不会只叫那家伙的名字，所有人都叫他贾里德诺瓦克，一口气叫出来中间不歇气，仿佛那根本就是一个词。

尽管汉娜不喜欢那支乐队玩的音乐，她却挺喜欢看“奥斯特罗姆与麦迪逊”乐队的演出，尤其是薇琪陪着她的时候。大一时她们两人和里奇、罗勃、贝同住一栋宿舍楼，汉娜和薇琪一拍即合，迅速成了密友。若是赶上“奥斯特罗姆与麦迪逊”乐队的演出，汉娜和薇琪便会找个阴暗的角落待下来，拿乐队的曲子开涮，那位总爱比比画画的贾里德·诺瓦克尤其躲不过她们的毒舌，他在舞台上的一举一动跟剧院餐馆十分般配，跟大学摇滚乐队却实在沾不上边。贝通常会站在汉娜和薇琪身旁，被她们两人的玩笑话逗得哈哈直乐，不过有时她也会设法让两个密友手下留情。“薇琪，”贝一边说着一边咽下一肚子咯咯傻笑，“你知道你是在损自己的男朋友吗？”

“我清楚得很。”薇琪笑嘻嘻地回答。

举行私人聚会的那天晚上，薇琪在聚会快要开始时到了汉娜的卧室，告诉她今晚自己没法去找乐了，薇琪得留在家里哄哄住在楼上的女孩，那女孩疑心自己中招大了肚子，正吓得六神无主呢。薇琪发现她在前廊的雪堆里抽抽搭搭地哭，便自告奋勇要带她去药店买上一支免处方的验孕棒。

“哎呀!”这时汉娜已经穿戴得暖暖和和，准备出门跟罗勃的乐队汇合，“你不去的话我也不去，外面冻死人啦，还不如从阿托西诺饭店叫个外卖，待在家里看电视呢。”

“不行啊汉娜，你一定得去。贝的父母来了这边，所以她去不了；我又已经告诉里奇我们会出席，那我们好歹得派一个人露露面吧，再说我可听说贾里德·诺瓦克要翻唱‘皇后’乐队的歌哦。去吧，回来之后可要从头到尾讲给我听。”

几个小时以后，那帮经常给“奥斯特罗姆和麦迪逊”乐队捧场的家伙已经一一跟汉娜聊过了天，汉娜心中有几分期盼能跟薇琪心灵感应一下，告诉薇琪她错过了何等场面：贾里德·诺瓦克正身穿一件混着亮橙色、蓝色和红色的条纹大衣，那大衣看上去像是音乐剧用剩的玩意儿。汉娜又猜了猜薇琪此刻的动向，说不定她正在帮那个女孩读验孕棒上的颜色呢，那支验孕棒还刚刚被尿液淋过。

贾里德·诺瓦克鬼哭狼嚎地唱起了“齐柏林飞艇”的一支歌——《雨中的傻瓜》，他一边学着埃克索尔·罗斯[1]的模样前后走动，一边一遍遍地唱着“我找到的爱的光芒”。这时一身

① 埃克索尔·罗斯（1962- ）：美国摇滚歌手，“枪与玫瑰”乐队主唱。

休闲打扮的汤姆突然从汉娜的身边冒了出来，两只手上各端着一只盛着啤酒的红色塑料杯，把汉娜吓了一跳。他递了一杯酒给她，她伸手接了过来。

“嘿。”

“嘿……”她从汤姆身上掉开目光继续凝望着乐队，千方百计把全副心神放在曲子上，免得自己打退堂鼓。

汤姆露出了微笑，用手捋了捋头发。

“他们今晚听上去挺不错，对吧？”

“谁？”

“乐队啊。”

汉娜咬咬嘴唇侧过脸避开汤姆，但她的脸上已经露出了笑容。

“怎么啦？你不觉得乐队听上去挺不错吗？”汤姆傻笑着说。

“我想罗勃听上去还不赖，里奇听上去也不赖，”汉娜朝着乐队的方向点点头，“不过贾里德·诺瓦克也不赖吗？”

“你不喜欢贾里德·诺瓦克？”

汉娜闭上嘴等了一会儿，这下两人算是听见了贾里德·诺瓦克几声颤巍巍的哀号。

“我的身子打起了寒战，我的手心一片濡湿。”他哀声唱道。

“天哪，说起贾里德·诺瓦克颤抖的模样——这事我压根儿连想也不敢想。”汉娜说着大笑起来，“大一那年你见过他演《约瑟的神奇彩衣》[①]吗？”

“实属不幸，错过了那场面。”汤姆靠在墙上朝她挪了挪，方便听清她的话，两人的肩膀挨在了一起。

“嗯，”汉娜踮起脚尖对着汤姆耳语，“我可有幸见识到了，那场面无比辉煌。我敢说他今晚穿的那件大衣是从戏装店里偷来的，那华衣上可有红、橙、粉、紫、蓝诸色杂陈呢。”

汤姆哈哈笑着插了一句嘴，“那美服上可有宝石红、橄榄绿、紫罗兰、浅黄褐诸般多彩呢。”他把汉娜的笑话接了下去。

“你找到了笑点，你知道《约瑟的神奇彩衣》的唱词吧，”汉娜说着向他挪近了一些，“天哪，这么说来，你可是个歌剧发烧友哟。”

“那倒不是。”汤姆的脸上仍然挂着笑容，“不过我姐姐喜欢，她参演过两次《约瑟的神奇彩衣》，还演过两次《红男绿女》，结果害得我从头到尾记下了五六部音乐剧的唱词。”

“你这弟弟当得很称职。”

“我总这么跟她说。”汤姆说着把两只手放进了口袋，一肩着力靠在墙上，“罗勃告诉我你也是个歌剧发烧友，还是货真价实的那种。”

“应该没错，”汉娜说着掉开了眼神，心里揣摩着汤姆究

---

① 《约瑟的神奇彩衣》是安德鲁·洛伊·韦伯和提姆·莱斯于1967年推出的一部音乐剧。

竟对她和罗勃的暧昧有几分知情，“我主修的是戏剧，这倒没错。不过我不是演员，我打算担任幕后制作，也许担任制片或者选角的工作，今年夏天我在纽约市还有一份做选角工作的实习呢。”

“选角听上去很有意思，”此时汤姆挨得很近，汉娜闻得见他身上的洗发水味道，“我家里人喜欢把我家的生活当成一部部电影，挑人来演出其中的角色，长途旅行的时候我们老在车上玩这种游戏。有一次我家里人从波士顿开到了佛罗里达，我们挑人演了我家里人，我家的朋友，还有朋友的朋友……”

“你这一角让谁来演呢？”汉娜问道，她感觉啤酒的酒劲已经上了脸。

“我不记得到底打算让谁来演我这一角啦。每隔几年我长大一点儿，家里人就换一个演员，不过我妈妈倒总是想让苏珊·萨兰登来演她。”

“谁不想让苏珊·萨兰登来演自己呢？你妈妈长得很像苏珊·萨兰登吗？”

“不怎么沾边。”汤姆低声轻笑道，“我母亲皮肤白皙，一头直发，一副典型爱尔兰血统波士顿女子的长相，其实更像是茜茜·斯派塞克。我看上去跟她一点也不相像，我父亲跟我都是‘黑发爱尔兰人’，不过我想他老人家眼下已经成了‘灰白头发爱尔兰人’。”

“‘黑发爱尔兰人’？”汉娜不解地问道。

“你从来没有听说过‘黑发爱尔兰人’？人们就这么称呼白皮肤黑头发的爱尔兰天主教徒，新英格兰那地方到处是‘黑发爱尔兰人’。”

“说实话，我认识的爱尔兰人并不多。”颇有醉意的汉娜口齿不清，“就算我认识一些爱尔兰人，他们也不谈这种事情。我家乡那边到处是犹太人，念七年级的时候，光是犹太女孩的成人礼我就出席过大约二十次。上了大学我才发现那有多古怪。”

“你是犹太人？你看着不像啊。倒不是我有什么成见，天哪，刚才那句话能当我没说过吗？这话出了口听上去很糟糕。”

“没关系，我生来并不是个犹太人，不过我家从小就把我当个犹太人养。我妈妈改嫁给了一个犹太人，马丁是我爸爸的姓，但我妈妈眼下叫做凯西·费尔德曼。”

“祝你好运。”汤姆笨嘴笨舌地用希伯来语说了一句，听上去字咬得不太对劲。他已经挪到了汉娜的面前，背对着乐队，对面的汉娜则背靠着墙。

“嗯，”汤姆又开了口，似乎没有发觉他只差几厘米就要挨上汉娜的脸，“你和罗勃是当真的吗？他很快就没法念大学了，你知道吧？”

汉娜低下眼神，伸出一只手揉了揉后颈，免得自己紧张。她向旁边挪了几步跟汤姆拉开一点距离，也好再次看见乐队。

汉娜咬了咬嘴唇，一边把目光放在贾里德·诺瓦克身上，一边思忖着该如何作答。

“罗勃和我不是一对，我们只是朋友。”她总算给了一个简略的回答。

“我不是故意要问东问西，”汤姆说着设法再站到汉娜身前，他的眼中露出了惊慌的眼神，“很抱歉，我只是有点好奇。罗勃这人非常棒，他是个不错的朋友，只不过——我看得出你为他付出了很多。那天下课后他告诉我说，你正在设法帮他提高成绩，这真是……这真是太贴心了。不过你也说过，你们俩甚至算不上一对。他这人还真是个烂摊子，你的朋友知道你在跟他上床吗？”

汉娜的下巴差点掉到了地上，她扭开头愤愤地瞪了罗勃一眼，毫不知情的罗勃正双手抱着吉他，往后仰着身子。贾里德·诺瓦克正在翻唱《别多虑了，没事的》，伴奏的罗勃感觉眼睛一阵生疼。

“哎呀，汉娜，我很抱歉，我接连说错了好多话。这些事我压根儿管不着，我——罗勃是个很棒的人，请不要把我说的这些往心里去，我想我只是有点醉，请不要在意我今天晚上说的那些话。”

“我没有跟他上床。”汉娜一边厉声说道，一边扭头瞥了一眼罗勃，罗勃正紧闭着双眼，也许此时他正在想象眼前演唱此曲的并非贾里德·诺瓦克——汉娜知道，在鲍勃·迪伦的歌曲中，这可是罗勃最钟爱的一首。

“这些事我根本管不着。”汤姆说着设法挤进汉娜的视野，“拜托别把我刚才说的话往心里去，我只是吃醋罢了，我喝了六瓶啤酒了嘛，我压根儿就不该开口。”

“你吃醋？”汉娜把眼神转回汤姆身上，感觉身上涌起了几分醉意。她想要憋住不笑出来，但已忍不住嘴角轻扬。

“是吃醋啊。”汤姆面带微笑回答道。

汉娜还记得，当天晚上自己回到寓所冲进薇琪的房间，连珠炮般转述了汤姆的话，细细地揣摩着话里的深意。

“我觉得他说的‘吃醋’就是‘吃醋’。”薇琪打了个大大的哈欠说道。她正躺在床上，身上盖着三层法兰绒床单和一床羽绒被。寓所的墙壁眼下已经被刷成了肉桂色，那床羽绒被的颜色跟墙壁的颜色十分合衬。“听他这么一说，我觉得他想要跟你约会哟，到时候你可不要拒绝人家。他人不错，又是个单身贵族，贝的心上人也不是他，再说他可不会在清晨两点钟出现在我们寓所的门口让你帮他打手枪。”

“哇噢，薇琪，罗勃可是我俩的死党，再说你知道情况很复杂嘛。”

“你明白我爱死了罗勃，不过这些偷偷摸摸的事情实在不入我的眼，是时候收手啦。”

汉娜呻吟了一声：“你花了整整一晚上胡扯打胎的事情，所以现在才这么怪里怪气。”

薇琪筋疲力尽地咯咯傻笑了一阵，“也许你说得对，对了，你走的时候乐队还在演奏吗？里奇准备等演出完了过来一趟，可我眼下就已经累趴下了。如果你觉得他待会儿会过来，你介意给他留着后门吗？”

“嗯，这么说吧，我离场时贾里德·诺瓦克刚刚开始唱《猫》里的歌，我觉得你就不用傻等里奇了。”

“你真逗。”薇琪说着又打了个哈欠，扭过脸面对着墙壁。

时光一晃已经过去了八年，汉娜对汤姆亲口承认吃醋的一幕却还记忆犹新。此刻她能够感觉到道恩给的药片正在生效：她的双肩耷拉了下来，变得轻松了几分。她还立在窗边，伸出一只手揉了揉胸部，摸索着那圈勒进肌肤的胸罩钢丝。

楼下草坪上的一个黑点突然吸引了汉娜的目光，那熟悉的黑影看上去好似一根棉签，旁边是一团金色的圆点，汉娜一眼认出了那位发型入时、娇小苗条的女子，那是汤姆的女友——辅导员杰梅。汉娜的手心突然一片濡湿，她转身走向阁楼的角落寻找手袋，拿出手机发了一条短信给薇琪——薇琪想必已经在楼下就座了。“他到了，跟她在一起。”那条短信如是说。汉娜又立刻站起了身，感觉到自己的两条腿正在簌簌发抖。

“道恩。”汉娜突然脱口嚷道。这么大声的一句话吓了她自己一跳，她不禁飞快地向后退了一步。

“怎么啦，亲爱的？”正在房间另一头的道恩说。

“没什么大事。”汉娜露出了明媚的笑容，“我只是想说一声谢谢你，你做这些确实很在行。”

道恩笑着向汉娜走去，碰了碰她的鼻尖。

“我知道，宝贝，你感觉好些了，对吧？”

“是啊。是的，我好些了。”汉娜喜气洋洋、自信满满地说，边说边从嘴唇上擦掉一溜汗水，“我们着手开始吧。”

正在这时，婚礼策划师邦尼·亨特迈着轻快的步子进了门。

“女士们，是时候啦，按顺序排好队吧。贝，你站到首席伴娘后面去，还有……对不起，汉娜？你是汉娜吗？”

“怎么啦？”

“你要纸巾吗？”

“为什么要纸巾？”

“你的嘴唇上出了些汗，胸部也有些脏东西，那难道是油彩碎片？”

汉娜低头望见自己的乳沟上抹了一道指甲油碎片。“哦！”她惊呼一声，飞快地拖着脚走到角落里拿起一张纸巾抹了抹嘴唇，然后擦了擦胸部。

“好啦，大家快一点。丽莎走在最前面，然后是杰姬、汉娜、道恩和贝。我只要一说‘出发’，你们就一个接一个地开始走，记得每走一步要等上三秒钟，数一数‘一只绵羊、两只绵羊、三只绵羊’，跟你搭对儿的伴郎会在楼梯尽头等着。贝，你爸爸就在旋转楼梯的尽头，在其他人后面，你只要走到草地上，一切就交给他了。”

汉娜排进队伍，把汗津津的双手握成了两个拳头。她拱起腰绕到杰姬的右侧——这样就可以望见新娘，那位新娘正拼命贴着道恩。

“贝。”这回汉娜的声音也不小。

贝向汉娜转过眼神，笑容有几分紧张：“怎么啦，汉娜？”

“你看上去真他妈美艳惊人，”汉娜粗声粗气地说，一只手自豪地搁在胸上，“别听你妈妈瞎说，你美得风华绝代。”

“谢谢你。”贝的回答有些拘谨。

“出发！”邦尼·亨特下令道。女孩们沿着旋转楼梯迈开了步伐，这时汉娜突然感到一阵天旋地转的头晕。

乔：让我握住你的手

迷惑不解的乔伸出双臂搂着她，薇琪俯身进他的怀中，一只手放在他那褐色的翻领上，乔的心中顿时满是胜利的喜悦。

不过是迅雷不及掩耳的一瞬间，他却遭遇了两重天。片刻之前她还是个陌生人，现在她却在他的身旁，两人肩膀挨着肩膀。离开酒店房间时，他的房门在身后发出咔哒一声，这时他听见了她的声音，她正自言自语地嘟囔着几句粗口。虽说他在大厅跟她攀谈片刻便搞砸了一切，但他认得出薇琪的声音。乔的心怦怦直跳：他原本以为要到婚礼上才会见到她的身影呢。

他向右转过身，她果然就在在两个房间开外的地方，两只手在自己的小包里乱摸，嘴里骂骂咧咧地咕哝着。“见鬼。”她说。

薇琪根本没有注意到乔在场，她立刻蹲下了身，把手提袋里的东西一股脑儿倒在房间前面的地面上。手袋里的东西倒是不多：一支口红，一部手机，一本平装书，再加上汽车钥匙。她扮了个苦脸说了句“狗屎”，然后一样接一样捡起东西，站起身迈开大步向大厅走去。

“嗨。”乔姑且叫了她一声，她猛地朝着他扭回了头。

“嗨？”薇琪的语调透出几分疑惑，眯起眼睛打量着这个正跟她搭讪的人。

“我是贝的叔叔乔。”乔的脸上露出一丝微笑，面孔颇有几分绷紧，“嗯……刚刚在大堂见过。”这时他笨手笨脚地弄掉了手里的车钥匙，便又小心地弯下腰捡了起来，心中默默祈求着神灵庇佑——千万别让西服挣裂了口。薇琪朝他走了两步，露出了微笑。

“抱歉得很，我没有戴眼镜，还有刚才那些粗口，也很对不起，都怪我把房间钥匙忘在梳妆台上了。”她的右手捏着一只小包，上面镶满了闪亮亮的黑珠子。

“前台还有一把钥匙。”乔发觉自己的声音有些嘶哑，“你回来的时候可以找他们要，其实现在就可以去问前台要。不过我们也许该出发去婚礼了，还有不到半个小时就要开始。”

薇琪比刚才在大堂的模样要高上许多，他边想边不满地瞄了一眼薇琪的高跟鞋。他可不喜欢女人们来这招，她们蹬上高跟鞋，好似踩上了高跷。“她的打扮倒是跟葬礼挺合衬。”他打量着薇琪身上的黑裙暗自心道。那条不像样的黑裙好似一条麻袋般耷拉了下来，长度刚过膝盖，尽管天气暖和，她的双腿却罩着一双黑色袜裤。

乔的目光又落到了她的包上，打量着包里露出的那本平装书。他无法看清标题，却认出了爱情小说的字体。乔的前妻瑞秋便是这种书的拥趸，那些紫色的字一个个打着旋，看上去好似蛋糕糖衣。

“消遣用的书吗？你准备在我侄女的婚礼上读书？”乔问道。这时两人正向大厅走去，中间至少隔着两英尺。

“贝早料到我会这么做。”薇琪脸上的笑容一闪即逝，“我会尽量在念婚礼誓词的时候从书里抽点空出来。”

乔听完不禁放声大笑。也许笑得太大声了，他想。他跟在薇琪身后几英尺的地方，强忍着伸手把她揽进怀里的冲动。

她跟原来那个薇琪并不太像，至少从面孔看来不太像，但她的表情跟那个薇琪颇为神似——她那样撅着嘴，有几分忧郁，几分疏离。多亏了这点神似，乔还能把他的美梦继续做下去。

里诺的薇琪和马里兰州的薇琪身材差不多：两人都娇小玲珑，仿佛一个精灵。麻袋装并没有难倒乔，他还是一眼看出了薇琪玲珑的体格和娇小的双峰；她的体格看上去并不健壮，只是自然而然生就这副纤瘦的模样——也许她是那种拿糖果当早餐、香烟当午餐的女孩，他想。

乔突然记起自己还有个守候在拉斯维加斯的女友莎拉，那女孩与薇琪简直是南辕北辙的两种类型。莎拉总在锻炼，总在跑步。她一直在做半程马拉松训练，乔对这一点已经心生怨气。每到星期天的早晨，莎拉都会跟训练营里的一个朋友一起慢跑上长长的一段路，按照要求，她要早晨五点起床，接着在人行道上进行军事化训练，在内华达州，这时候的人行道已经冒着热气了——莎拉的这一套让乔想到了唐娜。

此时乔与薇琪正并肩穿过大堂，他便用余光打量着她。薇琪端着两只肩膀，一副硬绷绷的姿势，她端详着墙上裱起来的一幅幅画作，叹了口气打破了那片让人颇不自在的沉默。

两人走到前门，乔望见薇琪又从包里摸出了车钥匙，便轻咳一声提醒她身边尚有旁人，接着犹豫不决地开了口：

“你干吗不搭我的车呢？我们要去同一个地方，我不介意载你一程。”

薇琪在大门前停住了脚步，扭头望着乔，手里捏着那把车钥匙。“多谢。”她说着又向屋外的阳光迈出了一步，“不过我可能会提早离开婚礼现场，再说我还要载一个朋友回来，她今天要做伴娘，我得开自己的车。”

“你什么时候想离场，我就什么时候离场。”乔的口气近乎恳求，“深更半夜在安纳波利斯找路可不是件轻松的事情，尤其是几杯酒下肚以后。一旦驶离鹅卵石道，周围简直黑得惊人。我反正不打算喝酒，真的，我随时可以赶回酒店。”

乔不禁觉得自己说得太多也说得太快，他简直不顾一切想要攀住救命稻草。

薇琪一把握住了车钥匙，盯着玻璃门认真琢磨着。她抬头瞟了一眼天花板，咬着嘴唇。

“真的，这没什么大不了。”乔又开了口，“你和你那位当伴娘的朋友打算什么时候走，我们就什么时候走。”

薇琪耸了耸肩，歪了歪头。“我猜……这也行吧。”她说着向乔的方向瞄了一眼，却避开了他的目光，“如果我必须自己走的话，也可以随时叫一辆出租车嘛。”

乔露齿而笑，双手迎她出门：“那好，你先请。”

她跟着他从旅馆走下街道进了小停车场，来到一辆灰色轿车旁。乔用力摁了摁车钥匙上的解锁键，却没有听见一丝响动。两人各自站在轿车的一侧，都拉了拉自己那边的门把手，但车门压根儿没有动静。

“我觉得你恐怕弄错车了。”薇琪用责怪的眼神盯着他。

“真狗屎，你没说错。”乔颇为紧张地笑出了声，“租来的汽车看上去都一模一样，我想我租的是一辆‘水星’。”

乔摁了摁车钥匙上的红色按钮，一阵响亮的尖声隔着几辆车响了起来。那声音吓了薇琪一跳，她大睁的眼睛里喷出了怒火。

“抱歉。”乔在噪声中大叫道。他又飞快地摁钮关掉了警报，薇琪的脸上却仍然怨气未消。“我原本应该跟你说一声，”乔温柔的口吻中满是歉意，“我不过是想找到那辆车，我的车在那边，就是那辆‘水星黑貂’。”

他们向那辆灰色轿车走去，双双坐上了前排，薇琪系好了安全带，凝视着窗外。她一直朝右扭着面孔，乔看不见她的眼睛，只能望见她的一只耳朵和一头漆黑的秀发，那乌发差点遮住了玲珑的吊坠耳环。

他以最短时间启动了车，生怕她会冷不丁跳出车去。“别担心，我们不会迟到。”薇琪没有吭声，双手紧紧地把手袋攥在膝上。

“这么说来，”乔的声音有些抖，“你到了晚间会变身吉他手，我现在就知道这么多。不过你白天是做什么工作的？”

他说话时薇琪一直盯着窗外，乔千方百计想从车窗的倒影里揣摩她的表情。

“你跟贝一样是律师吗？”他又碰了碰运气。

“不是。”薇琪干巴巴地说，“我是一家食品杂货连锁店的室内设计师。”

“听上去很有意思啊。”乔说着舒了一口气，她好歹回答了他的问题。

“是吗？”薇琪扭过头面对着他。她这一眼逼得乔又掉头望着前路，双手紧紧地攥住了方向盘。他先深吸了一口气，然后才开了口。

“听上去像是一份又充实又不错的工作。”乔的眼神牢牢地粘在前方的越野车上，“室内设计听上去挺有意思。我认识几名在拉斯维加斯设计餐馆的室内设计师，那是挺有趣的一行，不过我不清楚设计食品杂货店是怎么一回事。你是为某一家连锁店工作吗？”

“我的东家是沃尔顿。”

乔点了点头。“拉斯维加斯没有沃尔顿的店面，不过我记得在东海岸见过这些店。说来说去，食品杂货店的室内设计师都做些什么？你要决定把牛奶摆在哪里吗？还是你会挑壁纸呢？”

“沃尔顿不用壁纸，只有客户服务柜台后面的那堵墙例外。”薇琪说着在副驾驶座上放松了下来，“说真的，我干的那些设计活压根儿没有什么创意。每家沃尔顿看上去都是一个样，只有区区几处不同；每家店的烘焙标志是一模一样的，墙壁大多数都得漆成乳黄色。我基本上可以算作一名项目经理，到管辖区域里所有的店面出差，确保一切看上去没有问题，要是油漆剥落的话就安排重新粉刷。”

薇琪叹了口气，这番话让她心力交瘁。

乔眯起了眼睛，他又想出了一招。

“你的公寓很棒吧，”他说着向右边偷瞄了一眼，看看她是否还在听他讲话，“我的意思是说，公寓的墙壁没必要涂成乳黄色了吧？我敢打赌你在家里创意百出。”

薇琪点了点头：“你说得没错，我家还真是非常漂亮。在罗切斯特过日子的开销低得不得了，我居然能掏出钱来订购一些漂亮的高档家具，我在大学就梦想着这些家具呢。不过没人会见到那些漂亮家具，没有人真心想去罗切斯特，我也不怪他们。”

乔想象着薇琪身穿丝绸睡衣独自懒洋洋地倚在天鹅绒沙发上，不禁露出了笑容。“我敢肯定你家很漂亮。”此刻他多了几分自信，薇琪好歹在跟他一来一回地聊天，“罗切斯特那边有什么亮点可以补救这一败笔吗？老实说，我很惊讶你不住在纽约，刚刚我还以为你是个纽约客，就是刚刚我在大厅看到你穿着皮夹克，背着吉他的时候……”

薇琪又耸了耸肩，“大学毕业以后，我原本是希望跟我的死党汉娜一起搬到纽约去的，当时我可怀着雄心壮志，要开一家小小的装饰公司。我有个很棒的想法，要把阔佬们跟新潮艺术家搭上线，比方说，我不会从高档家具店给雇主买家具，我会聘请一名独立经营的木工，还会雇佣艺术学校的朋友制作独此一份的壁纸。汉娜爱死了这个想法，不过沃尔顿找到了我，给我开了一份高得离谱的薪水，这份薪水放在罗切斯特就更是高得荒唐，我攒下来的钱可能比我花出去的还要多。但高工资是有代价的，我不得不跟朋友们远隔千里，还要忍受罗切斯特的冬天，其他人都在很酷的地方趁着青春年少逍遥快活呢。高档设计事务所泡汤了，位于布鲁克林的劲爆公寓泡汤了，再也没法子挨着汉娜住了。总之我戴上了一副‘金手铐’，说到这种事，人们用的就是这个词，对吧？高得不得了的薪水害人没办法撇下它去追求幸福，对吧？”

“我想是的。”尽管乔忍不住想要扭脸面对着她，却还是设法把目光定在前方的道路上，“就算我现在想离开拉斯维加斯，我也做不到，我在那地方赚得盆满钵满，没办法到别的地方从头开始。”

他注意到这时薇琪扭开了头对着车窗，脸上露出了郁郁不乐的表情。乔赶紧设法要换个话题，免得她的情绪低落下来。

“我在几年前跟一名室内设计师约会过。”他用欢快的语调说，“如果我没有记错的话，大约是六年前。她帮人装修房子，然后雇主再出售这些房子。她是个行业老手，品味好得没话说，我真希望当时心里多长根弦——好歹请她带我去买了家具才跟她分手嘛。”

薇琪抛给乔一副臭脸，不过乔看得出她正在努力憋笑。

薇琪与乔下了车，到了一个白色碎石铺成的停车场，被一直驶在他们前面的那辆越野车和一辆红色小跑车夹在中间，那辆跑车放下了敞篷，车牌上写着“华盛顿法务”。“我们走吗？”乔耸了耸肩问道。

“我们还有别的选择吗？”薇琪答道。她走到他的身边，跟其余一些刚刚赶上婚礼的宾客一起疾步向乡村俱乐部的草坪走去，那草坪上有座玲珑的圣坛，上面装饰着蓝紫色绣球花和一尘不染的马蹄莲。薇琪与乔并肩走向草坪的入口处，不由越走越近，薇琪踩进草坪时脚下一沉，两人的手一不小心撞到了一起。

薇琪与乔快要走进婚仪区时，一名身材高大、脸上留着痤疮印的年轻男孩上前迎接两人。这时宾客们正在婚仪区里漫无目的地绕着一排排白色塑料椅乱转。

“您是新娘一方的客人还是新郎一方的客人？”男孩问道。

“我们是新娘一方的。”乔替薇琪答了话，用不着开口的薇琪似乎松了一口气。

“乔叔叔？”男孩边问边仔细打量着乔。

乔探身向前，眯起眼睛看着男孩。

男孩露出了微笑，“是我啊——德里克。我妈妈是桑德拉，哥哥是大卫。见到你真高兴，乔叔叔，我能认出你还挺意外的呢，如果没记错的话，上次见到你的时候我才十二岁。”

“你也许没说错。”这下乔记起了表姐桑德拉那两个皮包骨头的孩子，几年前他在费城参加一个餐馆业大会时曾经去探望过这两个小子，“你看上去棒极了，都长这么大了。”

“我今年高中毕业，”德里克喜气洋洋地说，“正在申请康奈尔大学的提前录取。”

乔差点一时嘴快开口告诉德里克，他的女友莎拉念的也是康奈尔大学，不过他顿时想起了身边的薇琪，立刻管住了自己的嘴。

这时薇琪转身望了望身后，随即用肩膀碰了碰乔的肩向他示意，后面还有好多人排着队等德里克去接待呢。“我们也许该去找个座位坐。”薇琪拽着乔那件棕色西装的袖子，扯了扯他的胳膊。乔低头望着拽他胳膊的那只手，闭上眼露出了微笑。“德里克，”他自豪地说，“她说得对，我们得让让路，不过在婚宴上我们俩接着聊，好吧？”

“当然，乔叔叔。”

两人走上前坐到两个相邻的座位上，乔一直盯着地面忍住渐渐涌起的笑意。他们周围全是乔躲了好些年的三亲六故，还有一些不太脸熟的老人家，乔猜想应该是哥哥的同事。

附近稀稀拉拉坐着几群二十多岁的俊男美女，乔认定是侄女小时候和大学时的朋友。如果薇琪今天没有跟他搭伴的话，不知道她会坐到这些人中间的哪一拨呢，乔心想。他扭过头满怀爱意地望着她，她回了他一抹微笑，突然间皱起了鼻子。“你闻到了吗？”她探身向乔低声耳语道。

“闻到什么？”他借机把一只手搁在了她的椅背上。

“难闻的味道……像是某种吃食，闻上去像……”说到这里她顿了顿，又抽了抽鼻子，“辣鸡翅酱，没错，简直让人反胃。”

乔轻声发笑，他的脸几乎挨上了她的头发。他注意到薇琪已经不再端着肩膀，她靠到了座位上，正好投进他的怀中。

“真受不了，”她还捉着那股味道不放，“让我想起了沃尔顿的鸡肉熟食区。”

“我觉得我闻到了。”乔望着她的侧脸和小手撒了个谎，那双娇俏的手里攥着一张婚礼流程表，她正左右摇着头，放松着身上的关节。

此时乔发现这一排的后面坐着一位年轻英俊的男人，他长着深色的鬈发，个子不算高，但双肩颇为宽阔，那男子探身向前跟薇琪挥了挥手，想要吸引她的注意。

“我觉得你多了一名裙下之臣。”乔对着薇琪低声耳语，薇琪闻言扭头望了那男子一眼，随即僵硬地向他挥了挥手。她的脸上毫无表情，连一丝笑容也没有，乔感觉到她的身子有些发僵。

还没有等乔说话，薇琪已经扭过头对他低声说：“这是我死党汉娜的前男友汤姆，他的身边带着新女友，我们可不待见他。”

“是吗？”乔说着露出一抹灿烂的笑容，右脸颊上跟着起了一个酒窝。

“没错。”薇琪也露齿而笑，“我们不会给他好脸色看。嗯，说得更确切一点，我们打心眼里讨厌他，觉得他抛弃了大家。汉娜今天要做伴娘，今晚我们要载回酒店的人就是她，你待会儿会见到她的。”

乔觉得自己的胃翻涌了起来。听她的口气，他们俩还要共度“待会儿”的时光呢。

薇琪滑头滑脑地扭头打量着汤姆身边的女郎，她把动作放得很慢，以免引起汤姆的注意。汤姆的女友正望着前方，对周围的动静一无所知。那是一位个子娇小的金发女郎，长得颇为俏丽，脸蛋上撒了几粒雀斑，身穿一件剪裁讲究的黑礼服，配了一条红腰带，坐得端端正正，膝上放着一只跟腰带配套的红色手袋。

“她也没有多漂亮嘛。”薇琪喃喃私语道。

“噢，拜托。”乔的头凑近了她的玉颈，“别这么小心眼儿嘛，她看上去是个不错的年轻姑娘。”

“好吧，她长得是挺标致，但她不是汉娜。”薇琪还盯着辅导员杰梅不放，“再说我不喜欢她的鞋。”

乔探身到薇琪前面打量杰梅的双脚，她穿着一双脚踝系带的黑色粗高跟，鞋子颇为入时，也许不太适合婚礼，但也称得上美观。

“你说得对，”他开玩笑说，“那双鞋太离谱了，时尚界绝对饶不了她。”

“他伤了汉娜的心，”薇琪的声音突然低了几分，用乞怜的眼神凝视着乔，“要是见到他跟别人在一起，要是见到他跟这个女人在一起，她会伤心死的。”

“为什么？”乔一头雾水地问，“他们俩结过婚吗？他是不是劈腿了？”

“那倒不是。”薇琪说，“他们只是……分了手，好多年前的事了。当时他们一起住在纽约，他决定搬去波士顿挨着家里人住，她心里一直过不去这个坎。”

“为什么过不去？”乔仍然满腹疑惑。

“因为……”薇琪丧气地摇了摇头，“嗯，我——我不知道。我觉得她认定汤姆是那种不离不弃的人，结果他却抛下了她。你知道吗，有时放手是很困难的事情，尤其是当你原本以为自己高枕无忧的时候。”

这时乔走了一会儿神，思忖着他自己的女友莎拉是否会觉得高枕无忧——事实并非如此。

“我明白啦。”乔一边亲切地说着话，一边用搁在椅子上的手拍了拍薇琪的后背。

一个身穿棕褐色裤装的女人突然急匆匆经过两人的座位走下了过道，对着坐席前的弦乐四重奏乐团伸手一指，乐团便奏起了一首近乎阴郁的进行曲，那曲调乔听着有几分耳熟，却又无法确定。

身穿黑色长礼服的伴娘一个接一个从坐席后走了过来，每人都挽着一名男子的胳膊，男人身上还穿着与其配套的燕尾服。伴娘们个个有着一头笔直的秀发，一双修过的秀眉，戴着配套的珍珠项链和娇俏的珍珠耳环。

乔顿时想起了自己二十岁出头时的光景，不禁暗自偷笑，那时候乔为各路朋友当过十多次伴郎，眼下那些家伙大多已经离了婚。乔曾经陪着无数形形色色的伴娘走过婚礼的红毯，那些恨嫁的伴娘简直数也数不过来，他还跟其中一些上过床。

乔用眼角的余光瞥见了薇琪的面孔，她的脸上正绽放出一抹明媚的笑容，自两人相遇以来，他还从未在她的脸上见过如此灿烂的笑意。她对着伴娘们眉开眼笑，朝着红毯探出身子打算瞧一瞧伴娘的队伍。

“哪位是你的朋友？”乔低声对她说道。这时一对对伴娘和伴郎正在疾步向鲜花环拥的圣坛走去，贝的未婚夫正等在那里，一双手握在身前。

“她排在第三个，个子最娇小玲珑的那个。”

“她是位美人。”乔的目光落在了汉娜身上，“你说得对，她比我们那位不会挑鞋的朋友貌美。”他补了一句，心知能借此逗得薇琪一笑。

这时乔和薇琪突然心意相通，双双向右边扭过头端详汤姆的反应：要是见到汉娜如此华丽出场，他会有何等举动？不出所料，汤姆正定定地瞪着汉娜，细细地望着她一步步向前走去。汉娜走到了圣坛旁，转身面对着宾客，汤姆顿时揉了揉额头，往后缩了一缩。汉娜在伴娘队伍里是排在正中的一个，下一位便是面色红润的首席伴娘，她跟新娘之间的距离近得有点过火，仿佛她无比期盼成为关注的焦点。

“刚才你看见汤姆望着汉娜的模样了吗？”乔问薇琪，薇琪此时已经一心扎进了密友的悲欢剧里。乔发现自己居然一口气甩出了汉娜与汤姆的名字，仿佛这两人是剧中的角色，忍不住觉得有些好笑。

“是的。”薇琪一边满心欢喜地低语，一边盯着汤姆，“那是……那正是我盼望的一幕，一分不差，后悔不已的人就是这副表情。”

“我们最好现在起立，不然就要错过贝啦。”乔一眼望见了他那心爱的侄女，脸上立刻喜气洋洋，他已经有几年没有见过贝，也没有给贝打过电话了。

新娘一步步缓缓走来，乔和薇琪跟其余宾客一同起立。贝走上了红毯，对着宾客们点点头，胳膊牢牢地挽着父亲的手肘，她的父亲则端着一副淡泊的表情。跟平常一样，理查德的脸上不露声色。乔试着想象自己挽着亲生女儿送她走上红毯，至少在此时此刻，那一幕似乎遥不可及。辛西娅小时候曾经迫不及待地盼着乔的电话，偶尔的拉斯维加斯之行更是让她欣喜不已，乔会把她的日程安排得满满当当，带她去看表演，吃自助，到沙漠里一日游。但在过去几年中，她几乎不怎么回他的短信，当瑞秋让她接一接乔的电话时，他能听到辛西娅在一旁发牢骚。

乔的女友莎拉让他放宽心，莎拉告诉乔，辛西娅不过是在熬青春期罢了，但乔觉得一切另有别情。毕竟当初出面给辛西娅做性教育的人是乔；在辛西娅第一次对人动心时，在辛西娅迎来初潮却不好意思告诉母亲时，接到她的电话听她倾吐心事的人还是乔。辛西娅正在长成青春少女，这一点原本应该让他们俩更加密不可分，但上次辛西娅去拉斯维加斯见他时却口口声声责备他是个不顾女儿的父亲，她挑剔他的生活方式，还拿他的恋情取笑。

“她的年纪只有你一半大。”乔遇上莎拉后不久，辛西娅便揪着莎拉的年龄不放。

“这话可不对劲，如果她的年纪只有我一半大，那她今年应该是二十一岁，但她其实已经三十一岁了。”

“她跟我的年龄更相仿。”辛西娅回嘴道。

乔顿了一会儿，拼命算着数字。

“那也不对。辛西娅，我真不明白到底是怎么回事。如果你不喜欢莎拉，那也行，你在这里的时候不让她过来就好。不过我跟你很少见面，我真的盼着能跟你多待一会儿。”

“我觉得，”辛西娅的双眼掩映在闪闪发光的蓝色眼影下，“如果你真的想见我，那你自然会来缅因州看望妈妈和我。”

这时薇琪一把抓住了乔的胳膊，将他从记忆中拉回了现实。贝正从他们两人所站的一排座位旁边经过，飞快地向他们眨了眨眼。乔的眼里涌上了泪水，跟这位侄女相处一直比跟自己的亲生女儿相处要容易。贝小时候对乔很着迷，长成青春少女后则更加喜爱乔叔叔。乔叔叔曾经私下把巧克力塞给过敏体质的贝，在她吃完“士力架”巧克力后又奉上抗过敏药，这样一来，等到两人从埃利科特城那些历史悠久的区域逛上一大圈回到家中，就没有人能够看出一点蛛丝马迹。乔叔叔还曾经带贝去“哥伦比亚”购物中心，给她买指甲油和不值钱的饰品——唐娜一口咬定这些都是浪费钱的东西。

乔对着贝露出了温柔的笑容，又冲薇琪一笑。他和薇琪双双向对方探过身去，仿佛一对自豪的父母，两人的肩膀挨在了一起。

“她看上去真是十全十美。”薇琪的眼里突然涌上了伤心的泪水，不由垂下了嘴角，肩膀猝然一抽，随即咽下了一声抽泣。

迷惑不解的乔伸出双臂搂着她，薇琪俯进他的怀中，一只手放在他那褐色的翻领上，乔的心中顿时满是胜利的喜悦。“没事的，没事的。”他低语着从口袋里掏出一张纸巾。这时宾客们纷纷落座，薇琪马上镇定了下来。

“你没事吧？”乔在她耳边低语道。薇琪正襟危坐，目光落在红毯的那一头，她在打量自己刚刚那一瞬间的失态是否落在了汤姆眼里。

“我还好。”她的声音几不可闻，“其实吧，”这时牧师已然开始主持仪式，薇琪私语的声音显得有点大，“我他妈的郁闷得不行。”

坐在他们前方的两名妇人扭过头愤愤地瞪了两人一眼，乔认出这两个年长的妇人是唐娜的姐姐。

这两个女人一本正经的古板劲害得乔拼命憋笑，但薇琪已经咯咯地笑出了声。两人唯恐出了洋相，于是双双勾下头盯着自己的双膝，肩膀一阵乱抖。他们一边憋笑一边向对方靠过去，乔用眼角的余光瞥见汤姆向这边望了过来，想弄明白他们究竟在乐什么。他满脸困惑地瞪着薇琪，一不小心对上了乔的眼神，脸上随即闪过一丝微笑。

乔向薇琪扭过头去，她仍然低着头。这时乔能听见牧师正在对宾客致欢迎辞，但他并未抬头，他向薇琪伸出了手，薇琪用力地握住了他的手。

菲尔：我们不结婚，好吗？

菲尔的目光又落到了黑洞洞的电视上，避开了她的眼神，他的脸一下子涨得通红，“绝对不行，这种事行不通。”

“我愿意”——新郎新娘的话音刚刚落地，菲尔便从折叠椅上一跃而起奔向会所大堂的洗手间。进门后他立刻从口袋里掏出手机，找到上次拨打的号码，尽量不把庄家打来的那个电话放在心上，庄家的电话最后转到了语音信箱。他摁下了拨通键，望着“妈妈”两个字在屏幕上一闪一闪，两声铃响后她接起了电话。

“喂？”从妈妈刺耳的声音里，菲尔可以听出她的病又重了几分。南希的声音听上去有些模糊，仿佛电话和她的面孔之间夹了一层棉花。

“南希，你听上去很不妙。”他直呼母亲的名字跟她打趣。

“比昨天晚上感觉好多了，亲爱的，等等——现在是什么时间？难道不就是婚礼的时段吗？你已经到安纳波利斯了吗？”一声咳嗽掐断了她的话。

“我正在安纳波利斯呢，新人刚刚说了‘我愿意’。”菲尔一边低声私语一边揣摩着洗手间门外的家伙能否听见他的声音。

南希连珠炮似的问了一串关于婚礼的问题，菲尔大多当成了耳旁风。“芭波看上去怎么样？新娘的礼服是什么模样？曼特显得紧张吗？你穿的是什么？你穿的是干净衣服吗？”

“是的，妈妈。”菲尔撒了个谎，脑子里闪过一个念头，要是把马桶上的一罐空气清新剂撒到自己身上，不知道是否能盖住辣鸡翅的味道。他马上把这个念头抛到了脑后，要是闻上去变成了鸡翅味加“来苏尔”牌空气清新剂味，那事情岂不是更糟。

“亲爱的，跟我说说芭波，她一定非常自豪吧，毕竟她最小的一个儿子刚刚结婚啦，她真幸运。”

“我还没有跟她见上面，妈妈。”菲尔粗声粗气地说，“她坐在前面，我坐在后面，我可不想挡住别人的视线。”

南希对此倒不操心，菲尔始终很留意自己的身高，尤其是在音乐会和电影院里的时候，那时他总感觉自己像个巨人般挡住了所有人的视线。菲尔的前女友伊丽莎白身高五英尺两英寸，她为菲尔的这份体贴深深感动。他们两人第二次约会时，菲尔带她去了巴尔的摩那座历史悠久的查尔斯剧院，放映艺术片的地方他只知道这么一家。伊丽莎白走在他的前面，准备去抢剧院里数一数二的两个座位，菲尔却在剧院后方叫着她的名字，随后跟她解释了一通：身为一名六英尺六英寸的大个子，他不好意思把个子平常的人们挡个昏天暗地。

“哇，”伊丽莎白吃了一惊，“这还真是很……体贴。”

“个子不高的人不算人吗？”菲尔挖苦了一句，在后排挑了个座位坐下，既不挡着任何人，也不让人挡着她。

“不，不要误会我的意思，这很棒。”伊丽莎白说，“我只是从来不知道高个子这么在意矮个子，我似乎总是遇上挡我路的高个，那些人才不在乎呢。”

“嗯，我的妈妈身高只有五英尺。”菲尔解释道，“所以我已经习惯了照顾矮个女人。”

“太贴心了。”伊丽莎白边说边亲热地望着菲尔。

当然，时隔一年半以后，伊丽莎白再也不觉得菲尔对母亲的关心是贴心之举了。

“你有恋母情结吧！”在菲尔和伊丽莎白最后几次吵架的时候，她曾经这样冲口嚷道。随后她便风驰电掣地冲出了他的公寓，摔上他家的大门，再摔上自家的大门。他们两人是隔壁邻居，因此摔门总要摔两扇，一扇紧挨着一扇。

这次争吵的导火索是菲尔取消了他俩的弗吉尼亚海滩之

旅。他原本许诺要带伊丽莎白去那边度个周末，一切都已经安排得妥妥当当，两人甚至从菲尔的一个朋友那里弄来了他在当地的分时度假房，但就在出发前一天，菲尔却接到了南希的一个电话。她让菲尔过去吃顿饭，还告诉他家里已经做了他最爱吃的菜——威灵顿牛排。

“结果我就答应她了。”菲尔向伊丽莎白解释道。

“你为什么不直接告诉她我们已经定下来要去度假呢？”伊丽莎白已然火冒三丈。

“嗯，说实话，她听上去怪怪的，有几分寂寞；她花了整整六个小时给我做了一道威灵顿牛排呢，再说那道菜已经放进冰箱里存着了。我不愿意留她孤零零地过周末，我有种不祥的预感，觉得要是离开就会坏事。我爸爸的生日在下周，也许这事吓到了我妈妈。”

就在这时，伊丽莎白爆发了：一开始她的脖子紧张地前后摆动，骨头跟着发出了响亮的噼啪声，接着她再也管不住自己的怒气，公然瞄准菲尔与他母亲的关系开了火。过去她已经以退为进地抱怨过这件事，声称菲尔的母亲是个好端端的成年女子，她能照顾自己，但在这一天，她的话已经变得没遮没拦。

“真有意思，菲尔，我还以为本周末你想滚床单呢，话说回来，也许就是因为这个原因，你才去你妈妈家的吧？”

“快别胡说了，伊丽莎白。”他再也说不出什么话来。菲尔眼巴巴地望着怒火万丈的伊丽莎白，房间里一片沉默。

“那就滚回家去吧，菲尔，想怎么胡来就怎么胡来。”

话音刚落她扭头便走，砰砰地摔上了两扇门。过了几秒钟，菲尔走到墙边把耳朵贴在墙上。只要两人吵了架，他总能听到她打电话，要么对着一名密友倒苦水数落他，要么就跟她自己的妈妈告他的状——伊丽莎白的妈妈住在加州。通常来说，吵完架后隔上大约一个小时，他会听见隔壁传来男男女女的声音，这时她必定打开了电视。菲尔会一直把耳朵贴在连通两间寓所的那堵墙上，直到听出伊丽莎白在看什么节目，通常都是她自己录下来的《欲望都市》。尽管伊丽莎白有好几季该剧的DVD影碟，但她还是把该剧的重播几乎一集不漏全给录了下来。

菲尔实在对《欲望都市》看不过眼，但他赏识该剧的奇效，谁让该片能把他女友的心情伺候好呢。等到跟伊丽莎白吵完架，再打探清楚她正在看的节目，菲尔便会打电话给她，她则会接起电话，但并不开口跟他打招呼。电话里传来她的喘气声，菲尔开口道：“要看凯莉·布拉德肖的难看样，我家的纯平电视可比你家电视显效果。”她被逗得笑出了声，于是一切雨过天晴，伊丽莎白带上影碟返回菲尔的公寓，两人偎在一起一声不吭地把碟看完。

这一套一直挺管用，但菲尔迟迟不开口求婚，两人也迟迟未能同居，害得伊丽莎白下了最后通牒，给菲尔定了个期限——可惜时限到期菲尔仍然没有行动。说到做到的伊丽莎白从此便迈过了菲尔这道坎：菲尔打去的电话再也没了回音；两人在走廊擦身而过时，她的眼神一直落在掉毛的棕色地毯上。有件事菲尔不敢一口咬定，但他相信自从三个月前他们两人分手以后，伊丽莎白家客厅里的电视就不再蒙受她的恩宠，所以眼下他成了没头苍蝇，压根儿不清楚她在看什么节目。

两人分手后，菲尔的母亲倒问起过伊丽莎白几次，还吩咐菲尔说“你该给她打个电话”，那口气仿佛他没打过电话一般。“她是个好姑娘，菲尔，我敢肯定不管你做了什么她都会原谅你的。”

但问题的关键并不在于他做了些什么，而在于他漏了些什么。他还没有开口求婚，也不肯跟她搬到一起住，反而声称自己来自一个严守天主教教规的家庭，婚前同居这种事怎么也行不通。这时伊丽莎白便提醒他，他自家的哥哥在跟妻子结婚之前可同居了好几个月呢，但菲尔只轻轻一句就驳回了这活生生的实例：“我妈妈知道他们婚前同居以后气得不得了，大家脸上都没有光，我不打算再气她一回。”

此刻菲尔正在会所的洗手间里听母亲东拉西扯，南希要他给芭波递个话：“告诉她，她是个好母亲；告诉她，儿子结婚并不意味着她人老珠黄；菲尔，亲爱的，告诉她我一有机会就会动身去拜访她，要不然的话，下次她到马里兰州可以来找我。既然她的媳妇是马里兰州人，那她可能会来得勤一些。告诉她，我有好多好多话要跟她讲。”

“好的，妈妈。”菲尔说着打开洗手间，一眼望见门外等着三名火大的少年，“妈妈，我得走了，婚宴时间到啦。”

“这家伙总算滚蛋了。”菲尔闪身离开时，门外的一个男孩哼了一声。菲尔做了个鬼脸，心下暗自希望能把这小子赶出球场。

他突然感觉在这里再也待不下去了，为了从这个鬼地方逃掉，也为了躲开庄家的电话，他打算马上起程回家。“妈妈，”他满怀希望地问，“婚宴还要再过大约一小时才开始呢，我能溜号开车回家吗？我可以给你买点汤回来喝。明天早上你要是好得差不多了，我们可以去酒馆吃些煎蛋卷，我还可以替你出门遛遛狗。”

“不行，亲爱的。”南希赶紧说道。正在咳嗽的她使出了最严厉的口气，“你得待在那个婚礼上，要让芭波看到我们到场了，再说我可不放心你在一天之内开这么久的车。”

“可是，妈妈，”菲尔发牢骚说，“你自己一个人在家呢，这边人多得不得了。芭波肯定希望我能照顾你，她都不会注意到我走了。”

“亲爱的，”南希说，“我没事，去好好轻松一下吧，去跟伴娘们聊聊。”

菲尔翻了个白眼，“好吧，妈妈。”

“再见，亲爱的。”

会所里挤满了来来往往的宾客，他们正从就餐处的鸡尾酒招待会走向刚刚开席的婚宴帐篷。会所的大堂华丽而洁净，几张真皮沙发挨着一架架泛黄的书籍，房间中央有两张桌子，其中一张摆着各宾客的席次牌，另外一张摆着一台手提电脑，电脑正在一张接一张地播放贝和曼特的照片集锦。

这一张是他们两人在北卡罗来纳大学教堂山分校法学院的自助餐厅里傻笑；下一张是有人偷拍了他们两人在热带某处一条船上的情景。过去的贝和曼特不时从荧幕上闪过，有几张照片上的曼特留着20世纪80年代一度流行的“鸡冠头”，大约正是念中学的年纪；还有几张贝在大学时代的照片。在一张偷拍的朦胧照上，贝正跟一名年轻女郎一起开怀大笑，菲尔认出那是其中的一位伴娘。这名伴娘在照片中留着一头染过的金发，但今天她却留着一头褐色直发，真人看上去比照片娇美几分。刚才她在婚礼仪式上有些坐立不安，菲尔还暗自好笑了一把。

那张照片消失了，眼前换上了新图像，菲尔皱了皱眉，在新换的一张照片里，贝和曼特双双待在一家苹果园中。菲尔一眼认出了这幅场景，他母亲把印着这张图的提前邀请函贴在了冰箱上。菲尔翻了个白眼，望了望摆放着席次牌的桌子，打算等到人群散去再去找自己的席次牌。反正坐在哪里都没有关系，无论身在何处，他的周围总之都是些陌生人。就算他不中途退场，可能也懒得费神去婚宴上坐一坐。与此同时，菲尔还盘算着一件事：最好还是找台电视机瞧瞧究竟出了什么状况，刚刚庄家打电话过来是报喜还是报忧呢？

他沿着一条长长的过道向俱乐部深处走去，居然在那里找到了俱乐部的休息室。酒吧里开着电视机，正中菲尔的下怀。三位上了年纪的男人坐在离电视不远的皮革躺椅上，似乎与那场婚礼不沾边。他们看上去像是爱打高尔夫的乡村俱乐部成员，这种人恐怕经常会把周六下午花在打高尔夫球上，打完后再一杯接一杯喝上一阵波旁威士忌，免得回家跟自家的婆娘待在一起。

这三名老男人正围坐在一只小木桌旁边，面向前方紧盯着马里兰大学对罗格斯大学的橄榄球比赛。

菲尔一边端详着这几个男人，一边揣摩着一件事：要是跟他们商量换个台看几分钟的话，不知道他们会如何作答。要不是偏偏赶上今天，菲尔定会开开心心地看上一场罗格斯大学对马里兰大学的橄榄球比赛，而不是到陌生人的婚礼上四处跟人客套，但今天他在俄勒冈大学对加利福尼亚大学的橄榄球赛上压了一大笔钱，这场比赛眼下正在美国的另一头进行。那笔高得离谱的赌注实在有违菲尔的一贯作风，他一向把自己看做一名颇为保守的赌客，下注不过是为了消遣。ESPN频道还在播放马里兰大学跟罗格斯大学的比赛，不出菲尔所料，这场球果然毫无看点，与此同时菲尔也握起了拳头，思忖着自己是否错过了CBS转播的那场好戏。

菲尔喜欢俄勒冈队，甚至到了甘愿为该队涉险的地步，不过他心里也颇为明白，把宝压在“鸭队”[①]身上的决定确实有几分仓促——此次“鸭队”可是客场作战，哪能一口咬定它能赢六分以上呢？他在这一场上押了五百五十美元，赢了的话可赚五百美元，不过这笔赌注还吓不倒他，吓倒他的是第二笔赌注，那是在最后关头才下的决定，他想一举赢个一千五百美元。这样一来，他不得不希望两边都多得几分：如果俄勒冈队和加利福尼亚队的总分加起来不能超过71.5分，而且俄勒冈队没有赢到六分以上，他就会输掉整整两千两百美元，那他将不得不动用存款来还钱。

菲尔是在三天前押下那个一反常态的赌注的，当时他刚刚眼巴巴地望见伊丽莎白化着赴约的妆容出了门。她并未直视他的眼睛，只是别扭地闪了闪身，迈着轻快的步伐穿过走廊去赶电梯。

她曾经穿着身上那套衣服去赴过他俩的重大约会——在那几次约会中，他们两人一起出门品尝了事先订好的晚餐，这种情形在他们的外出约会中实在不多见。菲尔望着伊丽莎白的背影，望着渐渐合上的电梯门，琢磨着自己该怎么打发这一夜：电视和薯片倒是现成的。

于是他立刻舒舒服服地过起了日子，从冰箱里拿出一瓶啤

① 即俄勒冈大学队。

酒，捧上一包刚买的加量装“多力多滋”[1]赖到沙发上，打开ESPN频道，正好赶上一条关于俄勒冈队的片子，该片聚焦俄勒冈队的进攻教练，此人的事业正蒸蒸日上，俄勒冈队将这名高手从新罕布什尔大学挖了过来。一个小时后，菲尔干掉了两瓶半啤酒，打了个电话给汉克下注。汉克是菲尔多年来的老庄家，几年前菲尔赌得更凶的那阵总爱去找汉克，他接到菲尔的电话后沉默了一会儿没有吱声。

“不是吧，菲尔？”汉克总算开了口。

“汉克，”菲尔说，“这家伙在新罕布什尔大学可是个高手。”

汉克一声不吭，他的沉默饱含着言外之意。

“汉克，你从来不需要追我的债，难道你不该哄我冒冒风险吗？”

“我不需要追你的债，是因为我不是庄家。”汉克紧张兮兮地冲口对着电话叫道，仿佛有人正在窃听电话，“我不过是管了一个非正式的赌博团体。”

“好吧，你是一位模范公民，汉克，反正我赌俄勒冈队。”

现在菲尔身在马里兰州的正中央，只能看马里兰大学对罗格斯大学的一场球。他不禁觉得这一切全是伊丽莎白惹的祸，全都得怪伊丽莎白和她那副约会装扮，还有那条花朵裙。

① 百事旗下食品品牌。

伊丽莎白和伊蕾娜已经在菲尔隔壁的公寓里住了三年，但头一年她们与菲尔并未深交。无论菲尔是去赶公寓里那间铺了地毯的电梯还是从电梯赶回家，只要他从走廊上经过她们两人的身旁，两人便会对菲尔点点头、笑一笑。多亏有了那些不太隔音的墙壁和大堂里的信箱，菲尔倒是知道两位女郎的芳名。

伊蕾娜比伊丽莎白爱交际一些，她的笑声听上去好似卡通片里女巫发出的咯咯笑，长着一头狂放不羁的鬈发，菲尔一直觉得，要是如此鬈发落到一名精致女人的头上，人家定会把它烫得笔直。伊蕾娜身材纤瘦，胳膊却很粗，她的衣服袖子通常不太容得下那两条手臂。在菲尔看来，伊蕾娜随时有可能鼓一鼓肌肉，她身上的衬衣便会随之裂成碎片，仿佛她变身成为了“绿巨人”。

两人中间较美的那位伊丽莎白则是一个谜，至少在一开始颇为扑朔迷离。她不爱交际，罕少与人在走廊里闲聊，常常在早上七点之前就已经出门，也没有申请车位——伊丽莎白靠单车代步。因为单车这个茬，也因为她那颗米粒大小的钻石鼻钉，菲尔猜她是个嬉皮。伊丽莎白的日常装扮也跟菲尔的论断很合衬：飘飘长裙加上紧身背心。

在两名女郎跟菲尔隔壁为邻的第一年，他认定伊丽莎白已经有了男友，尽管他找不出任何蛛丝马迹。她总是独自回家，也从未有过任何不明身份的男子在走廊里徘徊。在菲尔看来，伊丽莎白似乎应该跟某个长着大胡子、玩得一手好飞盘的人有瓜葛，也许是个外表同样迷人的嬉皮。

菲尔暗自期盼有一天能跟她搭上话，把她从这个假想的男人怀里偷走。他会在走廊里逗留片刻替伊丽莎白把着门，但他想不出开口搭讪的办法。

后来终于有个机会落到了他的头上，“那是来自上帝的礼物”，在跟朋友提起此事时，菲尔这么说。两年前，在感恩节过后的那个周五，菲尔所住的大楼变得十分冷清。这栋公寓大楼离附近一家大学的医学楼不远，住客多是些研究生，这些人每逢假日便会回家跟住在州外的家人团聚。

当晚大约十一点钟，菲尔早已把母亲前一晚让他带回家的火鸡热过吃下了肚——这些剩下的火鸡有点咸。这时他听见一阵轻轻的敲门声，打开门一眼望见了伊丽莎白，她看上去苍白而虚弱，正靠在走廊的墙壁上捂着肚子，努力想要挤出一丝礼貌的微笑。

“我是隔壁的伊丽莎白。”她的眼睛又红又干，“事情有点不对劲，我觉得我病了，你能帮我找人来吗？”

菲尔立即握住伊丽莎白的手，陪她走到沙发旁让她躺下来，她的双腿踢翻了茶几上一沓备受冷落的体育杂志。

“你要喝点水吗？”菲尔没有挪开脚步。他低头望着这位不速之客，一步也迈不开，从伊丽莎白那张面孔看来，她正痛得受不了。“你知道出了什么问题吗？”

“感觉像是恨不得把阑尾割掉。”伊丽莎白说，“我觉得后背快要炸开了。”

菲尔没有吱声，花了片刻时间来体味身上突然涌起的一阵紧张。他的心里颇有几分恐慌——伊丽莎白可千万别在他的沙发上咽了气啊，但他的身子又有点飘飘然，一向沉重的脚步突然轻快了起来，因为他至少有六个月没有见到女孩躺在自己的沙发上了，眼前算得上六个月来最妙的一桩美事。

话说回来，眼前这一位可不是普通女孩，这可是伊丽莎白，是那位神秘莫测的邻家女郎，每次见到她把单车锁在大堂的柱子上，他都忍不住想要吻一吻她。

他满心爱慕着她那娇小玲珑的身姿，她的体重不可能超过105磅。他爱想象自己与她裸体相对，伊丽莎白好似熊宝宝一般蜷在他的身上。如果他抽得出空来想象一番的话，那么在这一幕白日梦中，他将变成一位有六块强健胸肌的猛男，胸口光溜溜的没有一根胸毛，但事实上他只有四块胸肌，而且每次只要多吃一个花生酱三明治，他都感觉朝只剩两块胸肌又靠近了一步。

那一切不过是一场梦，但此刻她却躺在他的沙发上，仰面朝天紧闭着双眼，吓得战战兢兢，急需他的关怀——熊宝宝之梦居然活生生地变成了现实。

“我想我得去医院一趟。”伊丽莎白的话把菲尔拉回了现实。

她慢慢地站了起来，撑着沙发扶手稳住身子，走到门口向菲尔点了点头，示意他跟上前去。菲尔乖乖地听从了伊丽莎白的吩咐，一把抓起自己那辆道奇“拓远者”的钥匙，在过道上等待伊丽莎白到她的公寓取钱包和外套。

前往医院的车程并不长，沿着街道往下开便可到达急诊室，可就这么短短的一截路，伊丽莎白却双眼紧闭，双手捂着肚子。两人抵达医院以后，有人推走了伊丽莎白，几名护士过来安抚菲尔，她们把他当做了伊丽莎白的男友。菲尔自豪地担起了这份担子，能回答多少问题就回答多少问题，装做一副深知伊丽莎白的模样。

菲尔正在等候区读着杂志，一名护士把他叫到一边，告诉他伊丽莎白患了严重的肾感染，早在几天前就应该前来诊治了。用抗生素倒是能够治愈该病，不过今天晚上她就只能待在医院里，明天早上菲尔可以来接她，护士还吩咐菲尔空出周六那天照顾伊丽莎白。

护士的吩咐让菲尔有几分雀跃，离开医院前他先去了一趟伊丽莎白的病房，告诉她明早还会回来看她。这时伊丽莎白睁开双眼露出了笑容，轻声问道：“菲尔，你介意今晚帮我打个电话给伊蕾娜吗？你能不能告诉她，我要她早点从父母那儿回来，然后明天早上过来帮我？我把她的手机号码给你。”

菲尔皱起了眉头，伊蕾娜说不定要顶替他照顾伊丽莎白，这件事可惹得他不太高兴。“好吧，我会打电话给她。”他说着存下了电话号码，拍了拍伊丽莎白的手，向门口走去。

回到公寓以后，菲尔按伊丽莎白的吩咐打了个电话给伊蕾娜通气。

听完伊丽莎白的病情，伊蕾娜扯开嗓子回了几句话，菲尔赶紧把听筒从自己耳朵边拿开。

“噢！上帝啊！”她大叫道，“她没——事——吗？”

“她还好，她只是想告诉你一声。如果你要在家里过感恩节赶不过来，也用不着担心，明天我可以替你照顾她，反正我哪儿也不去。”

“你真是太——好了。”伊蕾娜说，“我居然还一直以为你是个浑蛋呢。”她又说了几句，发出了一串跟平常一样瘆人的笑声，“你确信可以照顾她到周日吗？我要到周日晚上才能回来。”

“当然。”菲尔信心十足地说，心里暗自高兴伊蕾娜没有跟他争。

就菲尔这几年的遭遇来说，随后的二十四个小时也许是数年来最美好的一天。他从急诊室接了伊丽莎白回到公寓大楼，把她裹得暖暖和和安置在他的沙发上。她在沙发上似乎待得十分舒适自如，尽管他们几乎跟对方陌不相识。他从楼下那家中东餐馆买来了卷饼，随后告诉伊丽莎白她可以随意挑些电视节目来看，结果伊丽莎白挑了《欲望都市》重播剧。这件事让菲尔有点泄气，该片实在招他厌烦，尤其剧里的角色动不动就冒出一句“其间”。

“每集他们要说上五十次‘其间’。”菲尔告诉伊丽莎白。

“才不是呢。”伊丽莎白边笑边舀着冻酸奶，她刚才叫了一个鹰嘴豆卷饼，配着一杯酸奶。

“绝非虚言，他们总这么说。”菲尔说，“‘其间萨曼莎正奔向住宅区，我却正前往市中心。’”他努力模仿着女声。“其间，”他把那个词咬得格外重，“正当米兰达操持律师事务之时，凯莉却睡遍了上百个男人。”

“闭上嘴。”伊丽莎白作势凶他，扔了个枕头砸菲尔的脸。

过了一会儿，菲尔把伊丽莎白安置在他的房间里睡觉，自己则开心地睡了沙发，努力忍下要进屋跟她待在一起的念头。到伊蕾娜第二天回家的时候，菲尔和伊丽莎白之间的情愫已然渐露端倪。随后伊丽莎白住回了自己的公寓，一个星期后请菲尔吃了一顿晚餐以表谢意，餐后两人双双俯身接吻，先在她家门口吻过，又转战到他家门前，接着她跟着他进了门。

在那个寒冷的季节里，他们时常只着袜子穿行于那两间位于四楼的公寓，有时候他们会容许伊蕾娜扮一扮电灯泡，有时候又会藏在菲尔的公寓里躲着她。

棒球赛季于五月拉开战幕，菲尔给了伊丽莎白和伊蕾娜正面看台的免费票，还让他那群卖零食的朋友们给她俩爆米花和苏打水。他带伊丽莎白回母亲家，带她看他在高中时打篮球的地方。奖杯陈列柜里有张他的照片，伊丽莎白对此似乎颇有感触，还让菲尔暗自高兴了一阵——那是他高三时候的照片，之后不久他便离开家乡去大学打比赛了。菲尔与伊丽莎白每周一起过三次夜，足以让菲尔产生一种感觉，尽管他有个漂亮女友，但这段恋情算不上太认真。

甜蜜之至的日子一直过到了次年三月，也就是距今半年之前，这时伊丽莎白开始把婚姻大事提上了台面。那个周日正值季前赛期间，伊丽莎白醒来时菲尔还在呼呼大睡，他还要睡上好几个小时才打算起床。

“你醒了吗？”她大声问了一句话，吵醒了菲尔。

“你呢？”他一边喃喃自语，一边对着枕头露出了微笑。

菲尔听见伊丽莎白正在啪啪地捏着指节，于是转身面对着她，但她直勾勾地盯着前方，眼神颇为呆滞，双唇抿成了一条线。

“怎么啦？”他的心中涌起一种不祥的预感，顿时感觉胃里火烧火燎。伊丽莎白转过了身，她的腰挺得笔直，俯视着他的脸，眼里满是悲伤而疲惫的表情，仿佛她已经花了一早上来排练这番谈话，却又料到那番谈话会遭遇一个悲惨的结局。

“菲尔。”她顿了很久才开了口。

“哎。”他挨着她坐了起来，两人之间至少隔着一英尺的距离。

“我总有这种感觉：我们就这样了，这种感觉让我终日不得安宁。”

“什么就这样了？”菲尔此时的口吻说明他十分明白她的意思。

“我的意思是，我们终有一天会搬到一起同居吗？你想结婚生子吗？我的意思是，我还没有这些打算，至少现在还没有，但我明年就要毕业，我们已经在一起一年半了，于是这一阵子我有了这种奇怪的感觉：我们就这样了。”

菲尔没有吭声，他等着她说下去。

“你不打算开口吗？”

“我不明白你想让我说什么。”他定定地望着床尾那台没有打开的电视机，感觉到伊丽莎白的目光正落在自己的脸上。

她哭了起来。

“我总是告诉自己，我不想变成那种唠唠叨叨的女朋友，但夏天的时候你总待在球场里，我原本以为今年冬天我们俩的恋情会变得认真一些，但你有一半的时间待在你母亲家，简直是每隔一天就在那儿待一回。”

“她可是孤零零一个人待在那儿，伊丽莎白。”菲尔的口气很严厉。

“她可是六十多岁的人了，她自己照顾得了自己，再说我不是那个意思。你花那么多时间跟你母亲待在一起，这一点我觉得还挺不错的，只不过你很少邀我一起去，这一点很奇怪。我们这里离你家只有一个半小时，但我觉得我只去过两次。”

“那是因为你把你的假期都花在加利福尼亚探望家人了。”菲尔说。

“话说到这儿，每次我去加州都邀你一起去的，”伊丽莎白还不肯住口，“结果你从来没有去探望过我的家人。菲尔，你跟你母亲的关系有点古怪，仿佛她喜欢我，但你却不乐意她喜欢我，就像……就像你根本不乐意别人跟你抢她。"

菲尔又沉默了下来，他的肚子发出了响亮的轰鸣。

"你想要我怎么办？"菲尔的声音已经极度恼火。

伊丽莎白抽了抽鼻子，深吸了一口气，语调变得自信了些，慢条斯理地说道："我觉得我们应该搬到一起住。"

菲尔的目光又落到了黑洞洞的电视上，避开了她的眼神，他的脸一下子涨得通红："绝对不行，这种事行不通。"

"为什么？"她说着又落下了泪水。

"首先，我们在一起的时间还不长。其次，我已经跟你说过，我家世世代代都信教，我不会在婚前跟任何人同居。"

"你开玩笑吧？"伊丽莎白说，"真是因为信教的原因吗？"

伊丽莎白躺在床上叠起双腿，把一只枕头搁在腿上。她又深吸了一口气，努力让自己平静下来："你不是告诉我你哥哥跟他妻子在婚前就已经同居了吗？"

"是啊。"菲尔咬着嘴唇，对自己有几分恼火：他干吗要把哥哥的恋情跟伊丽莎白讲得这么清楚呢。"不过我们都装作没有这回事，也没有跟妈妈说实话，我敢肯定她知道他们住在一起，但我敢保证她不喜欢这种事。"

"这么说来，你是在告诉我，要么我们不能同居，要么我们总算同居了却不能跟你妈妈说实话，要不然的话，我们应该先结婚？"

菲尔又不吭声了，他也不太清楚自己刚才的话是什么意思。他原本以为伊丽莎白最终会跟他分手，搬回加州。菲尔对这段命运多舛的恋情欷歔不已，等到他跟球场上的朋友待在一起把几杯酒送下肚，这段即将短命的缘分还颇让菲尔有些顾影自怜，但他从未想过收场的一幕将如何上演。他认定伊丽莎白深知自己的命运：他们在一起的时光有个期限。她毕竟不是巴尔的摩人，没有任何理由留下来。说来说去，菲尔也不觉得自己会跟伊丽莎白这样的女人长相厮守，毕竟她爱买素饼干，还念叨着要购买一台电动车：他们两人来自两个不同的世界。

眼下菲尔的语调很轻，暗自希望能让伊丽莎白保持镇定："我想……我希望保持现状，我们能不能这样过一阵子，等到你毕业的时候再说？"

伊丽莎白顿时号啕大哭，连床也跟着摇晃起来。

"天哪，"菲尔小声说，"我说什么了？"

她一把将枕头从怀里拿开，扯掉了盖在腿上的海军蓝床单，从床上站起身疯狂地绕着房间走来走去，拿起了寥寥几样属于她的东西：一把梳子，一张DVD。

"伊蕾娜没有说错，"伊丽莎白顿了顿瞪着他，"她说你是在等着我毕业的那一刻呢，她说你一辈子只会娶一个人——你只爱你的母亲。"

菲尔不禁瞪大了眼睛。"你他妈的开玩笑吧？"他嚷道，"你居然要信伊蕾娜的话？男人们给她好果子吃了吗？天哪，

‘只爱母亲’，这话说得太牛了，伊丽莎白。就因为我不想娶你，我就成了诺曼·贝茨[①]之类的人物了吗？实在棒极啦。”

伊丽莎白顿时呆住了，梳子掉在了地上。

“这么说来，就是这样了，你不想娶我。”

菲尔低下头，本能地用双手捂住肚子——肚子火烧火燎，让他觉得很难过，他得喝点牛奶。“我可没这么说。”疼痛让菲尔抽搐了起来，他低声说道。

“你就是这么说的。”伊丽莎白的声音比刚才平静了一些。她走出菲尔的卧室，轻轻地关上了门。菲尔听得出她温柔地关上了他家的大门，又关上了自家的大门，她这一副突如其来的镇定让他心胆俱寒。

菲尔沉默了片刻，深吸一口气出了卧室，蹑手蹑脚地走到厨房，免得隔壁的伊丽莎白听到什么动静。他给自己倒上一杯牛奶“咕咚咕咚”地喝了下去，想象着那又冷又稠的液体熨帖着他那脆弱的内在。

他简直等不及要打开电视机，倒不是准备播一集《欲望都市》把伊丽莎白给招回来，而是准备瞧一瞧ESPN：菲尔想让思绪开个小差，把一切通通抛在脑后。但他仍然动也不动地待在客厅的沙发中间，电视也漆黑一片没有打开——此刻的菲尔犯

① 该角色出自希区柯克电影《惊魂记》，在该剧中，自小与母亲相依为命的诺曼·贝茨后来患上精神病。

上了疑心病，生怕伊丽莎白会从两家共有的那堵墙上听到这边的动静。如果刚刚捅了这么大个娄子就去看体育节目的话，那他这人的神经似乎也太粗了一点吧。于是菲尔一页页地翻看着过期的《体育画报》，直到他再也受不了屋里的沉默，回到卧室在床上看起了ESPN，不过电视的声音小得只能让他零星地听清几个词。

菲尔的隐居生活持续了好一段时间。几个星期来，他一直千方百计不弄出一点动静，生怕打碎了碟子或讲电话太大声惊扰到伊丽莎白，害她记起世界上还有他这么一号人物。每逢搭乘电梯的时候，菲尔便会反复地按键，仿佛他那狂躁的动作能给这台老爷车添上一点火力。如果遇到比赛之夜，他便会一溜小跑从大楼前冲到汽车旁边，生怕撞上下课回家的伊丽莎白。总而言之，那阵子他算是成功地躲开了她。

其间他遇上了伊蕾娜两次，其中一次在邮箱旁，当时他与伊丽莎白分手才短短几天。伊蕾娜皱了皱眉露出一副心领神会的表情，开口说了一句“她还过得去”，仿佛菲尔刚刚向她打探过伊丽莎白的近况，他听完郑重其事地点了点头。

第二次遇上伊蕾娜是在分手后三周左右。伊蕾娜在菲尔的寓所门口停下来跟他讲话，问他是否见过尼克·马卡克斯——女人们似乎总乐意与这名巴尔的摩球员春风一度。不消说，菲尔当然见过马卡克斯，还几乎每晚都会碰面。他把实情告诉伊蕾娜，她舔了舔嘴唇，左右摇晃着脑袋，对他的话并不十分留意。这个女人居然在跟他调情，她还真是个贱人，菲尔暗自心想。此刻伊蕾娜的一头鬈发在他眼中变成了嘶嘶吐舌的群蛇。有那么一会儿，他思忖着给伊丽莎白打个电话，向她通报她那所谓的“死党”正在勾引他。

与伊丽莎白分手后大约六个星期，金莺队于主场作战十一场后前往西海岸进行客场比赛，于是菲尔有了几夜闲暇时光。

到了周四，闲下来的菲尔大半个晚上都窝在沙发上，把几个有线台的节目换来换去，最后选定了重播的《豪斯医生》，该剧已经成了他母亲的最爱。看了大约二十分钟，剧中的年轻女医生居然让菲尔想起了伊丽莎白。医生的个子比伊丽莎白高出不少，相貌也跟伊丽莎白不太搭界，不过这名医生偏巧是位翩翩女郎，加上此刻的菲尔寂寞难耐，于是他一股脑儿想起了关于伊丽莎白的点点滴滴，想起了她的双峰、她的笑容、她的鼻环。

菲尔不由自主地站起了身，突然打定主意要去隔壁赢回她的芳心。

随后他又做了一个同样激昂的举动——他一屁股坐了回去，揣摩着伊丽莎白是否在家，揣摩着她是否愿意与他相见，揣摩着与她见面有何寓意。菲尔心中冒出了一个令人不安的念头：要是伊丽莎白已经开始跟别人约会的话，那该怎么办呢？

“你个浑球。”菲尔冲着那位假想敌骂出了声。

就在那一刻，菲尔制定了一套万全之策：他要去隔壁找伊丽莎白打听一件事，问她是否还留着他那张“伊米利欧”餐馆的外卖菜单，不消说，他深知她还留着。一旦菜单到手，菲尔便会提议两人一起点几个菜，让送外卖的家伙少跑一趟。要是碰上伊丽莎白的公寓里有男客，或者她跟他见面后态度冷淡，那菲尔就拿上菜单即刻闪人。

“真是万无一失。”菲尔边想边心急火燎地迈进浴室检视自己的发型。

伊丽莎白应了门，看上去比菲尔记忆中的模样还要娇小。菲尔压根儿来不及开口向她打听那张菜单的下落，也来不及看清她的穿着（事实上，她穿着他那件洛约拉大学旧运动衫），伊丽莎白已经一把拽住他的衬衣把他拖进了公寓，拉起他的手直奔卧室而去。

要容下他们两个人，伊丽莎白的双人床一直显得有点挤，不过当时在那张床上，伊丽莎白骑在菲尔的身上便是一番深吻，害得菲尔喘不过气来。

如果当时菲尔能够说出话来，他会说上一句“谢谢你”。

那天伊丽莎白特许他不戴套嘿咻，此前她只恩准过两次真空上阵，第一次是两人初次开口说出“我爱你”时，另一次则正值分手之际，那时他们两人都喝得烂醉。菲尔望着伊丽莎白，不禁打定主意要跟她步上红毯，再生个宝贝女儿，也许他会搬到加州去，反正他也喜欢道奇体育场。

但这一切并未成真。七月初的一个晚上，伊丽莎白告诉菲尔她改变了心意，不愿再给他改过的机会了。

“当时我以为我想要这样，但现在我却不停地揣摩我们的恋情什么时候会再崩掉。”伊丽莎白心平气和地解释道，“你没有说错，我最终会回加州去，你是不会离开这里的。”

“那是当然。”菲尔实在没有别的话可讲，他回想着诸多教练输球后在新闻发布会上的表现，回想着教练们用来填补沉默的招数。“就是这样。”他喃喃地说。

伊丽莎白为自己的离开找到了说法，过去她一谈起两人的恋情就掉眼泪，菲尔已经习以为常，但这次她一反常态：“情况还是没有什么变化，你并没有让我搬进去跟你同居，坦白一点吧，你也不打算这么做。人们一个个本性难移，你反正没有变，我当然也没有。我爱你，但我必须放手，我们都必须着眼未来。”

说到这里她停下来等了一等，期待着他的回应，但他愣在了当场，压根儿不知道该跟她说些什么。此时此刻，他该开口邀请她搬过来一起住吗？他该告诉她他想与她步上红毯吗？

他还没有来得及挑好说法，伊丽莎白已经俯身在他的额头上印下一吻，从沙发上站起身，用食指擦了擦眼睛，仿佛她刚刚哭过一般。她走出了菲尔家的门口，礼貌地关上了身后的门。

新学期刚一开学，菲尔便着手追寻伊丽莎白的行踪，以便在电梯里与她碰面，只要能让她想起隔壁房间还有他这么一号人物，只要能让她想起他们只隔着区区几英尺，他便不辞辛劳。他发现自己时常为了一桩子虚乌有的杂事扮成出门的模样，找机会在伊丽莎白的面前晃悠。

上周三他终于如愿以偿，一眼望见了伊丽莎白：她正步履翩翩地穿过走廊，画着约会才化的妆容，下身穿着及膝花朵裙，上身穿着淡蓝色衬衣，菲尔相信那是她唯一一件有衣领的上衣。在那一瞬间，他知道他们的恋情真正走到了尽头。

不出两个小时，菲尔用沾满“多力多滋”的手指拨响了汉克的号码，在俄勒冈队身上押下了两千多美金。

罗勃：最后的陪伴

这一曲唱得他泪水盈眶，这首歌处处透出不祥之兆。他不知道莉兹是否也有同样的感觉，但他边唱边用手腕抹去了脸上的滴滴眼泪。

罗勃接起了电话。“请问谁找我？”他扮出一副搞笑的假声说道。此时罗勃正躺在床上读一份两个月前的《纽约客》，这是他上班时从期刊室顺手牵羊拿回来的东西。手机响起时他已经快要沉入梦乡，接起电话却听见汉娜直喘气，连声招呼也没有打。

“薇琪说她自己模样难看，可我觉得她美得很。”汉娜连连喘气，声音有些颤抖。

她说完赶紧从吸入器里吸了一口。别人也许会认为这阵阵尖声只是汉娜沉重的呼吸，罗勃却能听出那是她在使用哮喘药，多年前他敲响汉娜的大门留宿她家以后，便会在深夜听到这种熟悉的声音。汉娜的吸入器让罗勃记起小学里那些被蜜蜂蜇了就会过敏的怪小孩，不过身为一名成年女郎，身穿性感睡衣用着吸入器的汉娜总有些别扭之处，她的丝质背心里春光大泄，而她拿着器械吸上几口便倒在他的身边沉沉睡去。

“别动不动就滥用那东西。”罗勃的口吻有几分自命不凡，“要不然它早晚会不管用的。”

汉娜怒气冲冲地叹了口气，末了还咳嗽了几声，听上去颇为嘶哑：“多亏我肩上的担子，多亏这里的花粉，也多亏这个婚礼上每个人都在抽烟，我可没办法撇下这个吸入器。”

“话虽如此，我倒也感觉挺兴奋的。”她的音量拔高了一些，“首席伴娘给我吃了几片灵丹妙药。”

罗勃把杂志放在身旁，坐直了身子。要是这事扯上了药丸的话，那汉娜的疯癫劲头算是有了个说法。她一直是个高度紧张的人，但今天她的声音紧张得一反常态，仿佛每句话收尾的时候她都会哭哭笑笑地闹上一番。

“汉娜，你吃了什么药？”罗勃放慢了语速，尽力用上哄小孩的腔调，“是过敏药吗？你能告诉我药丸看上去是什么模样吗？”

罗勃一跃跳下床光着脚进了客厅，客厅里放着他的药包，那里面可是露西留下的各种兴奋剂和镇静剂。

“我觉得是白色的圆形药片，”汉娜说，“不过也有一片白药比较方，你为什么这么问？”

罗勃擦了擦额头，现在他是真的担心汉娜了。过敏药加上一杯酒都能把汉娜害得够戗，更不用说“赞安诺”或“安定”了。

“又不是医生开给你的药，你真不该胡吃瞎吃。”罗勃冲着自己这份假仁假义摇了摇头。

“你在教训我该怎么做吗？”罗勃居然拿嗑药的事跟她说教，害得汉娜吃了一惊，不禁笑出了声。“听好了，”她接着说，“别担心我，那些药帮了不少忙，我好像灵魂出窍在一旁静观这一切。我不在乎汤姆已经向前看了，我不在乎这胸衣的肩带正勒着我的脖子，我感觉……什么也伤不了我。”

罗勃把自己的药包举到面前细看每一种圆形白药片和方形白药片，揣摩着汉娜究竟吃了哪一种。

“听上去棒得很，我很高兴什么也伤不了你，但我希望你答应我，不管你怎么闹，你也别碰酒精。你这轻飘飘的身子骨，吃那几片药已经够你受的了，别喝酒，要喝水。”

“拍照的时候我已经喝了一些酒啦，‘意大利熏火腿’①，味道像苹果汁。”

“你吃了火腿又喝了酒？”

① 一种意大利熏火腿，与后文“普罗赛柯”酒发音相近。

“没吃火腿，但喝了酒，味道像香槟。”

罗勃憋住笑。“你是说你喝了‘普罗赛柯’起泡酒？是‘普罗赛柯’，不是‘意大利熏火腿’，汉娜。”

“管他呢。”汉娜突然走了神，“你知道吗，罗勃，我一直找不出能演你这一角的人，我试着找过了，但我觉得你在片子里只能自己扮演自己，你真的长得挺英俊，足以担当演你那一角的任务，知道吧？”

“汉娜。”罗勃把药包放在餐桌上，用手捋了捋头发，他这紧张兮兮的动作害得一簇刘海直直地立了起来，“听我说，别再喝酒，别再吃药，我要你去找个朋友，去找薇琪吧，要不然就找个伴娘，让她们照看着你，一定要让人把你安安生生地送去睡一觉，一定要……”

这时洗手间那边传来了一声声砰砰响，罗勃立刻收住了声，听上去仿佛有谁正待在水槽下面的橱柜里踢着门，屋里回荡着一声声闷响，洗手间的门也跟着摇晃起来。

“汉娜，我得挂电话了，拜托照顾好你自己，好吗？别喝酒，你不会有事的。”罗勃飞快地挂断了电话，循着声音向浴室奔去。

他刚把手搁上浴室的门把便听见一声长长的闷响，随后是接二连三的砰砰声。他猛地打开门，一眼看见了莉兹，换句话说，他看见了莉兹的尾巴尖。莉兹的头正卡在马桶后面，被马桶的陶瓷底座和瓷砖墙双双夹住，身上顶着一个药柜，看来平素挂在马桶上方的药柜碰巧掉了下来。莉兹的尾巴猛地拍打着墙壁和身子右侧的浴缸，她正在痉挛。罗勃认出了癫痫发作时那种熟悉的抽搐，但狗儿正牢牢地被困在马桶和破药柜织成的罗网里。这时罗勃凝神端详着狗儿，突然待在了原地，他一眼看见莉兹的身上正在淌血，药柜刺穿了她的腹部。

“上帝啊！”罗勃的喊声在屋里回荡。

他惊呆了片刻，用力拽住自己的头发又嚷了一句：“上帝啊！”

罗勃几个箭步冲向莉兹，小心翼翼地从它身上搬开药柜。他一把拿起那只沉重的箱子猛地扔进了浴缸，药柜门上的镜子被摔得支离破碎——柜子里面还装满了罗勃的洗漱用品。

这下莉兹肚子上再没有药柜压着，顿时抽搐得更加厉害。罗勃双膝跪地探身到马桶的另一头查看狗儿的面颊，莉兹惊恐地睁大双眼望着罗勃，眼神既糊涂又绝望。罗勃发现狗儿的癫痫已经停止了发作，眼下莉兹看上去正痛苦地翻来覆去，比起刚才发作中不由自主地抽搐，她现在的动作已经和缓了不少。

“撑住，宝贝。”罗勃哄着正在呜咽的莉兹。

他又挪到马桶的另一头端详莉兹肚子上的伤，但伤口上积了不少血，压根儿看不分明。他轻抚着狗儿的腿，俯下身用左手压住伤处——医疗剧里的医生们遇到受枪伤的病人就会这么做。

“会治好的，宝贝，会治好的。”

他挪开手，伸出双臂将莉兹正在颤抖的身子从马桶后面拖出来，抱着她穿过屋子，到客厅的咖啡桌上取了钥匙和钱包出了门。他用脚踢上房间门，没有上锁便径直离开，边走边吻了吻莉兹的头。

罗勃单手拉开自己那辆奥迪老爷车的后座，另一只手把莉兹小心地搂在胸口，仿佛搂着一个小宝宝。狗儿被轻轻地放进了车里，肚子上的鲜血淌到了塑料椅上。

“没事，宝贝。”他一遍遍说着宽心话，钻进前座发动了汽车。

这一幕让罗勃记起了诸多影片中的经典镜头：一名男子带着一位气喘吁吁、即将生产的女人奔赴医院。正在此时，奥迪车的收音机突然响了起来，播放的仍然是大学电台，该电台在周六晚间总会播出一大堆老派嘻哈音乐。《Mac 归来》的乐声顿时淹没了莉兹的呜咽，汽车随着洪亮的乐曲摇摇晃晃。“他妈的！”罗勃赶紧关掉收音机，但随即又改了主意，打开电台调低音量，希望音乐能让莉兹安安神。那只狗一直很爱听音乐，在她身子骨结实的那些日子里，只要在CD机里塞上鲍勃·迪伦的《飓风》，莉兹便会跟着四处撒欢，简直算得上健步如飞。

想到这点，罗勃关上电台唱起了那支歌，希望莉兹会觉得有几分耳熟。

“夜晚的枪声惊响酒馆，帕蒂·瓦伦丁从楼上走了进来。”

后座静悄悄地没有丝毫动静，罗勃又唱起了鲍勃·迪伦成为重生基督徒[①]后发行的歌曲——《你准备好了吗》，这首歌似乎总能让莉兹兴奋不已地连连喘气，好似她也正在经历一番宗教信仰的觉醒。

“你是否准备好了去见上帝？你是否正身处归属之地？”

罗勃并不信教，这一曲却唱得他泪水盈眶，这首歌处处透出不祥之兆。他不知道莉兹是否也有同样的感觉，但他边唱边用手腕抹去了脸上的滴滴眼泪。

从后视镜里，他可以望见莉兹正紧闭着双眼，胸膛微微起伏：她还在呼吸。也许她正在梦乡之中，也许她正在侧耳倾听。罗勃打定主意再换上它最爱的一曲《飓风》，学着迪伦的模样咬字，好歹弄出他那副鼻音。

还没有唱到第三段，罗勃已经将车停进了动物医院前面的残疾人停车位。他飞一般地下了车抱起莉兹，这时狗儿还有浅浅的呼吸，睁开了双眼。罗勃一溜小跑奔过候诊室，但又不太确定该往哪里走，莉兹看上去几乎被他逗得挺开心。

这是个周六的晚上，宠物医院里却熙熙攘攘，颇为令人惊讶。一家又一家人带着呜呜咽咽的狗儿和刚出生不久的狗崽挤在屋里，罗勃迈着敏捷的脚步抱着一只流血的狗踏进医院，人们一个个惊恐地瞪着他。

①鲍勃·迪伦原本宣称为无神论者，于20世纪70年代末期自称为“重生基督徒”并发行了福音专辑。

一名素未谋面的年轻兽医在手术室门口拦住了罗勃，那是一名身材修长的黑发女子。“有什么需要帮忙的吗，先生？”

“我的狗在流血，一个药柜砸在了她的身上，它还患有犬类癫痫。”

还没有等罗勃说完，女人已经冷静地伸出双臂搂住莉兹，把她从罗勃怀里接了过去。医生带着莉兹走下一条窄窄的过道，进了一个贴着绿色格子墙纸的空房间，罗勃便一直跟在她的身后。她把莉兹放在一张手术台上，手术台跟罗勃在诊所里见到的差不多：那是一条包着绿色塑料皮套的窄凳，上面铺着一张薄薄的白纸。

美貌的兽医上上下下摸了摸莉兹的肚子，在伤口旁边停住了手，这时罗勃看见另一位身穿手术服的女人走进屋子带上了手套。

“先生，你最好还是出去等。”后来的女人用同情的眼神瞄了瞄罗勃。

“她不会有事吧？”罗勃问。

“我还说不好。”兽医心不在焉地说。身着手术服的女人把罗勃领出了屋，房门摇摇摆摆地在他身后关上，把他和莉兹活生生地隔开。

汉娜：人生如戏

她和汤姆还有着同样的幽默感，在分享赏心乐事时仍然指望着对方，然而眼前的汤姆已不再是她曾经熟识的那个人。

“别抛下我。”汉娜对着薇琪撅嘴说道，这时薇琪那位头发灰白的新朋友正等在几英尺远的地方。

汉娜不清楚薇琪怎么会跟眼前这位年纪不轻的男人套上了近乎，也不清楚薇琪何时交上了这么一位密友，薇琪倒是简简单单地介绍了此人的身份，声称他是贝的叔叔。此事一反薇琪在大学毕业后的作风，工作后的薇琪可不怎么喜欢跟陌生人攀谈，更不喜欢跟明显打算猎艳的男人打成一片。

“如果你有什么需要，我们只跟你隔着两张桌子。”薇琪哄着汉娜，“如果你抓狂了的话，那就径直过来拉张椅子坐。”

“我们？”汉娜低声说着剜了贝的叔叔一眼，此人站在离她们几英尺远的地方，手里端着两杯红酒，想必一杯是给自己，一杯是给薇琪。他正望着面前的桌子发呆，挪来挪去地换着站姿。汉娜皱了皱眉回头打量薇琪，薇琪却还在冲着贝的叔叔微笑。

“都用上‘我们’这种称呼啦？你和贝的叔叔？他多大年纪，有六十吗？”

“他有……”薇琪说着恼火地瞪了汉娜一眼，响亮地补上一句悄悄话，“他比贝的爸爸年轻不少呢，再说我们也不是那回事。”

汉娜顿觉后悔，凶巴巴的眼神也软了下来，薇琪眼下心情不错，这阵子可难得见她这么开心。

汉娜揉了揉后颈，心中闪过了一个念头，真要说起来，刚才她只怕是吃人家薇琪的醋，毕竟她在这个婚礼上只有道恩这么一个伴，而道恩还只是个发号施令的家伙，算不上真正的朋友。

罗勃倒是答应过要在本周末当好她的定心丸，但他显然不是一位守约的君子，他这家伙一直没有现身，跟汉娜通个电话也是匆匆了事。

汉娜扭头端详着贝的叔叔，把他仔细打量了一番。他身穿剪裁得体的棕色西服，长有一头斑白的波浪鬈发，看上去颇有名人风范，双肩宽阔，体型匀称，站有站相，坐有坐相，不太像乔治·克鲁尼，换上特里特·威廉斯行得通吗？

“你不是在挑人扮演他吧，赶紧住手。”薇琪认出了汉娜那副聚精会神的目光。

“好吧。”

“嗯，”薇琪说着露出了一缕微笑，“至少也告诉我你挑中了哪个艺人。”

“特里特·威廉斯。”

“特里特·威廉斯是谁？”

“他演过《雪山镇》一片中的老爸，还出演过电影版的《毛发》[①]。”

“门都没有。”薇琪向汉娜探身过去，免得让乔听见，“这个角色分派得不够好，至少得是小罗伯特·唐尼吧。”

“门都没有。”汉娜有样学样，“还打小罗伯特·唐尼的主意呢，简直是痴心妄想，你那位朋友都多大年纪了？”

“他只有四十五岁！”薇琪急着大声抢白，两人都赶紧憋住笑低下了头。乔满眼疑惑地瞥了瞥薇琪，双颊顿时涨得通红。

汉娜回了乔一抹羞怯的微笑，他犹豫不决地冲她露出了笑意，抿了口酒掉开了头。

“斯科特·巴库拉怎么样？”汉娜若有所思地问。

① 该片改编自百老汇同名音乐剧。

“我还不知道这位人物。”

“他演过《量子跳跃》[①]。”

薇琪的眼睛眯成了一条缝：“《量子跳跃》又是何方神圣？”

汉娜不禁伸出一只手扶住额头：“你在耍我吧？你怎么会不知道《量子跳跃》呢？我怎么会有你这样的朋友？”

薇琪翻了个白眼：“不是每个人都靠看电影和电视赚钱过日子的，汉娜，我们中间有些人干的是成年人的活。”

尽管她那位极为抑郁的朋友话不中听，汉娜却没有理睬——眼下薇琪看上去几乎轻松得有些飘飘然。“如果真像你说的，你们不是‘那回事’，那是怎么回事？我反正敢肯定乔叔叔想跟你亲热亲热，如果我是你，我就从了，说不定天亮之前他能一步步攀升到小罗伯特·唐尼的高度呢，他身上那件西服倒是挺对这个路数。”

薇琪的眼睛眯成了一条缝：“你能不能口下留情，别把事情说得这么瘆人？”

“我可没说这事瘆人。”汉娜的口吻中尽是言外之意，“我只是说，一位上了点年纪的魅力男士想要欣赏你不穿衣服的模样。除非你觉得这事瘆人，它才会变得瘆人。”

“不，汉娜，事情不是那样。他不过是个好人，有个十多

① 又名《时空怪客》。

岁的女儿，他对那个女儿宝贝得很，也很宠贝。他从事的是餐饮业，所以他理解我的职业，他很酷的。”

“只要你开心就成。”此时汉娜的心脏突然一阵狂跳，她立刻设法集中心神。她的手臂失去了知觉，手指上隐隐刺痛，才不过短短几分钟，原本微微有些湿润的腋下已经濡湿一片，让汉娜颇不舒服。她千方百计地留意着薇琪的嘴，也留意着那张嘴里吐出的字字句句，却忍不住觉得胃里一阵翻江倒海。薇琪说了一通关于乔叔叔的长篇大论，汉娜却只赶上了个尾巴。

“在他身边感觉很不错，”薇琪还没有住嘴，汉娜闭上了眼睛，“我说不好，他觉得我的工作很有趣，也许跟这样的人待在一起挺好的，尽管我自己……”

这时薇琪仔细瞧了瞧汉娜，眼神里多了几分忐忑。

“汉娜？你没事吧？”

“我没事。”汉娜用手捂住抽筋的肚子，想要暂时压下那阵奇怪的疼痛，“我没事，我想……我想这可能是药物反应。”

“什么药？”薇琪的口吻透出几分担心。

“没什么要紧。”汉娜喘着粗气，双手扶在臀上，仿佛刚刚跑完一场马拉松，“去你的座位坐下吧，如果需要什么我会来找你。”

“好吧。”薇琪犹豫不决地说，“听着，如果待会儿你找不到我的话，记住我们俩住的是140房间，我把钥匙给忘了，所以我们还得问前台要一把钥匙。顺便问一声，你要穿的那些衣服都在哪里呢？”

“在塔楼里面，跟伴娘们的东西放在一起，我们走之前记得提醒我拿东西。”

汉娜望了一眼她的座位。那张桌子原本是个八人席，结果加了一个座位，汉娜即将成为桌上的第九位宾客，挤在一桌子伴娘及其男伴中间。道恩跟她的丈夫已经落了座，那是个三十多岁的敦实男子，似乎一心只顾在面包卷上涂黄油。

“我真不明白。”汉娜再也管不住一腔醋意，撅着嘴发起了牢骚，“你和贝的叔叔怎么会坐在一起呢？你们是被分到了同一桌吗？”这时薇琪向乔竖了竖食指，示意她马上就过去入席。

“我们没守规矩。”薇琪得意洋洋地笑道，“乔其实应该跟贝她老爸的那些律所合伙人坐一桌，不过我算是救了他一命。罗勃没有来，所以乔会坐罗勃的位子。多谢了啊，罗勃。”

汉娜皱起了眉头。如果说薇琪的身旁有个空位，难道好处不该落到她头上吗？她望着薇琪又跟乔交换了一回眼神，乔举起一杯葡萄酒催她落座。汉娜叹了口气，悟到自己实在不该跟乔抢罗勃的位子：薇琪分明很想待在他的身边。

“好吧，”汉娜垂头丧气地说，“那我就去那边看场南部律师大嚼面包卷的好戏啦，跟斯科特·巴库拉玩得开心些。顺便问一句，坐你那桌的还有谁？你没有跟汤姆一桌吧？”汉娜的眼睛眯成了一条缝，吓得慌了神。

“没有，贝没有这么糊涂，才不会让我坐在汤姆旁边呢，我跟新郎的兄弟、表兄弟们一起坐。”

“等一下，你旁边坐的是新郎那位帅到爆的兄弟吗？”汉娜抽出捂着肚子的手抱住了胸口，“你是坐在吉米·费旁边吗？”

“我不知道。”薇琪说，“怎么啦？吉米·费是谁？”

“你会见识到的。”汉娜的口吻又泛上了醋意，“昨晚我在婚礼彩排晚宴上见了他一面，那人真是英俊无比，他的女友也美丽绝伦，演他的话恐怕要出动贾斯汀·汀布莱克，拜托帮我好好瞻仰瞻仰他那无上容颜吧。”

“谨遵吩咐。”薇琪一口答应，又担心地望了汉娜一眼，“汉娜，你确定自己没事吗？你看上去……有点发热。你都吃了些什么药？”

“不过是苯海拉明[①]而已，我没事，我待会儿就去那边找你，要玩得开心点哦。”

“好吧。”薇琪犹豫不决地答应道，“如果你觉得不舒服的话就来找我。”

汉娜眨了眨眼睛，转身寻找自己在伴娘那桌的座位。她走向了道恩与丽莎两人中间的空座——几个月前，这位好脾气的丽莎曾经在告别单身派对上与她相拥而卧。丽莎身边坐着她的未婚夫，那是一位肤色苍白的红发男子，一条粗脖子上长着疹子。“正好能用上出演过《欢乐合唱团》的克里·蒙泰斯。”

---

① 可用于治疗过敏。

汉娜心想。丽莎的未婚夫伸手挠了挠衣领周围的皮肤，露出一副愁眉苦脸的模样，脖子泛上了一片暗红色。这时丽莎察觉了汉娜的眼神，对她低语道："他得了痱子，今天潮湿得不得了，西服憋得他难受。"

"亲爱的。""克里·蒙泰斯"厉声喊了一句。听到未婚妻把自己当做孩子一般对待，他不禁有些难为情。

"对不起，"丽莎柔声回答，"我只是想说清楚……"

汉娜赶紧掉开眼神，免得搅和进去。

隔着餐桌中央的绣球花，桌子的另一端坐着杰姬，这位撇下了汉娜的罪魁祸首正一声不吭小口吃着沙拉。她抬起了头，正好撞上汉娜的目光。

杰姬挑了挑眉毛，撅起了嘴。

"你怎么啦？"杰姬冲着汉娜说，"你看上去一副马上要晕过去的模样。"

"我没事。"汉娜迷惑不解地回答。杰姬在瞎说些什么呀，她确实出了点汗，但此刻的她不仅毫无睡意，而且兴头十足。

汉娜在桌子底下轻叩着右脚尖，打算把全身的劲头打发掉一些，可惜这一招不太管用。她有种受困的感觉，不顾一切想要起身狂奔，而不是耐心地等待着乡村俱乐部的服务生把一盘盘沙拉陆续摆在每位客人面前。汉娜突然忍不住想要找件东西踢上几脚，要不然就乱喊几句。她的一双胳膊正在身侧紧攥住身下的椅子，但它们不听汉娜的使唤，那两条手臂一心期盼着要攀上天花板。此时此刻，要是能够跳上纽约健身房里的一台椭圆机，那该是多么惬意的一幕。

“这么说来，汉娜你在电影界工作？”

话音在汉娜的耳边回荡，她擦了擦额头的汗，朝着说话的人扭过了头。那是杰姬的新男友耳鼻喉医生威尔，他看上去约有三十五岁，一脸灿烂的笑容，已经略有几分秃顶的苗头。汉娜立刻为他挑好了演员：克里斯托夫·梅洛尼，出演过《法律与秩序：特殊受害者》。威尔有着一口亮白的牙齿，汉娜发现自己正一颗颗地数着那口牙——她一眼能够望见的至少有十颗。汉娜眯起了眼睛，打算端详一番威尔的门牙。

威尔脸上的笑容消失了。

“你没事吧？”他问道，这时杰姬正用不安的眼神打量着汉娜。

“什么？”汉娜说着突然扭了扭身子，打算放松一下紧绷的后背。

“我只是问问你是否还好。”杰姬的男友犹豫不决地说，“刚才我还打听过你的工作，听说你在纽约的电影和戏剧界工作，听上去很有意思。”

“那没错！”汉娜突然意识到自己刚刚扯着嗓子喊了一句。“没错。”她又轻声把刚才的话说了一遍，掉开了眼神。

“你具体负责哪一块呢？是导演？还是制片人？”

“上帝啊，都不是。”汉娜的回答也许有些咄咄逼人，她又从面前的白葡萄酒里小啜了一口。“我是一名选角指导，”她接着说，“我为各类演出和广告挑选角色，最近也开始为一些电影选角。”

“棒极啦。”耳鼻喉医生满嘴溢美之词，突然前倾身子连珠炮般向汉娜提了一串问题，速度之快让汉娜反胃，“你有哪部大作是我有幸见识过的吗？你是不是也为百老汇选角？你怎么知道该挑谁演呢？你是不是遇见过许多名流？天哪，这个工作真是趣致百出。我是说，你一定爱死了自己的工作，对不对？”

汉娜闭上了双眼，医生的话让她喘不过气来，但他并没有住嘴。

“刚上大学时我有些拿不定主意，不知道自己该不该进戏剧界，但戏剧界似乎十分动荡。”医生还在往下说，“不过我想，如果当时真挑了那条路的话，我会爱上它的，也许有朝一日我还会再投身戏剧界。我一直不知道那些给医疗剧作指导的医生是怎么攀上那种活的，我倒觉得我会是个中高手。你知道那些人是怎么找到这些工作的吗？”

杰姬的男友前倾着身子，一双胳膊肘支在面前的桌子上，凝视着汉娜等她答话。她感觉双眼盈满了泪水，不禁捂住肚子闭上了眼睛，嘴唇上又涌上了一串汗珠。

汉娜眨了眨眼憋下了泪水，忍住了一阵掀桌子的冲动，她想象着眼前的酒杯片片破碎，想象着那名医生十全十美的一口牙一颗颗从他嘴里飞了出去，谁让他如此热衷于问东问西呢。

汉娜能够从自己的指尖感觉到次次心跳，她不禁弓起了脚趾，闭上了眼睛，用餐巾纸擦了擦鼻子和嘴巴。

“上帝啊，汉娜，到底出了什么事？”杰姬的声音温柔而关切。

“我不知道。”汉娜闭着眼睛喃喃道。

区区几分钟前汉娜还一派镇定，当时她一眼望见了屋子另一头的汤姆，却没有任何感觉。说得更准确一些，她确实感觉心中翻涌着痛苦、困惑与激动，但种种情感仿佛已经臣服在一种更加强大的力量之下，她心知自己颇为难过，但却无法切切实实地品尝到那番滋味。汉娜料想一定是刚才服下的药麻木了她的种种感觉，驱散了原本势不可挡的痛苦、困惑与激动之情。

汉娜并不觉得那些药惹了祸，还得多谢道恩考虑周到给她吃了灵丹呢。不过眼下她感觉自己好似午夜时分的灰姑娘：整个晚上她做到了种种非凡之举，但此刻期限已近，她也隐隐露出了要现原形的势头，仿佛穿了一件撑不了多久的紧身衣。

汉娜设法定下神，对上了耳鼻喉医生的目光。

“你真的没事吗？”他说着瞄了道恩一眼。道恩盯着自己的丈夫，那位律师正忙着在面包卷上面涂黄油，这可是今晚他吃的第三个面包卷了。杰森·席格尔正宜出演此人，汉娜心想。

“住手！”道恩对着丈夫耳语道，“不许再吃面包，不然你休想吃到糕点。”

这时汉娜尖叫一声“哈！”害得道恩向她投来一道愤怒的目光。有那么一会儿，汉娜感觉自己回复了正常，她深吸一口气呼了出来，把注意力放回杰姬的医生男友身上，又重新开口说话。

“我是从戏剧界起家的，”她那紧绷的双肩松弛了下来，“大学毕业后我就进了戏剧界，在一些小剧院和纽约‘莎士比亚戏剧节’做实习，随后做了些巡回音乐剧和一些更企业化、产业化的项目，然后做了些广告，最近才开始做独立电影。目前我手底下还没有出过大片巨制，大部分片子都跟洛杉矶不沾边。”

“至于医务剧和顾问的事，”汉娜显然对自己突然变得清晰的口齿颇为自豪，“我还不太清楚，不过我可以去四下打听一番，我知道——”

汉娜把双手搁在面前的桌子上。她的沙拉还没有碰过，但一名侍者已经撤走了餐盘，换上了一道主菜。“您的螃蟹，小姐，”侍者说，“请问您要换素食主菜吗？”

“螃蟹就行。”汉娜心中暗自感激侍者打了个岔。

“说到电影，”杰姬的男友还不肯住口，他的目光落在汉娜的手上，那双手正用力扯着餐巾的两头，仿佛她想把餐巾撕成两半，“你为哪些电影选过角？你确定我没有听说过吗？”

汉娜一句话也说不出来，她的一腔镇定已经荡然无存，胸中仿佛有只气球正在拼命鼓胀，挤压着五脏六腑。她用餐巾擦了擦嘴唇上刚出的汗，闭上了眼睛，忽然听见麦克风发出一阵嚣叫，不由心中暗喜。听到这声刺耳的尖叫，全体来宾齐刷刷地把眼神投向了婚宴帐篷的前方，也就是临近乐队的位置。

众目睽睽之下，婚礼策划师邦尼·亨特正轻声对着麦克风讲话，听上去更像是一名托儿所老师，而不是一位负责组织活动的专业人员。

“女士们，先生们，有请首席伴娘致辞。”

汉娜望见道恩已经走到了帐篷的前方，她正站在婚礼策划师的身边，毫不迟疑地伸出手去接麦克风。邦尼·亨特刚刚把麦克风递给道恩，她便一把抓过麦克风上前几步走到舞池中央，向台下的宾客露出了微笑，等着众人安静下来以便开口讲话。

在婚宴帐篷灿烂夺目的灯光下，道恩美得光华四射，简直让汉娜看得目瞪口呆。此刻黑夜已然降临，暮色笼罩着四围，帐篷里点缀着一排排白灯泡，光影照亮了道恩的面孔。直到此刻，汉娜才注意到了道恩的眼线——要不然那是道恩的眼影？无论如何，这位首席伴娘看上去仿佛一位公主。她顾盼生辉、光彩照人，她是一位神仙教母，要不然便更妙，她是能够施展神力帮多萝西回家的好女巫[①]。她就算有双翅膀也不足为奇，汉娜心想。

四周安静了下来，只听见便携式冰箱发出的嗡嗡声和侍者弄

① 典出《绿野仙踪》。

出的动静——他们正忙着清理一张张桌子上的餐具。于是道恩开了口，她那威瑟斯彭一般的南方嗓音响彻了这座婚宴帐篷。

“韦氏词典为‘姐妹之谊’一词所作的定义是‘身为姐妹’，”或者‘女人间因共同的境遇、经历或关注而休戚与共的情意’，道恩夸张地深吸一口气，“这些都没说错，”她的表情颇为认真，“不过我把‘姐妹’定义为贝——我最好的朋友。”

说到这里，道恩伸手到附近的讲台上抓起一沓索引卡，看架势是她给这番致辞所作的小抄。那沓卡看上去足有五十张，汉娜顿时听见一些年轻宾客在几桌开外发起了牢骚。

汉娜捂着嘴盖住脸上的笑容。道恩接着开始致辞，每说几句便停下来夸张地顿上一顿，害得汉娜不得不一直憋笑。汉娜望了望道恩的丈夫，那位丈夫正趁着远离妻子的时机大快朵颐，他飞快地在第四块面包卷上涂上黄油，猛地塞进嘴里，嚼了几嚼便一口吞下了肚。此刻妻子不在身边管东管西，他对自己的一番小动作忍俊不禁。

“去年我出了一场车祸，”道恩的声音仿佛风铃一般回荡，“我只能平躺着，医生还说我要戴一个护颈撑住脖子，当时是谁在我的身边呢？”

道恩没有回答自己的问题，顿了顿俯身向前。

“我从未有过亲姐妹，”道恩压根儿没有理睬自己的问题，她的声音低沉而忧郁，力求深深打动听众的心，“但我现在有了一个姐姐。”

汉娜发觉自己的胳膊正在摇晃——她居然在笑，幸好还没有笑出声，但已经颇为明目张胆。这时她扫了一眼汤姆，打算端详一下他的反应。汤姆正隔着几张桌子坐在她的右侧，汉娜原本并不清楚他的席位（她可不许自己满屋子找汤姆的面孔），但不出几秒钟她便找到了他，仿佛汉娜察觉得到他身在何方。汉娜的目光迎头撞上了汤姆的眼神，顿时吓了一大跳——汤姆原本就在盯着汉娜看，一见她露出微笑，不由睁大了眼睛。汉娜的笑意多了几分苦涩，正在偷笑的汤姆则咬了咬嘴唇。

道恩的那场后背手术似乎永远也讲不完，她一直在讲自己的康复期如何漫长，贝又如何给她送来各种大餐，与此同时，汤姆和汉娜的眼神交织在了一起。在汉娜听过的婚礼祝词中，道恩这次算得上是最瞎扯、最自我陶醉的一番话，她的祝词压根儿没有理会新郎，也压根儿没有提到婚姻这回事。这时祝辞已经长达六分钟，却还没有收场的势头，道恩也变得越发装腔作势，仿佛说完一句话便要猛地喘上一口气。

此时此刻，汤姆的女友杰梅正一本正经地凝视着前方，汤姆与汉娜的眼神却分外纠缠——道恩那番祝酒词逗得他们两人会心暗笑，又是笑她那番公然表白，又是笑她那些没有回答的问题，在这一刻，汤姆与汉娜心意相通。首席伴娘长长的独角戏总算唱到了尾声，道恩不情不愿地把话筒递给邦尼・亨特，邦尼・亨特似乎迫不及待要把程序走下去。就在这一瞬间，汉娜和汤姆却还默默地凝视着对方，汉娜脸上的笑容渐渐消失——灵犀相通的一刻已经走到了尽头。她那忧虑的神情悉数落到汤姆眼中，他也露出了一抹哀伤的笑意，慢慢眨了眨眼，掉转眼神望着女友，杰梅正在把手袋翻个底朝天找东西呢。

此时汉娜心中已经不再有掀桌子的念头，她想奔向汤姆，想一跃投进他的怀抱。在这一幕中，他甚至无须变成保罗·路德。她想象着汤姆在她耳边低语，轻声细诉他还爱着她。

麦克风又发出了一声尖叫，把汉娜的绮梦生生打碎。

“现在有请首席伴郎。”邦尼·亨特说着将话筒交给了新郎那位英俊的兄弟——吉米·费。汉娜定定地瞪着舞台，尽管汤姆就在屋子的另一头望着她，她却无法把目光从吉米·费身上挪开。毫不夸张地说，吉米·费算得上她这辈子见过最为美貌的人之一。他是那种连软呢帽也能够驾驭的人物，因此贾斯汀·汀布莱克正宜扮演这个角色，汉娜心想。舞池中的吉米·费正站在聚光灯下，但细细端详之下，汉娜却感觉贾斯汀·汀布莱克跟吉米·费并不太配。吉米的一头黑发似乎天生便挺立有型，根本用不着任何发胶发蜡，下巴上有个凹进去的窝，两片丰满的嘴唇几乎透出几分女相。他身着礼服，看上去好似一位平和版的詹姆斯·邦德。“也许该让詹姆斯·弗兰科来演。”汉娜自语道。

她换了个坐姿扭头打量薇琪，薇琪向她投来一缕会心的笑容，让她顿觉如沐春风。汉娜注意到乔正疑惑地盯着她们两人，迫不及待要在她们的私密笑话里掺上一脚。可怜的斯科特·巴库拉，汉娜心想。

吉米握着麦克风的手垂得很低，已经松开了领结，解开了衬衫领口的几粒纽扣，闭着双眼露出一抹微笑，摇摇晃晃的模样略有几分醉意。吉米·费还没有来得及开口讲话（不消说，无论这家伙打算讲些什么，他的祝词都会博得一众宾客的欢心），他的"粉丝团"已经按捺不住，在薇琪和乔那一桌上，费家的几名年轻男子正在低声私语，嘴里几乎同时冒出了"热力男"一词，其中一名男子想必醉得最为厉害，他开口大声喊道："热力男吉米！"

这一嗓子惹得薇琪与乔咯咯笑出了声，汉娜端详着他们两人。

尽管打岔的家伙颇为失礼，但一干宾客都跟着哄堂大笑，有几位笑得格外厉害，连贝的妈妈唐娜看上去也笑逐颜开。

"多谢大家。"吉米说着用左手举起一杯香槟，右手拿起麦克风放到嘴边，"我会少说几句，估计这会儿大家再也不想听谁东拉西扯了吧？"

听到这些不客气的话，远处的道恩露出了怒容。

"敬我的弟弟和他的妻子——美丽的贝，祝你俩的起起落落尽在床笫之间。"

"说得好！"薇琪那一桌上有名年轻男子嚷了起来，"敬热力男吉米！"

有人哈哈大笑，贝领头鼓起了掌。汉娜突然记起自己正与汤姆分享此刻，便又扭头回望汤姆，但他的目光已经不在她的身上。汤姆正在女友的耳边窃窃私语，杰梅笑出了声，汤姆用一只胳膊搂着她。

“简直没法不爱姓费的一家人。”杰姬的男友说道，“真是搞笑的一家。”

汉娜点点头站起身，打算去酒吧再喝上一杯。她心中的恐慌正越来越浓，汉娜认定这是药物反应惹的祸：都得怪道恩的药片、早前吃下的过敏药，再加上走完红毯后喝下肚的三杯酒，话说回来，刚才与汤姆的深情一刻说不定也帮了倒忙。她和汤姆还有着同样的幽默感，在分享赏心乐事时仍然指望着对方，然而眼前的汤姆已不再是她曾经熟识的那个人。他正与别人生活在一起，他的新生活中没有她的位置。

“再来一杯白葡萄酒，拜托。”汉娜将杯子递给酒保，酒保伸手取来白葡萄酒倒进杯里。汉娜又扭头回望宾客，凝视着汤姆所在的一桌。这一次她望见汤姆的女友正在与一位熟人攀谈，此人是汉娜在大学的旧识，名叫比尔·科恩，自从与汤姆分道扬镳以后，汉娜再没有跟此人说过话。当年分手时汉娜告诉汤姆，他们两人在纽约的朋友都归她了——薇琪也包括在内；新英格兰地区的所有朋友则归汤姆——那基本上只有比尔·科恩一人，他在新罕布什尔州的曼彻斯特做会计师，反正汉娜一直跟他不太亲密。

汉娜转身问酒保要酒。

这时DJ的声音突然响彻了帐篷："女士们先生们，请大家各自落座，注意舞池。现在即将开始传统的'父女共舞'，由贝·费女士与其父理查德为诸位献上。"

汉娜抽了口冷气，嘴里喃喃念叨着"白费"一词，她想知道贝听到自己的新名字时会不会也战战兢兢。

"嘿。"

身后传来的话音吓了汉娜一跳，她猛地扭过了身，差点把酒洒在裙子上。她赶紧用双手握住酒杯，免得杯里的"霞多丽"葡萄酒四处乱溅。

汉娜抬起头，一眼望见了汤姆，顿觉嘴唇发干。她没有回答，只是上上下下地打量着他，端详着他的容颜有何变化。她的目光落到了他的一头黑发上面，打量着他的发际线是否又向前推进了几分，当年他们在一起的时候，汤姆总是担心自己守不住这片阵地。

"你是在看我的发际线吗？"汤姆难以置信地问。

"不是。"汉娜边嚷边掉回眼神望着他的脸，"我只是……就没有。"

"我没掉头发。"汤姆换上了以往跟她吵架时爱用的口吻，那时他就是用这副口吻跟她争论究竟该谁去打扫浴室，究竟是谁晚饭后忘了关烤箱。

"我可没说你掉了头发，上帝啊，汤姆。"

他们两人都顿了顿凝视着对方，随即收起了浑身的刺。

“嘿，我只是想过来打个招呼。”汤姆说，“我们俩的情形显然有点尴尬，我只是想让日子变得好过些。我也想跟你聊聊，看看你过得怎么……”他的声音弱了下去。

汉娜皱起了眉头，她可不愿意让他“日子好过”，她希望一切千般痛苦百般折磨，好让汤姆吃上当头一棒，悟到自己犯下了何等滔天大错。

“我不明白你想让我说些什么。”汉娜的双手颤抖了起来。

“汉娜，我不知道我们该说些什么，我想……我只是不想让你抱着一腔怨气。说实话，我都不明白你为什么会有这么大的怨气，我觉得我的怨气应该比现在……”

汉娜拦住了他。“我做不到。”她插嘴说了一句话，汤姆顿时收住了话头，瞠目结舌地大张着嘴。此时她感觉眼中又涌起了泪水，于是急着要躲开他的视线，免得自己像个孩子一般号啕大哭起来。她绕着他走来走去，琢磨着脱身之策。她能听见汤姆在身后说话，却听不清他究竟说了些什么，她觉得浑身灼热、摇摇晃晃，有那么一瞬间，她琢磨着自己有多久没吃上东西了。

她打算找到薇琪离开此地，便迈开脚步走向薇琪和乔叔叔那一桌，眼下薇琪和乔正在跟吉米·费及曼特的一干表兄弟闲聊呢。刚刚走到半路，汉娜却又突然急不可耐地想要独处，于是她拐了个弯打算四下里转一转，结果走出帐篷进了会所——宾客们正在会所里排队等着上洗手间。她经过等厕所的队伍，穿过一条窄窄的过道进到了一间酒吧里，那是一个舒适的房间，里面摆设着黑色皮革家具和几张矮桌。

三个白发苍苍的男人正坐在屋里的休闲椅上，他们身穿学院风高尔夫制服，一边看着悬挂在酒吧上方的大屏幕纯平电视，一边从玻璃杯里小口喝着饮料。汉娜猜想这些人是俱乐部成员，今天只是碰巧在场，其中一名老翁留意到了汉娜，她对他笑了笑，老翁冲她点点头。

她放眼端详着酒吧。酒吧里还有一名年轻男人，正坐在凳子上看着电视，这人要么年近四十要么四十出头，手里端着一瓶啤酒，目光牢牢地粘在大屏幕上。尽管此人正懒洋洋地坐在酒吧里，他的身材却仍然显得十分魁梧，这个男人的身高一定远超六英尺。

汉娜走到这名男子的身旁打量着他的脸。他相貌英俊，身上有种传统的阳刚之气，让汉娜颇不习惯。在大荧幕和舞台上扮演硬汉的艺人大多并不阳刚，汉娜其实数不出多少身高超过五英尺九英寸的艺人。她本能地开始查阅脑海中的艺人花名册，琢磨着哪位明星能够胜任眼前这号人物。“马修·麦康纳。”她喃喃自语道。不行，这个搭配不对劲。这名男子的额头上有着条条皱纹，他说不定是个经常犯愁的人物，只怕要个更加一本正经的人才配得起他。“克里夫·欧文。”汉娜暗自嘀咕了一句，却又摇了摇头。这又太一本正经了，她想。眼前的男子长得十分阳刚，却又奇怪地透出几分孩子气，这种人年老之时看上去也不显年纪。

酒吧里这位男子身穿一件皱巴巴的西服，胳膊肘上染了一团橙色，此人百分百是来参加婚礼的宾客，不是来打高尔夫的人。他动了动嘴唇却没有做声，这人只怕正在做心算，嘴里念着数字。汉娜感觉口干舌燥、浑身发热，于是坐到了男人身旁的一只凳子上，在吧台放下了手里的酒，要了一杯水。

这时男人一扭头发现了汉娜，她不禁低声自语了一句话，声音低得几乎听不见："大卫·伯伦纳兹，毋庸置疑，这绝对是大卫·伯伦纳兹。"

菲尔：有趣的游戏

“既然我们谈到了私人话题，那你会让谁来扮演你的一生挚爱？假设你的生活是一部片，谁会演你那心心相印的人？”

惊恐之下,菲尔向左手边扭过了头，免得望见电视屏幕上的比分。他用力咬着下唇，咬得嘴唇都破了口，又把啤酒瓶举到嘴边平息心情。除非俄勒冈大学队和加利福尼亚大学队在五分钟内创造奇迹，不然的话他会输上一大笔钱，他可说不好自己是否想要眼睁睁地看着这种破事成真。对于观看身穿金蓝两色衣服的球迷在看台上欢呼，菲尔倒实在没有多少兴致。

不仅如此，菲尔还深知一件事：自从他开口请求酒吧里那几个老翁换台以后，那些老头就一直坐在乡村俱乐部酒吧的另一头，在这间憋闷的酒吧里端详着观看比赛的菲尔。靠着眼角的余光，菲尔发现每当遇上丢球及达成首攻之时，老翁们就监视着他的反应。其中一位老翁想必耳朵不太灵光，菲尔居然听见这老头嚷道："想赌一把他会输多少钱吗？"老头的朋友们赶紧让他噤声，一起偷笑着盯着菲尔，大概是希望菲尔向他们公布谜底。

菲尔又把酒瓶从嘴边拿开，搁到了吧台上。这时他发现一位女郎隔着两张凳子坐在身边，不由吃了一惊。片刻前那名女郎尚未在这酒吧里现身，但菲尔一眼便认出了她，这是伴娘中间胸围最傲人、身材最娇小的那一位，刚才菲尔在大堂的照片集锦中曾经见过她的芳容。

有哪个大活人能对V领礼服里的乳沟视而不见呢？菲尔为自己找到了说法，仿佛他能听见伊丽莎白口口声声地指责他物化了这位好端端的伴娘。说真的，这不是他的错。这位伴娘身上的黑色长礼服十分精美，但前胸开口却低得惊人，定会害得身穿礼服的事主春光大泄，除非这名女郎长着飞机场一般的胸部。

伴娘正在朝他微笑，眼神颇为呆滞，两只手上各端着一杯饮料，一边是一只酒杯，另一边看上去是装满水的玻璃杯。

"千万别跟我说这是一杯水，拜托一定要是一大杯杜松子酒。"菲尔对伴娘说道。她的笑容让他有了几分信心，他仔细端详着伴娘的脸，那位女郎正在出汗，嘴唇上出得尤其厉害。

她用一张餐巾擦了擦面颊，找酒保点了一杯健怡可乐，这才回头向他露出尴尬的微笑。

“一人玩转三杯饮料？”菲尔突然担心她会眼睁睁地在自己面前病倒，不由紧张地问了一句，“你没事吧？”

伴娘的笑容变得有些不好意思，眼神中透出几分恐慌。

“我看上去糟透了，对吧？”她哀求道，“看上去很抓狂对不对？我看上去究竟有多吓人？”

菲尔不太明白她的意思，因为他实在不清楚她平素的模样，至今为止他还只见过这位女郎一次，那是今晚她走下婚礼红毯的时候。尽管这位伴娘出了点汗，菲尔还是觉得她十分迷人。

“我觉得你看上去有点心慌，像是生了病，要不然就喝得有点过头。”

“我喝的酒有点过头，还吃了一粒过敏药和其他几颗药。”她的口吻几乎透出几分歉意，“也许我还是回酒店晕乎上一会儿的好。”

“那样你就会错过蛋糕啦。”菲尔突然不愿意放走这位新同伴。

伴娘睁大了眼睛，露出稚气的笑容：“你说得对，我还想吃蛋糕呢。”

“我也是。”菲尔说，“所以我还在这里。”

“我叫汉娜。”伴娘说，“你是新郎的朋友，对吧？”

菲尔笑嘻嘻地摇了摇头，“不算是。”

“那是新娘的朋友？你是贝的亲戚？”

“从未见过新娘。”菲尔享受着自己扮演神秘人的一刻。

“那就是不速之客喽？”

汉娜伸出双手握着装满健怡可乐的玻璃杯，来回摇晃着一双腿，菲尔决定让她少费点脑筋：“我妈妈是新郎母亲的老友，今天出席婚礼的人本该是我母亲，但她身体不舒服，所以她让我替她出席。”

“这件事有点怪啊。”汉娜说着歪过了头。

“我妈妈不乐意浪费婚宴的餐位。”话一出口，菲尔便意识到这说法听上去多么奇怪，“她希望有人代表我家来出席，我猜这确实有点怪，不过她真的很喜欢姓费的一家子，所以她希望有人到场为他们略表心意。倒不是说人家姓费的一家子还缺我们这一份，这场婚礼上只怕有五百个姓费的吧。”

汉娜喝了一口苏打。“你妈妈逼着你来其实挺好的。”她突然间向他抛来一副责备的眼神，“话说回来，如果你现在正规规矩矩地代表你家出席婚礼，而不是在酒吧里看球赛的话，那就好上加好了。”

“有道理。”眼下菲尔已经转过身子面对着汉娜，背对着那群老翁——老头们恐怕正对他那勾搭女人的功力议论纷纷呢，菲尔心道。“但你也躲到这里来啦。”菲尔紧张地瞄了一眼电视，“还有件事也许会让你解解气：我马上就要在这场球上输一笔钱，在这里看球赛可不是什么开心的事情。”

汉娜感觉十分迷惑。“你是什么意思？是说你在这场球上押了钱吗？就是正在打的这场球？”她说着瞟了一眼电视。

“没错，再过大约两分钟，我输掉的钱就不止两千美金了。”这时菲尔突然发现，挤出一个微笑并非那么容易的事。

“你是说你在橄榄球赛上下了注吗？”汉娜睁大了一双黑眼睛，“就像……真真正正的那种赌注？”

“这么说吧，我在一位庄家那里下了个注，他是我哥哥的一位朋友。这个星期再晚一些的时候，我要么拿到一个装着现金的信封，要么送出去一个装着现金的信封，就看今天的赛况如何了。”

菲尔不明白自己为什么要跟她讲这些，他觉得有点荒唐。

“你有个庄家？”汉娜露齿而笑，她对这个话题生出了几分兴致。

“他算不上一个真正的庄家。”菲尔说，“我已经说过了，他是我哥哥的一个朋友。”

“真是激动人心啊。”汉娜盯着电视说。

她那布满血丝的眼睛正盯着他，仿佛在等他说上几句，于是菲尔又开了口：

“下注就像一场游戏，没什么了不起。”

“如果你还不上庄家的钱……会有黑帮追债吗？庄家会不会要你的命？”

菲尔对眼前这名女郎颇有好感，尽管他不清楚她是否在拿他开涮。

“我能还上庄家的钱，话说回来，就算我还不上，那我也不过欠着他一笔，以后再慢慢付，他是个好人。”

“你真会输吗？百分百会输？”

菲尔瞄了瞄电视屏幕，望见脱了头盔的加州金熊队成员在场边互相拥抱，便摇了摇头。此事确实挺糟心，但幸好他的心思不全在赌注上。

“百分百。”他的脸上露出一缕微笑，“刚刚已经尘埃落定啦，真是多谢俄勒冈大学队，今天就是不给我好日子过。”

“那你打算怎么办？”汉娜喝了口水，同情地问道。

“没什么打算。”菲尔说着耸了耸肩，“扛着呗。我会把钱给汉克，或者再在‘彩虹’上压一笔，然后去睡觉。”

汉娜歪了歪头，挑了挑眉毛，“这是个同性恋笑话吗？在‘彩虹’上压一笔？[①]”

“是一种说法。”此时酒保把电视调回了ESPN频道，菲尔从电视上掉开了目光，“是我们赌客的说法。”他把“赌客”二字咬得特别重——谁让那位伴娘刚刚在听到“庄家”两个字后无比震惊呢。

菲尔解释道：“彩虹队是夏威夷大学的橄榄球队。在高校体育比赛上押注的赌客们有种说法，如果这一周你在钱上有了

① 彩虹旗是同性恋平权运动常用的象征标志。

麻烦，想要最后赌一把捞点钱回来，那夏威夷大学的比赛就是压箱底的比赛，毕竟有时差嘛。所以爱赌一把的那些人总说，至少我哥哥米奇和他的朋友们总这么说，如果你惹了大麻烦，你可以在周六晚上把钱一股脑儿全压到‘彩虹’身上，然后好好上床打个盹，神灵保佑你一觉醒来就中了彩。”

“或者你一觉醒来麻烦更大了。”汉娜说，“如果‘彩虹’输了的话。”

“嗯，那倒是。”菲尔说，“这只是一种说法，我反正从来没有在‘彩虹’身上下过注，至少不是为了回本。”

“押宝在彩虹身上。”汉娜慢条斯理地说，眼神比几分钟前更加呆滞，“我喜欢这个说法，听上去像是一支古老的乡村歌曲。”

菲尔一边微笑，一边望着汉娜从吧台取了一张餐巾纸，毫无惭色地擦掉了脸上新出的汗。

“既然我们现在成了哥儿们，”菲尔说，“我不得不说，你看上去有点恐慌。你真的没事吗？你简直汗如雨下，我还以为你也在比赛上压钱了呢。”

汉娜皱起了眉，捂住了肚子。

“哎呀，”菲尔一眼瞥见了她的脸，“很抱歉，我不应该问的，这事我管不着。”

“不，不。”汉娜说，“我没有生你的气，不过谈谈‘彩虹’倒是更让我开心些。”

“没事的，每个婚礼上都有一拨倒霉蛋。”菲尔说，“通常是其中一个伴娘中招，对吧？无论我去过的哪一场婚礼，总有几个女人眼泪汪汪地往洗手间里跑。”

这话逗乐了汉娜，她点了点头：“这个周末很难熬，再说婚礼上还有我宁愿不见的人，我喝得有点多，还吃了别人的药。也许我该在‘彩虹’身上押上一笔钱，然后乖乖地去打个盹。”

“也许你确实该这么做。”菲尔的话里满是挑逗的口吻，顿时让他自己感觉很丢脸。

他清了清嗓子急着换个话题，免得两人没有话说。“这么说来，你跟新郎新娘一样是大牌律师喽？”菲尔就事论事地问。

“你说我吗？门都没有。我跟贝是雪城大学的同学，一起上的本科。”

“大东联盟。[①]”菲尔点了点头。

“我猜是吧。”汉娜没有听懂菲尔的话，“大一那年我在宿舍里认识了贝，后来她去了法学院，我在纽约当选角指导。”

“选角？给电影选角吗？”菲尔大睁着双眼，那模样跟当初汉娜听见“庄家”一词时不相上下。

“是啊。嗯，现在还只是些小片子，不过都是些好片子，小制作独立电影，还有些广告。好吧，其实有很多广告。”

---

① 大东联盟是美国的大学体育联盟之一，目前由十多支来自美国东北部、东南部、中西部的大学组成。

“广告？”菲尔几乎是惊讶地喊出了声，仿佛给广告选角是桩了不得的事情，比起给大屏幕挑选人才更加令人难以忘怀，“我有幸见过你的某个广告吗？你有没有制作过啤酒广告？”

“还没有碰过啤酒广告。”给广告选角曾经被汤姆当成汉娜职业生涯上的污点，眼前这个男人却为之叫绝，不禁让汉娜有几分飘飘然。“不过……有一次我倒是给Tripledog牛排馆广告挑过角色。”

菲尔回忆着这家牛排馆的广告。离家乡不远处有两家Tripledog，车程还不到十分钟，有时候妈妈看上去有些疲态，菲尔便会跟她一起去那里用餐。他闭上了眼睛，哼着牛排馆的主题曲。

“我记得这家牛排馆的牛仔广告，有位同性恋牛仔用套索套住了一头猪，结果那头猪成了某一家子在野餐时的大餐。”

“那位同性恋牛仔就是我挑的。”汉娜边说边往后仰，把胳膊肘撑在吧台上，“顺便说一句，那个角色原本不该是个同性恋牛仔，只不过就是个牛仔，再说我觉得他本人爱男还是爱女跟这条广告片扯不上关系。”

“嗯，反正我猜那名牛仔是位同志，我的朋友全都拿那条广告片打趣。”

“嗯，”汉娜懒洋洋地坐在凳子上，“我想他本人也确实是个同性恋。如果我没有记错的话，当初前去试镜的男人全长着一副娇态，这一位已经是当天我能从曼哈顿淘到的最有直人味的牛仔啦。”

“哇。”菲尔说着轻轻用脚踢了踢汉娜的腿，“我身边坐的这位女郎便是挑中了Tripledog同性恋牛仔的人，不如请你给张亲笔签名吧。”

汉娜面带微笑伸出一只脚踢了踢他的腿：“你也太容易拜倒了吧。”

菲尔露齿而笑：“说真话，确实挺了不起。我、我哥哥和他的朋友每年都会一起出门钓鱼，我记得几年前我们又一起去钓鱼，结果在途中看到了那条广告，大家全都学它的模样表演呢。我哥哥千方百计要套住一瓶百威清啤，一边套一边扭屁股。要是能给Tripledog牛排馆选角，谁肯去给电影选角呢？”

“这就是我的目标，”汉娜突然惦记起了自己的黑莓手机，“给真正有人看的影片选角，眼下这个目标也不算远啦。我参与制作的一部片可能会有娜塔莉·波特曼出演呢。话说回来，现在西海岸那边是几点钟？”

“上帝啊，这个活听上去很诱人。”菲尔没有回答汉娜的问题，他灌下最后一口啤酒，打量着两人挨在一起的腿。

“要是遇上没什么竞争和压力的时候，倒是非常有趣，”汉娜附和道，“你来试试看吧。”

“你是什么意思？”菲尔不解地问。

“挑人来扮演我们这群人，来扮演这一屋的人物。我老是这么做，磨炼自己的技巧。来吧，挑些人来扮演我们，演那边那群家伙。”汉娜明目张胆地指了指房间另一头的老翁们，那群老头正一声不吭地前倾着身子，拼命倾听着这边的动静。

菲尔露出了笑容，瞥了瞥那边的老翁三人组："你让我挑人演他们？挑几个演员在片子中扮演这些家伙吗？"

"没错。"

菲尔思考了一会儿，"出演那些燕麦老广告的家伙叫什么名字？"

"你说的是威尔福德·布利姆雷吗？"

"没错，就是他，他一个人能把他们三个全演了。"

"作弊。"汉娜说，"他只能演一个，再挑个演员试试看。"

"好吧，在《蝙蝠侠》里扮演管家的人是谁？就是那个英国老头。"

"你是说阿尔弗雷德吗？"汉娜忍俊不禁。

"当然，就是那老头。"

"看你说的是哪一版《蝙蝠侠》，在蒂姆·伯顿[①]的《蝙蝠侠》里，扮演阿尔弗雷德的人是迈克尔·高夫，我敢肯定这位老人家已经不在人世；在最近的《蝙蝠侠》里，扮演阿尔弗雷德的人是迈克尔·凯恩。如果我是你，我会启用迈克尔·凯恩，假设你有财力请得起那位老人家的话，选角指导先生。"

---

① 蒂姆·伯顿（1958－ ）：美国电影导演，作品包括《蝙蝠侠》（1989）、《蝙蝠侠归来》（1992）、《剪刀手爱德华》、《查理和巧克力工厂》、《理发师陶德》等。

“好吧。”菲尔说，“我把我能用上的老家伙全用光了，我就知道这么些人。”

“那我们呢？”汉娜问。

“你是什么意思？”菲尔学着汉娜的坏笑回答道。

“挑几个人来演我们啊，这部片里会由谁来扮演我们两人的角色呢？”

菲尔不禁轻笑一声，“要是早知今天会上大荧幕，我就先把西服干洗了再来。”

“来吧，”汉娜说，“把游戏玩下去，一切都是一部电影。威尔福德·布利姆雷、迈克尔·凯恩……也许左边那个老人家可以交给艾德·阿斯纳演。好了，现在你来跟我说说，让谁来演我们两人呢？”

“这事真是怪透了。”菲尔几乎在自言自语，“不管说到我最爱的哪部片，只要是个我喜欢的动作明星，那他就比我矮得多，没有办法演我这一角。为什么动作片明星都是矮个子？”

“因为好莱坞明星没有高个，都是小身子、大脑袋，不高于五英尺九英寸。”汉娜回答道，“我倒觉得，你想让一名动作明星来演你，这件事本身就说明了不少问题。你是个联邦调查局特工之类的人物吗？特工大人—— 一位有庄家的特工大人？”

菲尔遥想着自己身穿坎登球场安全服饰的模样。“差不多吧。”他放声大笑，“我确实提供秘密服务。”

菲尔仔细端详了汉娜一番，琢磨着该让哪位女演员扮演这位伴娘。他思忖着自己曾在深夜想起的那些女明星，先是薇诺娜·瑞德，然后是《豪斯医生》里那位曾让他想起伊丽莎白的女星，接下来无端端冒出了希芙·洛莉亚的身影——这些明星都不合适。

菲尔细细端详着汉娜的一双黑眼睛，端详着她上围傲人但又匀称健美的身材，端详着她苍白的皮肤。她的双唇看上去有点浮肿，双眼周围长着细细的皱纹，那是岁月刻下的淡淡印记，预示着年华的老去，但他喜欢那些皱纹的模样。每当她微微一笑，纤细的皱纹便显得更加醒目。

“有主意了。”菲尔突然向汉娜靠过去，汉娜正从酒保手里接过一杯白葡萄酒，“你是《泰坦尼克号》里的那位女星，我是拉里·伯德[①]。”菲尔露齿而笑。

“拉里·伯德是谁？”

“波士顿凯尔特人队的拉里·伯德，让他在片子里演我吧。以前我在大学里打过篮球，我想让一名篮球运动员来演我这一角，让拉里·伯德来演吧，不过要1984年的拉里·伯德才行。”

“等一下，这是作弊。”汉娜又放下了酒，喝上了健怡可乐，“你不能从过去随便挑个人来扮演角色，片子可是现在

① 拉里·伯德（1956－　）：著名的前美国NBA职业篮球运动员。

拍的。如果要拉里·伯德在片子里演你，那也轮到当今的拉里·伯德出阵，这位老兄能演吗？他还在世吗？”

“我简直不敢相信你会把刚才那些话问出口。”菲尔说，“还用说吗，他当然还在世，上帝啊。”

“那行。这么说来，这部片里会有一名年纪不轻的篮球运动员来演你，凯特·温斯莱特来演我。”汉娜说，“这太扯了，你想象得出这两个人的床戏吗？简直败人胃口。”

菲尔的脸上闪过一抹得意的微笑：“这么说来，这部片里会有我们的床戏啰？”

汉娜尴尬地搁下了手里的玻璃杯：“我……我只是说，片子里总是有床戏的，拉里·伯德要是中意谁，就能跟谁有床戏。”

菲尔觉得自己晕红了脸，他还没有想出该说些什么，汉娜又开了口。她飞快地痛饮了几口葡萄酒，又灌下几口健怡可乐，接着说道，“既然我们谈到了私人话题，那你会让谁来扮演你的一生挚爱？假设你的生活是一部片，谁会演你那心心相印的人？”

“什么意思？挑一个我最想共赴巫山的女星吗？”

“不对，不止这些。你可以选择世界上任何一名女星扮演拉里·伯德夫人，你会选谁？”

“你先挑。”菲尔说，“谁会来演凯特·温斯莱特的先生？”

“保罗·路德。”汉娜不假思索地脱口而出，“对我来说，此刻是保罗·路德，也永远将是保罗·路德。”

菲尔翻了个白眼：“又是个矮个子。”

“现在轮到你了。”汉娜的口气严肃得有点过头。

“嗯，”菲尔设法换上轻松的口吻，“如果我们谈的是心心相印的人，我想我只能挑《豪斯医生》里那位女星。知道吧，该剧主角是位腿脚不方便的医生。可以请里面那位漂亮的女医生扮演伯德夫人，她让我想起我的前女友。”

汉娜露出了一抹好奇的笑容，菲尔顿时揣摩出了自己话里的滋味，不禁待在了原地，那位女星曾经让他记起伊丽莎白，而他竟然想让这位女郎在片中扮演他的妻子。仿佛明白他的心思，汉娜从吧台凳子上站起身端起了酒杯。她的健怡可乐和水杯都只剩下了一半，两只玻璃杯上的水滴正滑落在木质吧台上。

“歇够啦，我想我还得回婚礼上去。”她若无其事地说。

菲尔难以掩饰失望之情，站起身向她挪近了一步：“你不必回去，不会有人注意到你的，大家正醉得七零八落呢。”

汉娜歪了歪头望着他，站起身后，他们两人的身高起码差了一英尺。“我还担当着伴娘的职责呢。很遗憾俄勒冈队和加州大学队让你失望了，伯德先生。”

“没关系，常在河边走，哪能不湿鞋。”菲尔说。

伴娘一步步走向远方，菲尔突然对着她的背影大喊起来，吓了自己一跳。

“说不定我会到那边来找你。”这一嗓子让菲尔窘迫不已，他赶紧低下了头。等到再抬起头时，伴娘正盯着他，眼神有些茫然。

“我们可以再聊聊‘彩虹’。”她的声音颇为镇定。

“有道理。”菲尔喃喃地说。

“再见，拉里。”他望着她的背影消失在走廊上。在他的身后，“威尔福德·布利姆雷”、“迈克尔·凯恩”和“艾德·阿斯纳”缓缓地鼓起了掌。

罗勃：再见，吾爱

她会帮他点明方向，正如他会把远在安纳波利斯的她从自怜自艾的泥潭里救出来，但此刻她远在千里之外，他俩共度的时光也已经过去了十年。

兽医迈出白色的双扇门走到罗勃面前，罗勃正懒洋洋地坐在油毡地板上，背靠着一排自动售货机。

罗勃深吸了一口气，这才鼓起胆量迎上兽医的目光。他已经打算开口恳求这名女郎，让她行行好说几句好消息。他用颤抖的手取出屁股兜里那只破旧的皮革钱包，三张收据和一张一元美钞跟着掉了出来。罗勃想要在一堆塑料卡片中找到自己的银色信用卡，但他的手指笨拙得不得了。

“多少钱我都会付。”兽医还没有来得及讲话，罗勃已经夸下了海口，这些人休想说服他结束莉兹的性命，“我有张信用卡，里面的钱随我们花。我是说，手术总不会超过一千块吧？我付得起。”

“先生，她已经不在了。”兽医轻声说。

罗勃猛地抬起了头。

“什么？你是什么意思？”

兽医在罗勃身旁蹲了下来，把一只手搁在他的肩膀上。

“纳特利先生，我非常非常抱歉。”

“我不明白，你是说我必须让她安乐死吗？”

“纳特利先生。”女医生闭上眼睛，又张开，缓缓地眨了眨眼，“狗儿已经去了天国，她的寿数尽了。”

罗勃感觉到自己流出了眼泪，他已经有好几年没有流过眼泪了，面颊上的一片濡湿感觉如此陌生。他用T恤的领子擦掉了脸上的泪水。

“她的寿数根本没有到。”他恼火地说，“她是被一只药箱给砸的，压根儿算不上自然死亡。”

罗勃发现一名中年男子和他的女儿正在候诊室的另一头盯着他，女孩怀里抱着一只打盹的兔子，她的眼睛有些泛红，仿佛正准备迎接同样的噩耗。

“先生。”兽医说着挪了挪身子，跟罗勃面对面蹲着，“死因不仅仅是那场意外，她病得很重，就算药箱没有砸中她，它也活不了多久了，你已经尽了力。我读过她的病历，你帮她多活了很长时间，只怕别的狗主人很难赶得上你，现在你得放手啦。”

“该死的宜家药箱，”罗勃的眼泪滚下了脸颊，肩膀不停地抽动着，“我挂那破烂货的时候恐怕只用了一个螺丝，该死的药箱大约有四十磅，我简直不知道自己脑子里在想些什么东西。”

“要是遇上这种情况，不少狗主人会在好几个月前就送她走了，你把它照顾得很棒，没什么可抱怨的。现在它已经不再痛苦，她已经身在天国了。”

罗勃瞥见兽医脖子上挂着一枚闪亮的黄金十字架。他从不信教，但此刻兽医的说法让他多了几分安慰：莉兹正待在天国，待在上帝的身边。他不信人们能够上天堂，但在莉兹生病之初，他却很爱想象狗儿离开这个世界后的幸福生活：在那里，她可以放开肚子大嚼巧克力却又无须呕吐；在那里，她可以过上癫痫不再发作的日子。

“如果莉兹没有遇上这些祸事，她还能活多久？”罗勃轻声问兽医，“如果自然死亡的话，她还能撑多久？”

“我不知道，也许几个月，也许一年，也许几个周，这种事无法预测。纳特利先生，我们可以打电话叫谁来帮帮你吗？有谁可以到这里来帮你决定如何处置狗儿的遗体吗？有没有谁可以送你回家？”

罗勃想到了露西，但她早已离开了他的身边。话说回来，即使露西还在身边，她也帮不了多少忙——露西·巴伯对于弱者并无多少温情。

罗勃随即想起了汉娜，只怕此刻汉娜已经深陷自怜自艾的泥潭难以自拔，要不然就正在“普罗赛柯”起泡酒中沉沦，那家伙还把酒名叫做“熏火腿”呢。他突然无比渴慕着她，与汉娜共处的往昔顿时重现眼前。他想起当初自己懒洋洋与她共卧一床的感受，想起她从马歇尔街的酒吧步行回家后会洗个澡，出浴时散发着香草和婴儿爽身粉的味道。“真是一只亚麻布裹成的蛋糕啊。”他说着嗅嗅她的胳肢窝，她咯咯地笑出了声。他想起他们两人谈天说地时如何心意相通，想起有时他在留宿她家的晚上忍着不喝酒，以便淋漓尽致地跟她聊天。他还想起了那些冰冷的早晨，一旦时值破晓，他们两人之间便立刻拉开了距离，那样的早晨让他心底生寒。

罗勃一直不清楚自己当初为何不承认对她动了心，是因为害怕伤害贝呢，还是担心汉娜会拒绝他，担心她的嘴里会说出一声“不”，担心她会抛给他一个冷冷的表情——每当他在她家醒来，她便会露出这种神情。

就算汉娜当年想要共谱恋曲，罗勃也不相信时年二十的自己会拿它当回事。他在雪城大学时可不是省油的灯，有时还是个刻薄鬼，连他自己当年也不太喜欢自己。他绝不会开口跟她说他曾经期待着那些与她共度的夜晚，也不会说他曾经把她的小窝当成逃离校园生活的避风港，当他不再留宿她家以后，休学之祸终于出人意料地落到了他的头上。

罗勃心知，如果汉娜此刻就在身边，她会给他鼓鼓劲，会把他为莉兹所做的事情一桩桩数给他听。她会帮他点明方向，正如他会把远在安纳波利斯的她从自怜自艾的泥潭里救出来，但此刻她远在千里之外，他俩共度的时光也已经过去了十年。

“我就自己一个人。”这话的腔调有点夸张，惹得罗勃自己不太满意。一名中年女护士拿着一盒面巾纸走到他身边，他不情不愿地接过了一张。

“遗体怎么处理？”罗勃用上了公事公办的口吻，努力摆出一副沉着的派头打算弥补刚才流下的几滴眼泪，因此整个人看上去不太自然。

“嗯，先生，”兽医还坐在地板上，“有些家庭对于如何安葬宠物狗有自己的打算，我们倒是跟本地区的两家宠物公墓有合作，如果你愿意的话，我可以给你一则收费一览表。如果你决定把狗埋在宠物公墓，那你可以把莉兹留在这儿，公墓那边会派人来取狗的遗体。”

一想到某个陌生人会来运走狗儿把她埋进地下，罗勃摇了摇头。

“我自己来吧。”罗勃说，“我会把她埋在后院。”回到家后，他才发现挖地并非想象中那么容易。罗勃上了电影的当，那些鬼东西让他相信人们能轻轻松松地在后院挖出几个洞来，埋掉几个黑帮和被害死的另一半。结果现实版的奥斯汀正值异常寒冷的月份，地面冻得又干又硬，罗勃的塑料铲还帮了不少倒忙——那东西也许是用来做轻巧的园艺活的。

罗勃花了一个小时才挖了三英尺深，他停下来仔细端详着那条沟，努力说服自己这里能葬下莉兹，但他还没有这般糊涂，于是摇了摇头。“六尺幽冥”[①]这种说法不是没道理的，罗勃心想。他想象着一场洪水将莉兹的尸身卷到了草坪上，于是又动手挖了下去。

又挖了一个小时，眼前那条深沟总算变得像模像样。莉兹的遗体还裹在一条黑色被单里，跟罗勃挖出的这道坑相隔几英尺。罗勃坐到她的身旁点燃一支烟，隔上好一会儿才抽上一口，唯恐这一刻匆匆收场。在这吞云吐雾的时刻，他的左手却一直搁在莉兹的肚子上，心中暗自希望她那隔着被单的身体能有几分暖意。他试图记起莉兹身体的轮廓，记起她那柔嫩的肚皮——在他们双双沉入梦乡之前，他总爱挠挠她的肚子。

填上那道坑倒是十分容易。不到半个小时，地上的沟已经消失了踪影，莉兹笼罩在块块干燥的泥土中，罗勃用手把泥土拍紧压平。尽管在场的只有他一个人，他还是觉得自己该开口致几句辞。

“我爱你，小姑娘……”他开了个头，却再也没有说下去。

---

① 据称逝者通常被埋在地下六英尺的深度，故有此说。

就在这时，罗勃意识到他无须亲口向莉兹吐露爱意，他无须傻傻地向她表白自己的一片忠心和一腔深情。即使莉兹此刻还活在这个世上，她也无须听他嘴里说出的字字句句，他的一片深情她早已默然于心。要说起罗勃曾经遇到过的那些人，那他也许欠了人家不少说法，也许他该向某些人剖白几句，向某些人道个歉，向某些人澄清几句，但要说到莉兹，罗勃对她的呵护却始终算得上全心全意，罗勃一向以莉兹的需求为先，莉兹自己也深知这一点。

罗勃改了主意不再致辞，转念想起了初遇莉兹时电台播放的那首歌，那是莉兹·菲尔的歌，狗儿的名字正是由此而来。

于是罗勃一边开口唱歌，一边搜肠刮肚地回忆着那首《超新星》的歌词，谁让他不太喜欢这首歌呢——这可是罗勃今晚第二次开口唱歌了。唱着唱着他感觉好受了些，便一首接一首翻出了那些曾经让狗儿在公寓里欢蹦乱跳的歌，一股脑儿唱了个够：唱了一首《飓风》，再加上布鲁斯·史普林斯汀的《罗莎丽塔》和《为跑而生》。

唱到最后罗勃的牙齿开始格格打战，于是他起身进了屋，以鲍勃·迪伦的一曲《相思病》结束了整场演唱。

他的电话没有带出房间，眼下正在前门旁边的桌上不停闪烁，上面有四个来自汉娜的未接电话。见到她的名字，罗勃露出了一丝笑意，随即伸出手臂环抱着胸口。

他动念想要给她回个电话，告诉她此间发生的一切，但这个念头让他不堪重负。他环顾着眼前的客厅，沙发上的几本杂志掉到了地板上；一个原本摇摇欲坠的书架已经莫名其妙地塌了下来，恐怕要怪罗勃奔向医院时砰的一声用力摔上了门。乱七八糟的书在地上堆成了一座小山，两枚宜家出品的塑料螺丝滚到了屋子中央。

罗勃没有力气整理房间，于是思忖着去洗个热水澡把自己收拾干净，却又记起浴缸里还满是碎玻璃和莉兹的鲜血。

小小的寓所里安静得过了头。没有了莉兹，这里再没有木地板上一声声来往的脚步，再没有卧室里一声声沉重的呼吸。罗勃迈步进了厨房，低头望着一碗吃了一半的狗粮，莉兹那家伙把狗粮蹬到了水碗里，一块块鼓胀的粗磨狗粮眼下正在水面上漂浮。罗勃闭上眼睛思忖着下一步，睡觉就免了吧，尽管身体筋疲力尽，他的精神却十分紧绷。他心知自己该怎么办，于是果断上前打开了笔记本电脑。

薇琪：当年还有青春做伴

他是她在大学时代会遇见的那种朋友。他们之间的倾谈满载着种种可能，但也仅此而已，那不过是遇上一位知己勾起的一腔兴奋之情。

乔正目不转睛地凝视着她，眼神格外专注。“他这可不是色眯眯的眼神”，薇琪心想。乔拉拉杂杂地说着莫哈韦沙漠的周末之旅，薇琪便听他兴头十足地闲扯。“你真该来开开眼界，”乔的一只手里还端着一杯酒，“对于我们这样出身东海岸的人来说，莫哈韦沙漠堪称人间奇境，完全是一派别样的风景，突然之间你便身处旷野之中，仿佛置身一部老旧的西部片。”

乔又提起自家公寓旁边的一家饭店，那里供应仙人掌做成的菜肴。薇琪斜过身子，咬了一口蟹饼，里面加了不少调味料。这时一阵微风轻拂帐篷，将她那长长的刘海吹过眼前，薇琪闻到了海水的气味。

“你闻到那股气味了吗？”她插嘴说，“闻上去跟海滩差不多。”

乔的脸上露出了腼腆的笑容，伸出双手平放到餐桌上，手指恰好碰到薇琪的小指，薇琪没有拿开手。

乔对她的关爱并非恋人之爱，但也不像父女之情，薇琪心想。

乔是一位朋友，打情骂俏的那一种，她在大学时代会遇见的那种朋友。他是如此的关注她，害她忍不住紧张地把头发捋到耳后。

他们之间的倾谈满载着种种可能，但也仅此而已，那不过是遇上一位知己勾起的一腔兴奋之情。

遥想人人年轻美貌、没痛没病的大学时期，那时尚未有人背负家室之累，大家便会有这般交心倾谈，言谈间处处透出自信与希望。他们会忍不住放声大笑，也从不觉得对方无聊透顶，就连那些冷得要命的晚上也是如此——遇到这种时候，大家会困在宿舍里，有时甚至整整四十八个小时不迈出大门一步。身为时年十八的少男少女，薇琪的朋友们彼此吸引，到二十岁时他们已经出双入对（汉娜秘密地搭上了罗勃，最后投入了汤姆的怀抱；薇琪则找上了玩音乐的环保人士里奇，那小子在“和平队”[1]里待了三年，眼下住在新斯科舍[2]），但这些成双成对的小情侣一直都是朋友圈子的一部分，仿佛众人一起谱写了一支宏大的恋曲，不管谁与谁纠缠在了一起。

当时大家无拘无束，每人都可以自由结交圈子外的朋友，也不用事事都向圈子里的朋友交代。汤姆一加入朋友圈就和薇琪鼓捣出了一套私密笑话，汉娜则压根儿没把这件事往心里去。要是汉娜在剧院，汤姆便和薇琪一起去看电影，他们掷硬币决定由谁开车，此人便会驾车碾着雪驶下滑不溜丢的山坡前往雪城剧院，汉娜则会身穿胀鼓鼓的大衣在角落里等待他俩。尽管罗勃从未打过贝的主意，却仍然对贝有着一片关爱之心，他曾经放着自己的论文不写，熬夜替她修改论文。在大学的最后一个学期，贝和汤姆一起上了一门“品酒入门”课，两人因此变得亲密起来，要是赶上众人在汉娜的寓所共进晚餐，他们两人便会拿汉娜打趣，说她那些六美元一瓶的霞多丽葡萄酒尝上去有股橡木和奶油味道。

就连薇琪和罗勃也分享过不少私密时刻。跟其他女生不一样，薇琪一向对罗勃不感冒，这家伙总是找里奇和乐队借钱，再说他跟汉娜来了一段偷偷摸摸的深夜情缘，害得薇琪不得不对贝守口如瓶。不过话说回来，薇琪与罗勃之间仍然保持着朴实无华的情意。大二那年，他们每个月至少会一起出门一趟，为宿舍里

① 美国一家志愿服务组织。

② 加拿大东南部的省。

不少还没到合法饮酒年龄的人弄酒回来[1]。薇琪和罗勃会驱车前往加拿大，他们这年纪在那边大可以合法饮酒。两人会灌上几张CD留在路上听，途中还把罗勃那支乐队里的贾里德·诺瓦克搬出来当靶子，在车里学他的模样。薇琪希望毕业以后开一家设计公司，两人倒是趁着旅途的时间为这家公司编排了一串名字。

“内在美。”某个周六下午两人又一起开车越过边境，罗勃冒出了这么一句。

“我听不懂。”薇琪说。

“人们不是夸有些人拥有内在美嘛，你的公司就该起这种作用：让某栋建筑具备内在美。你那家设计公司应该取名叫做‘内在美’。”

“内在美。”这时两人正掏出护照准备应付检查站，薇琪慢条斯理地念了一遍罗勃的提议，一个字一个字地揣摩着，“这个名字倒行得通。”

“就叫‘薇琪·克利福德室内设计’怎么样？”她又问道。

“没劲，要是弄个双关之类的俏皮话，你能多招一些人来。”罗勃说，“就像我在家乡那边常去的理发店，我看上它就因为那地方叫做‘美发恒久远’[2]，深得我的欢心。”

此刻在婚宴上，薇琪恍然记起眼前这个席位本该属于罗

① 美国最低合法饮酒年龄为二十一岁。

② 该店名由电影名《永垂不朽》演变而来，该片为1953年首映的一部美国剧情片，理发店名在英文中与片名为双关。

勃，不禁对乔露出了一抹哀伤的微笑。事实证明，乔挺适合顶替罗勃的位置，他恰恰正像薇琪失落已久的那些朋友。

薇琪在罗切斯特的同事却是另外一番模样，跟他们在一起既开不了玩笑，也无法酣畅淋漓地倾谈。眼下她只花了短短几分钟就跟乔成了至交好友，也许因为他是贝的至亲，也许因为薇琪在大学挚友的面前重拾了本色。

“我真该去拉斯维加斯拜访你。”薇琪突然实心实意地说。她想象着自己跟汉娜、贝、乔一起徒步旅行，冒着沙漠的酷热越过内华达州的重重山峦，背上背着包，身上带着水壶，她有好几年没有出门旅游散心了。

这时桌子对面有人哼了一声，吓了薇琪一跳，那是吉米·费的声音。自打落座以后，薇琪便一直设法避开此人的目光，她觉得要是跟吉米·费对上了眼神的话，自己恐怕会撑不住笑出声来。吉米·费堪称本场婚礼的搞笑版帅哥，薇琪觉得还是不要正眼瞧他的好。

做完伴郎致辞以后，吉米·费一会儿与亲戚们击掌相庆，一会儿谈论着大学足球，眼下他正关注着乔和薇琪，两条眉毛挑得老高。

“你住在拉斯维加斯？”吉米·费一脸憧憬地问乔。

“没错，先生。”乔自豪地回答。薇琪动念要在桌子底下踢乔一脚，但恐怕只有汉娜和贝才能从这一脚上读出她的心思。她在桌下轻轻顿着右脚，设法集中心神。

“也没什么好崇拜的，”乔告诉吉米·费，“做拉斯维加斯的居民和做拉斯维加斯的过客不是一回事。你要是真住在拉斯维加斯，那就没法甩掉那里发生的一切，因为那就是你的生活，我在那地方过日子呢。”

“可是老兄，那地方的女人一定十分狂野吧，我的意思是，就算那些已经嫁为人妻的女人也是一样。”吉米一边大笑一边响亮地喷了一下鼻子。

薇琪溜了一眼吉米·费身旁的座位，刚才他那位容貌出众但又沉默寡言的女友一直坐在那儿。

“她去洗手间了，”吉米回答了薇琪没有问出口的问题，“这恐怕是她今天晚上第五次去洗手间。我发誓，每次她只要喝上几杯，那一整夜她都别想离开洗手间。”

“她是个大美人。”薇琪说着吞下了一大口酒，乔对薇琪的说法也点头称是。毋庸置疑，吉米·费的女友跟他一样姿容超群。

“告诉你吧，”吉米傻笑着从餐桌上探身过来，“就跟大家的说法一样：你挑得出一个人人想上的妞，我就找得到一个上她上到反胃的男人。”

薇琪惊得用手捂住了嘴，她感觉乔在桌子底下踢了踢自己，于是回了他一脚。

汉娜：谁离开的谁？

> “我离开确实是为了我自己，因为我想追求别样的东西，我希望拥有另一种生活方式，那种方式更倾向于我的需求。我离开并非是因为想远离你。”

汉娜明白自己遇上麻烦了，她眼睁睁望见一张桌子动了起来，换种更准确的说法，她眼睁睁望见那张桌子弯了下去，平坦的桌面突然化成了一摊泥，恰似雪城大学宿舍里随处可见的达利画作中的钟表[①]。她正伴着婚礼乐队演奏的《砖房》团团转，突然觉得该停下来稳稳身子。

---

① 柔软的钟表是达利画作中的重要题材。

她伸出两只手掌平放在身前，仿佛正凭空撑着一件家具。她感觉自己并未失控，但等到抬起头来放眼一瞧，最靠近舞池的那张桌子却似乎正在向左移动，桌面化成了泥一滴滴往下流——看这副模样，眼前的一幕无疑便是幻觉。汉娜闭上双眼想要定定神，但眼前的一片漆黑让她感觉更加昏天暗地。

"薇琪在140房间。"她低声自语道。

"她眼看着就要摔一跤。"这时汉娜听见一个男人的声音说。

她认出了这个声音，皱起了眉头。

"走开。"汉娜感觉到汤姆从身后走来把一只手放在她的肩膀上，便开口道。

"放轻松，站稳了。"乐曲几乎淹没了他轻声的回答。过去她曾一度深爱他那低沉的话音，此刻则本能地向他倚过去，迫不及待想要找个支撑免得摔一跤，但刚刚站稳脚步便立刻躲开了他。"离我远点。"她凶巴巴地嚷道，转过身去背对着汤姆。

"去透透气吧。"汤姆疾步绕了一圈，跟她面对着面，"我想我们应该聊一聊。"

汉娜泄了气，晕头转向地点点头，眨了眨眼睛。她的左眼很干，右眼却盈满了眼泪，这时她抬起头想要找条路溜出舞池，却发现辅导员杰梅正从帐篷后方盯着她和汤姆。

"等一等，"汉娜猛地转过身，恼火地再次面对着汤姆，"我才不需要透透气，要透口气的人是你。"

她又摇摇摆摆地舞了起来，两条腿直打战。汤姆在她的面前一动不动，目光却在左右打量，好瞧一瞧有谁正在端详这一幕。汉娜又自信满满地跳开了，晃开汤姆的手臂，伸出右手食指向汤姆一指：

“你想跟我聊聊？那行，不过别装做一副我需要你帮忙的样子。”

越来越响的乐音压不住汉娜的咆哮，她那一通豪言壮语落到了贝的耳朵里。新娘原本正与母亲及两位姑姑跳成一个圆圈，听见动静便疾步向汉娜走来。那位伴娘冲汤姆嚷嚷的时候已经踢掉了一只高跟鞋，鞋咕噜噜地飞到了她的身后。

“你他妈的负心男。”汤姆又上前想要攥住汉娜的肩膀，她便即刻大骂出口，“滚去你的女友身边，找你那位辅导员去吧。”

汤姆顿时愣在了当场，一张脸涨得通红。

“去找她，”汉娜不肯住口，“我敢肯定她在找你呢。”

这一次汤姆恼火地抓住了她的双肩，稳住了她的身子。

“你必须给我停下来。”汤姆喊道。汉娜想要挣脱他的魔掌，但汤姆握得很紧，她像个小孩子一般避开他的眼神，目光死活不肯落在他的脸上。

“停下来。”他又严厉地说了一遍。

这次汉娜乖乖听了话，抬眼迎上了他的目光。她一声不吭，暂时收起了浑身的刺。

“你……你这么闹，好似一切都是我的错。”汤姆那些没头没脑的话听上去有些嘶哑，再也没有一贯的沉着，“你居然给我戴一顶负心男的帽子？不是吧？”

此时乐队奏起了一曲拖拖拉拉的《一起孤单》，汤姆再也用不着扯着嗓门大声嚷，他认定汉娜不会开溜，于是放开了她的肩膀。贝隔着一步之遥站在汤姆身后，正在认真地聆听。

只有一只脚上穿着鞋的汉娜站不太稳，难堪地立在当场。

“这一切是我们……我们两人一起造下的孽。”汤姆的声音有些颤抖，“我确实离开了纽约，但你原本可以跟我一道走，当时我开口请求过你跟我一起走。整整一年我都在跟你说我想跟家人住得近一点，我得回波士顿去，你从来没有说过一个字，结果我离开了……我离开确实是为了自己，因为我想追求别样的东西，我希望拥有另一种生活方式，那种方式更倾向于我的需求。我离开并非是因为想远离你，我只是想远离纽约。当时我爱着你，我以为你留在纽约是因为一点——那是你想要的生活，无论那生活中有没有我。”

汉娜还是一声不吭，她用手掌擦了擦额头，将湿漉漉的头发从眼前拨开。这时乐队主唱哀声唱起歌词，倾诉着要与人共度那茫茫的未知，汉娜摇了摇头。

“我们俩没成正果，你可以生气。”汤姆接着说，“但你不能把这一切怪在我的头上，不是我蹬了你，汉娜，是你选择了留在纽约。”

贝不禁向前迈了一步。

“你曾经开口让她跟你一起走？你曾经开口让她搬到波士顿吗？”贝用难以置信的目光望了望汤姆，又望了望汉娜。

汤姆恼怒地长叹一声：“那还用说吗，我想跟她在一起，我……”

“当时你告诉我，你觉得我担当不起妻子的角色，当谁的妻子也不行。”汉娜说着踢掉了另一只鞋，鞋子落在大约两英尺远的地方。舞池里有个小男孩是曼特的侄子，他捡起缎子高跟鞋举在头顶，大获全胜般跳起了舞来。

“我觉得你担当不了妻子的角色，这是实话。汉娜，在我离开之前，你似乎对我们两人的恋情并没有多少兴致，你独立得要命，呼朋引伴地结交了一帮新朋友。我原本指望你会反对我的提议，告诉我你会来找我……既然我已经按你的方式在纽约过了那么久，我还指望着你能按我的方式跟我一起过上短短几年呢。”

此后汉娜再也没有听进去一个字。乐队刚刚奏响《迷信》的旋律，她便踉踉跄跄迈开步子跳起了舞，一步步轻飘飘踩在云端，腰肢凭空绕着一位毫无踪影的舞伴尽情痴缠。汉娜转身背对着贝和汤姆，迈开步子向宾客们舞去，甩开屁股东撞西撞地闹着玩，贝和汤姆不由张大嘴凝视着她。这时汉娜用眼角的余光望见贝“蹬蹬蹬”离开舞池走向了餐桌，于是她舞得更加放肆，边舞边朝着婚礼摄影师扮起了鬼脸，那位摄影师开心地捕捉着一个个镜头，镜头里的汉娜要么正伸着舌头，要么抬高了一只赤脚。

等到摄影师对她失去了兴致，汉娜才放慢了舞步回头打量汤姆，他已经回到了辅导员杰梅的身边。这时汉娜发现杰梅脸上的表情并非醋意，却是一副担心的模样。杰梅的目光中颇有几分惊恐，仿佛她正目睹一场车祸落到一名好端端的小孩身上。汉娜怒气冲冲地转过身，四处寻找着合衬的舞伴。

乔和薇琪：为了她

薇琪的这一套回答显得井井有条，不禁让乔面露喜色，心中油然生出了几分自豪。

贝拖着一条裙摆大步向乔走来，在这之前，乔压根儿没有注意到汉娜在舞池里闹出的一场戏。

“乔叔叔，”贝向他倚过身子，用一副恳求的口吻说，“我需要你，就这会儿。”

“这不是我那艳光四射的侄女吗，小姑娘都已经出阁了呢，”他的身子还朝着薇琪，“你是缺个舞伴吗？”

“我要你开车送人一程，就现在。”

乔抬起头，这才看出侄女确实急得火烧眉毛。借着帐篷的灯光仔细端详，他能看见她那前额的皱纹里积起了古铜色的粉底，渐渐消融的遮瑕霜下露出了黑眼圈。

“要帮什么忙都行。”乔温柔地说，“你需要什么？”

“我要你带汉娜回酒店。”贝说着伸手一指汉娜，舞池中的汉娜正被一群人围在中间。此刻的汉娜已经不再与空气纠缠不休，因为她找到了一位跟她一样醉醺醺的舞伴。她紧贴着贝的弟弟——二十五岁的毛头小伙埃里克，埃里克的两只手牢牢地黏着汉娜的腰背不放，仿佛这位小伙正死命攀在牛背上免得跌下来。汉娜伸出一只手攀住他的后颈，另一只手握住自己的吸入器，贝知道汉娜把吸入器塞在了连裤袜的松紧带里。

曼特的一众表亲冲着汉娜和埃里克拼命鼓起了掌，从他们脸上激动而震惊的神色看来，那两位只怕是公然上演了一场热吻，要不然就是要了一场更加不堪的闹剧。

薇琪露出了惊恐的目光，立刻站起身从椅子底下拎起自己的手袋。贝正用力拽着乔的胳膊肘，薇琪说：“我们必须把她弄走，你能帮我把她带回房间吗？”

“我去跑一趟把她的东西拿来。”薇琪自告奋勇地说，“她的手袋在塔楼里，里边装着钱包。我去把手袋取来，然后我们直接带她回旅店。”

薇琪这一套回答显得井井有条，不禁让乔面露喜色，心中油然生出了几分自豪。在那一刻，她那副大局在握的气派让他想起了自己的女友莎拉，就算已经下了班待在家里，莎拉通常也久久不能从迎宾的角色中抽离出来。

“乔，我去去就回。”薇琪说，“贝，你能把汉娜跟你弟弟分开，让她收拾妥当准备起程吗？”

乔和贝点了点头。乔捏了捏薇琪的前臂给她鼓劲，随后伸手到衣兜里掏出钥匙，心中揣摩着要花多久才能把汉娜安置妥当，好让薇琪和他一起回房间去。

薇琪脚蹬高跟鞋一溜小跑，可惜她跑起来并不比走路快上多少。她穿过帐篷深处奔过汤姆的身旁，避开了汤姆的目光，汤姆正挥手招呼她过去，想必是要跟她商量一下如何应付狂舞的汉娜。一出帐篷她便放眼打量着四下的夜色，到处搜寻贝和伴娘们几小时前待过的那座塔楼。

早前薇琪答应过汉娜，不管今晚她们两人灌了多少美酒下肚，她绝不把汉娜的行李箱包和手袋落下，那里面装着汉娜的换洗衣衫、驾照、手机和钱包。明天早上汉娜便要搭乘火车赶赴纽约，没有时间回塔楼花园取她落下的东西。

通向塔楼顶层房间的旋转楼梯又窄又空，那股瘆人劲儿让薇琪平白想起了恐怖片，要不然换种更恰当的说法，这架楼梯让她想起了V·C·安德鲁斯书中的场景。她走到楼梯的尽头，停下脚步打量着空荡荡的阁楼：楼上有两间屋，宽阔的天鹅绒沙发周围摆着不少行李箱，想必便是伴娘们的物件。尽管此处确实是个阁楼，眼前的场景却与《阁楼里的花》并无多少相通之处。在薇琪的想象中，凯西与克里斯的住处可比这间阁楼窄小得多，事实上，就连纽约的大多数单居室公寓也赶不上这间阁楼。

眼前这间阁楼倒更像薇琪想象中的另一处居所，那间屋子出自V·C·安德鲁斯某一系列作品中的第二部——《早晨的秘密》，故事中的舞者发现她的祖父其实是她的生身父亲。薇琪顿时记起了书中的道恩如何与英俊的迈克尔·萨顿翻云覆雨，忍不住打了个战。她把思绪从迈克尔那具喷涌的“消防栓”上收了回来，摇摇头记起了自己的使命：这一趟是为了取汉娜的手袋，接下来还要跟乔一起把汉娜带回酒店呢。

薇琪急冲冲地奔进了套房，正如V·C·安德鲁斯书中所有的正派女主角一样，她看见一名魁梧的男人正在黑暗中等待着她。

菲尔：母亲的大秘密

“妈妈有麻烦了。”菲尔立刻没头没脑地说，声音有些颤抖。他一边打电话一边迈开大步奔向停车场，空出的一只手上拿着车钥匙。他简直疾步如风。

婚礼乐队换上了一曲《呐喊》，菲尔从酒吧中遥遥听见乐声，左思右想地琢磨着自己的下一步。他受不了早已安排妥当的席次，那样一来他就不得不敷衍一些话题，比如贝和曼特啦、其他国家啦、小宝宝啦，还要加上一点——过去两个小时他待在哪里。

他决定给母亲打个电话。

南希已经告诉他今晚不必再打电话过去，她很可能等不到八点就已经就寝，菲尔大可以明天再见她，但菲尔料想自己可以留个信息，这样母亲一觉醒来就不会觉得孤单。

酒吧里的三名老男人花了大半个晚上赏脸充当菲尔的观众，他们几分钟前刚刚从酒吧的后门离开，此刻菲尔也步出这扇门到了俱乐部的另一头，远远地离开婚宴帐篷。这里临近停车场，还靠近一丛让人晕头转向的矮小灌木和凋零的玫瑰花。

拨通电话后菲尔绕着停车场踱了几步，这时电话里传来一个声音，让他不禁收住了脚。

“喂？”那个声音说。

菲尔赶紧挂了电话，压根儿没有说上一个字。接电话的是个男人——这么说来，菲尔一定是拨错了电话号码。他望着自己的手机，仔细端详着对方的名字：上面写着“妈妈”。菲尔停下脚步想了想，一头雾水地盯着停车场里的汽车。

他的双手簌簌发抖，望着手机又按下了“呼叫”键。铃响了两声，那个男人接起了电话。

“你好。”男人的声音有点恼火，仿佛他疑心来电的人会再次挂上电话。

“喂？”菲尔不解地问。

“是谁？”男人的声音问道，“菲尔？是你吗？”

“把电话给我。”菲尔听见母亲嘶哑的喊声从电话里传来。

他又挂上了电话，这下惊恐万分的菲尔从通讯录里找到了米奇的手机号，按下了通话键。

“你这怪胎！”菲尔的哥哥接起电话便大嚷起来。菲尔的个头比哥哥高上许多，哥哥最爱亲热地叫他“怪胎”。

“米奇，妈妈有麻烦了。”菲尔立刻没头没脑地说，声音有些颤抖。他一边打电话一边迈开大步奔向停车场，空出的一只手上拿着车钥匙，他简直疾步如风。

“上帝啊！”菲尔的哥哥说，“出什么事了？她摔了一跤？你现在跟她在一起吗？要我开车赶过来吗？”

“她那边有个男人。”此时菲尔已经走到了自己的“拓远者”汽车前面，“有人在家里。”

“谁在家里？”米奇的口吻变得跟菲尔一样惊慌失措，“是个小偷吗？”

“我不清楚。”菲尔一边恼火地回答，一边打开了驾驶室的车门，“我刚刚给她打了个电话，接电话的竟然是个男人，他还知道我的名字，叫我菲尔。”

“他知道你的名字？”米奇的口吻镇定了些，发出了一声轻笑，“如果他知道你的名字，那很可能只是马尔卡希队长。”

正要钻进汽车的菲尔猛然停下了步子，双脚踩进停车场的砂石里，狠狠地甩上了车门。

“马尔卡希队长为什么会在妈妈那里？”菲尔气恼地问。

“拜托，菲尔，你懂的呀，不用逼我说出口吧。这事说出来可不怎么好听，毕竟牵扯到妈妈。”

“你是什么意思？我……我不明白。”菲尔结结巴巴地说。他的腹中一阵抽痛，就像当初看见汉克在加州大学对俄勒冈大学那场球后发来的短信，上面写着“不听好人言，吃亏在眼前”。

“他在和妈妈约会，菲尔，现在可是周六晚上，他怎么会不在妈妈那儿呢？他差不多算是住在那边啦。”

菲尔俯身将额头靠在冰冷的车窗上。他定定地盯着方向盘，呼出的气息把玻璃染上了一层雾。

“不。”菲尔低声说，“他们只是朋友，米奇。她……出了爸爸的事情以后，她还从未跟人约会过。她把马尔卡希队长称作‘好朋友’，他们之间不过是两个上了年纪的人互相做个伴，他们俩是伙伴关系。”

“拜托，菲尔。”米奇有点恼火，“我可没有时间跟你瞎扯，我还要帮忙哄孩子们上床呢。安吉拉给他们吃了糖，我没办法哄他们去睡觉。”

“你知道这件事有多长时间了？”菲尔又站直了身子，一只手扶在额头，“是妈妈告诉你的吗？”

“菲尔……”米奇接口往下说。

这时菲尔听见哥哥的孩子在一旁尖叫。“拜托，小家伙们，我在跟菲尔叔叔通电话呢！”米奇嚷了一句，又压低声音讲起了电话，“菲尔，马尔卡希队长跟我们一起过了去年的圣诞节和复活节，八月份还来出席了乔伊的洗礼。你觉得这是什么苗头？”

“我不知道，米奇。”菲尔边耸肩边绕着车头踱来踱去，“我还以为他是来帮她做点零碎活，比如换换灯泡照料水管之类，我还以为他挺同情妈妈，所以老在我们家转悠。”

“说到照料她那边的水管，他干得还挺像样。”米奇打趣道，“嘿，我得挂了。”米奇换上了哄孩子用的口吻，“如果你还是觉得不乐意，明天我们可以聊上一聊，不过我们该替妈妈开心，她一个人挺孤单的，马尔卡希队长是个不错的男人。”

“好吧。”菲尔答了一个词，挂断了电话。

菲尔将手机揣进衣兜，从停车场向会所慢步走去，在大门旁边一株高大的山茱萸树前停下了脚步。灯光透过宴席四周起伏翻涌的尼龙纱弥漫出来，乐队奏完一曲《我们是一家人》，又奏起了《此刻只有你共我》。这时菲尔重重一拳打在树上，手上立刻涌出了鲜血，他感觉自己像个傻瓜。菲尔一屁股坐到地上，把头埋进了两腿之间。

薇琪：迷狂

短短几秒钟后，一道无情的荧光照亮了薇琪的双眼。

她的眼前顿时一片茫然。

“抱歉，我找不到这里的灯。”暗处那位面目难辨的男人说，“希望我没有吓着你。”

“你没有吓着我。”薇琪把“没有”二字咬得格外字正腔圆，仿佛她一进这座神奇的塔楼便略微染上了些英国口音，不由吓了自己一跳。“想要吓着我可不太容易。”她说。

她在一片黑暗中露出了微笑，被自己的话逗得直乐。凭着男人的体型和味道，她几乎立刻认出了他，他们在婚宴上隔得不远，中间只夹着一个乔。

“是我，跟你同坐一桌的吉米·费。你是贝的朋友，对不对？你跟那个老家伙搭伴的对吗？”

薇琪在黑暗中扮了个鬼脸。

“他才不老呢，再说我跟他也不是一对，至少不是一对恋人。他是贝的叔叔，我们是朋友。”

“嗯，”吉米在暗处咕哝了一声，向前迈了一步，“这么说，你是一个人来的？”

“没错。”薇琪本能地后退了一步，突然意识到身后便是楼梯。她望见那个男人向她走来，顿觉呼吸急促，不禁记起了《阁楼里的花》一书中的字句：“我有着舞者般有力的双腿，他有着健壮的肌肉。”那一幕她反复读了多次，那一页几乎已经快从书中散了出来。

吉米在黑暗中抓住了她的一只手。“小心点，”他说，“千万别跌上一跤。”

她说不清他们是如何陷入了双唇相接的境地，但一切发生在转眼之间，那时他握上她的手才不过短短几秒钟。多亏了薇琪脚上那双三英寸高的皮鞋，吉米·费并不比她高出多少，只需探身往前便可吻上薇琪。

“你不是有个正牌女友吗？”薇琪贴着吉米的脖子喃喃地说。他正动手掀起她的裙底，看这架势两人恐怕要保持站姿云雨一番，连身上的正装也不用脱个精光。

“这样行不通。”这时薇琪意识到他压根儿不打算回答关于女友的问题，便开口指点吉米，“我穿着连裤袜呢。”

屋子中央有座巨大的沙发，大得足以让一名高个子舒舒服服地睡上一觉，但薇琪和吉米都深知一点：此番销魂跟沙发不沾边，这是注定要发生在地板上的性事。若是这一幕落到V·C·安德鲁斯的笔下，她必定也会如此安排。两人弯下腰躺在沙发前方的木地板上，脱掉了几件碍事的衣物：她的一双鞋、一条连裤袜、一条小可爱，再加上他的长裤和短裤，随后一头扎进了巫山云雨。他的钱包里备有一个安全套。这还用说吗，她暗自心道：吉米·费之类的家伙想必总是有备而来，人家说不定经常遇上这种事，他在阁楼里嘿咻，在公车站里嘿咻，在洗手间里嘿咻，说不定连飞机上也不能幸免。

男女之事一开场，薇琪便紧盯着天花板，纳闷自己怎么沦落到了如此地步。她的上一段一夜情还得回溯到大四时期，那时她住在校外的一间合租公寓里，恰好跟里奇分开了一阵子，便趁着空档搭上了一个主修插画专业的家伙，那小子跟她一起上平面设计课，事后薇琪再也不肯跟他说一句话。他的名字是叫做迈克·查德威克，还是叫做史蒂夫·查德威克呢？她不记得那小子的名字，但他的肩膀上有一幅出自《小熊维尼》的“跳跳虎”文身。

“好家伙。”吉米自言自语嚷了一声，薇琪却正在拿上一段一夜情跟眼下这一段相比。上一段情缘堪称一团乱麻，实在谈不上有多销魂。严格说来，当时她和里奇确实算是分了手，但她仍然心存歉意，那一夜过得也颇为别扭。但在这家乡村俱乐部的塔楼里，这一段男女之事却精彩纷呈。她感觉此刻的自己并非大学时期的薇琪，也不像那个在纽约州西部郁郁寡欢的薇琪，那位薇琪姑娘大半年时间都待在连锁酒店里看电视，要瞪着一盏灯才能维持心智。待在这座新哥特式塔楼的地板上与吉米·费翻云覆雨，让薇琪顿觉自己化身投到了V·C·安德鲁斯的笔下，变成了她最钟爱的小说女主人公——她成了令人垂涎的女人。

她拼命呻吟起来，这时吉米·费一跃趴到了她身上，双手平摊在薇琪的耳边撑着身子，差点让薇琪笑出了声。在一片黑暗中，她只能隐约辨认出吉米那拂过双眼的黑发和肌肉发达的手臂，他看上去恰似V·C·安德鲁斯书中的男主角，或者便是书中的反派人物——魅力四射、胆大妄为，在男女之事上是个满嘴谎话的花花大少。“什么事情这么好笑？”他气喘吁吁地问。

“没什么。”她也喘不过气来。

“得罪啦。”薇琪说着将指甲挖进了吉米·费的后背，她的美梦总算成了真。“见鬼！”他大喊一声，听上去万分惊讶，却又有几分欣喜。

然而短短几秒钟后，一道无情的荧光照亮了薇琪的双眼，她的眼前顿时一片茫然。

乔：一切破碎，一切成灰

楼上一定出了祸事。乔的心中一下子蹦出一个念头。看贝的模样，她显然也有同样的想法。

乔大口地呼吸着，感觉颇有点难为情。

他的身材并没有走样，事实上，跟二三十岁的青春年代比起来，乔在四十五岁时的体格更加健美，但在旋转楼梯上跑这一趟把他害得上气不接下气。眼前的地板上正在演出一幕男女之事，让他感觉肺里灌满了水。

薇琪走了足足二十分钟还没有回来，乔不禁拔腿向塔楼奔去。她只不过是去塔楼帮汉娜取点东西，至多花上五到十分钟，中间还能抽出点时间上一趟洗手间。乔和贝不由为薇琪担起了心，怕她遇上了什么不测，说不定脚蹬高跟鞋的薇琪摔了一跤，拿着汉娜的手袋咕噜噜从旋转楼梯上滚了下来。此刻塔楼四周伸手不见五指，一片浓雾笼罩了明月，说不定薇琪刚刚受了伤，正等着有人去救苦救难呢。于是乔拔腿跟贝一起奔出帐篷去找薇琪，一边跑一边想：真不该让薇琪独自跑那一趟的。

乔原本料想会在草丛中找到薇琪的身影，发现她扭到了脚踝，不禁浮想联翩起来：他会怀抱薇琪钻进自己的汽车，一路返回那间老旅店的房间，在一幅可怕的画作下面做爱——那幅画就挂在枕头上面几英尺高的地方。

乔和贝把汉娜交给了首席伴娘照顾。道恩一发现丑态百出的汉娜就上前帮了一把手，逼着汉娜乖乖离开舞池坐到一张椅子上，免得汤姆看见她。道恩蹲在汉娜身前，吩咐她在离开俱乐部之前不许胡闹。“你给我振作起来！”道恩对着那位口水滴答的伴娘嚷道，贝和乔听后一起翻了个白眼，随即动身前往塔楼寻找薇琪。

贝拜托乔托住自己的裙摆，免得慌里慌张地摔上一跤。新娘一步步穿过草地，乔用双手捧住侄女的裙尾，胸中涌起一股莫名的自豪，一颗心怦怦直跳。

此刻他正在为侄女撑腰——那是他唯一真心钟爱的家人；他也正赶去搭救薇琪——那是他亟待共享鱼水之欢的女人。

但刚刚往旋转楼梯上走了五步，乔的一颗心便直往下沉。这时顶楼上传来了一阵砰砰声，他与贝惊恐地停下了脚步，薇琪不就在顶楼找汉娜的手袋吗？楼上一定出了祸事。乔的心中一下子蹦出一个念头：这个乡村俱乐部的某位工作人员正在用冰锥杀害薇琪呢，要不然更加糟糕，他正在逼她就范。看贝的模样，她显然也有同样的想法。

“快点。”贝说着惊惶失措地一级级跳上台阶，差点甩掉脚上的一双白鞋。乔放下了贝的裙尾，跟着她窜上楼梯。

两人来到了顶楼，顿时淹没在一片响亮的哼哼声和砰砰声中间，那声响来自屋子的正中央。“快找灯。”贝一边千方百计定下神来，一边在黑暗中尖叫。乔赶紧沿着墙壁一顿乱摸，找到了塑料质地的灯开关。

他“啪”的一声摁下开关，排排荧光灯应声而亮。

出乎他的意料，罪魁祸首竟然就在他身边不远处，眼前是曼特·费的哥哥吉米·费，此人身下躺着薇琪，她的黑色连裤袜和棉质小可爱在身旁的地板上堆成了一团。薇琪正用双腿勾住吉米的脚踝，双手攥着他的双肩。单瞧她这副姿势，乔便明白这一幕是你情我愿的事情。

一见灯光刷地亮起来，薇琪伸手在吉米的后脑勺上扇了一掌。“有人来了。”她边说边发出一声快活的呻吟，“快停下来！”她命令道。

“怎么啦？”吉米漫不经心地回答，仿佛丝毫没有察觉两人已经暴露在光天化日之下。

“吉米，有人来了。”薇琪又重复了一遍。吉米回答道：

“什么？”

“灯都亮了！”薇琪说着一把推他的胸口。吉米猛地扭过身子打量着背后，随即对两名观众露出了灿烂的微笑。

“薇琪？”贝难以置信地喃喃低语。薇琪的黑色短发在前额上粘成了一片，双颊涨得通红。“吉米？”贝又开口道，“你们两个究竟在干什么啊？”

“我答应珍妮弗到塔楼来给她取手袋，然后再回酒店。”吉米边说边离开了薇琪的身体，薇琪赶紧抓起小可爱和裤袜笨手笨脚地穿上。吉米翻了个身坐在薇琪身旁，一边除下安全套，一边开口谈起了女友的物件：“我们在婚宴开始的时候把珍妮弗的手袋藏在了这里，免得那东西在她跳舞的时候碍手碍脚。”吉米接着说，“结果我在这儿撞上了薇琪。”

乔舔了舔双唇，嘴里突然有些发干。他的目光牢牢地黏在吉米身上，免得一不小心望见了薇琪——薇琪这会儿还像只虫子一般在地上扭动，千方百计地把裤袜往腰上套呢。“我……”乔的声音几不可闻，“我现在就去把汉娜带回旅店，薇琪。”他轻声说道。看他那副架势，仿佛二十多分钟前出这个主意的人并非薇琪。

“谢谢你，听上去是个好主意。”薇琪用公事公办的口吻答道。这时吉米起身拉上了长裤拉链，走到附近的垃圾桶旁边把用过的安全套往里一扔，谁知那东西应声掉在了地板上，在刺眼的荧光灯下闪闪发亮。薇琪装出视而不见的模样，又一本正经地开了口："汉娜的两个包就在那边，就是那只黑色手袋和蓝色行李袋。"

"你要搭车回酒店吗？"乔也端出一本正经的口吻，咳嗽了一声向汉娜的行李走去。他远远地绕开了薇琪，免得跟那两人厮混的地方走得太近。新娘则站着一动不动，还没有从眼前的情景中回过神来。

"我……我想我能自己找到车回去。"薇琪的目光落在贝身上，贝立刻掉开了眼神。

"我会开车送薇琪过去。"吉米说着蹦了起来。安全套就在离吉米左脚一英寸的地方，但他压根儿没把这摊湿乎乎的小东西放在眼里。"没什么大不了，我有辆租来的车正停在停车场里，是辆'铂锐'。我原本要的是辆经济型汽车，结果他们直接塞了一款敞篷车给我，棒极了，对吧？"

吉米一脸自豪地露齿而笑，随即擦了擦额头。薇琪紧张地对着吉米一笑，满怀歉意地望了望乔，乔又咳嗽一声，绕过新娘下了楼梯。"那好吧。"薇琪听见乔咕哝了一句，这时他已经下到了第三级台阶，手里拎着汉娜的手袋和行李袋。贝又呆站了一会儿，然后拎起裙摆跟在乔的身后下了楼梯。两人的身影刚刚消失，吉米·费立刻小声抱怨了一句，"他妈的，这都是闹的哪一出？"他弯腰捡起安全套扔进废纸篓，薇琪站起身理了理身上的衣服。

贝和乔穿过草坪向帐篷走去，两人都一声不吭。乔拎着汉娜的手袋和行李袋走在贝身前几英尺的地方。“对不起。”贝冲着他的背影喊道。她向前奔了一截路，一把抓住他的外套后背拦下他的脚步。“乔？”贝说着迎上了他的目光。

“怎么啦？”他回望着她，想要挤出一丝微笑。

她用双手捂住了红彤彤的面孔。

“别弄花了妆容。”乔说着把她的手指从眼前拉开。

“没事的。”他压根儿没有等贝开口，又立刻补了一句。

贝的脸上露出了难为情的神色，乔记得小时候的贝害起羞来便是如此。每当乔前来马里兰州探访家人，年方八岁的宝贝侄女会当着他的面在眨眼间吃光好几块糖果，那时她的小脸上便是眼前这副神态。

“说真的，”乔的口气软了下来，“没必要道歉。”

“我又不是第一次见人嘿咻的小屁孩，我家可住在拉斯维加斯呢。除了你和我，没有人会知道这件事。我们去找你那位喝醉的朋友汉娜吧，免得那姑娘在你的婚宴上吐得到处都是。”

乔绕回贝的身后，用一只手拎着汉娜的两个包，另一只手扶着侄女的后背，贝不由笑出了声。两人找到了汉娜，道恩正在那位姑娘的眼前不停拍手免得她打瞌睡。“你这样可行不通。”道恩用尖锐的语气告诉她，“汤姆瞧得见你的一举一动呢，你得振作起来。”

“我不在乎。”闭着双眼的汉娜口齿不清，“我只想上床睡觉。”

“道恩，她正半梦半醒呢。”贝叹了口气，“我们还是把她带走了事吧。”

道恩伸出大拇指拨开汉娜的眼帘，伴娘跟着呻吟了一声。“上帝啊，”道恩说着放开汉娜的眼皮，“我给她吃了一片Adderall，她怎么睡得着？”

乔难以置信地望了道恩一眼，把她的手从汉娜的脸上拉开。

“你是中了什么邪，居然给她吃安非他明[①]药片？”

“为了压住兴奋剂的药效，我也给了她镇静剂啊。”道恩说。

乔低头望着脑袋后仰的汉娜。

“嗯，如果你要管她，那她就全交给你管了。”道恩毫不客气地说了一句，说完便动身回了舞池。汉娜睁开眼睛打量了几眼，想要弄清新来的是谁。“乔会带你回酒店的。”贝把每个字都喊了一遍，仿佛汉娜的耳朵不太好使。汉娜像个孩子般向乔伸出双臂，乖乖听任他拉住自己的双手。“我的手袋不要忘了。”她喃喃地说。

“包在这儿。”乔冲着汉娜的皮包和小行李包点点头，那两个包正挂在他的肩膀上。

“你要人帮忙把她扶出去吗？”贝问乔。

“我应付得过来，贝。”他说，“回曼特身边好好过你的

① 主要用作中枢神经系统兴奋剂，“Adderall”为安非他明制剂。

新婚之夜，你还有几首曲子要跳呢。”

贝放眼在四下里寻找曼特的身影，结果在帐篷的另一头发现了他，新郎正狼吞虎咽地嚼着婚礼蛋糕，跟他母亲芭波有说有笑地待在一起。看到这个场面，新娘顿时松了一口气。

“我还是先陪你出去吧。”贝说着冲叔叔露出了一抹笑容，乔正用双手搂住汉娜的腰，三人一步接一步缓缓向帐篷出口走去。

菲尔：愿每一个朋友都好

“你马上就会忘了这一切。”他用不沾血的那只手圈住她的后背，在她的前额上轻轻印下一吻。她的肌肤颇为温暖。

菲尔并未料到有人这么早就已经从婚礼上离了场，换句话说，他至少没有料到眼前的一幕：新娘本人居然离开了婚宴，发现他坐在草坪上，还发现他的衬衫上浸透了鲜血，那是菲尔刚刚一拳捶在树上后从手上涌出的血。

可是眼下新娘正站在他的面前，她身穿一件白色长袍，露出一副惊恐的模样，嗓子眼里压着一声尖叫，她刚刚发现菲尔坐在泥地上，一只手鲜血淋漓，高大的个头软绵绵地瘫在一丛灌木前面。

“哦，上帝啊！”贝说着飞快地后退了几步，仿佛菲尔会变成一个拦路劫美的匪徒。

还有一件更糟糕的事——那位讨人喜欢的伴娘也在这里。一名年长的男人扶她出了帐篷，他搂着她的腰，伴娘正竭力迈开步子向前走。

“这下可好。”菲尔喃喃自语地说。这个倒霉的夜晚只出现了一段温馨时光，但只要那位名叫汉娜的伴娘注意到他正流着血坐在泥地里，那仅有的温馨一刻只怕也保不住了。

但这时汉娜听见了贝的尖叫声，抬起头来定睛一看，立刻激动地露出了笑容，仿佛遇上了多年未见的旧识。

“拉里·伯德!”汉娜尖叫着从乔的身边跑开，直奔菲尔而去。她跑了两步一跃投进他的怀中，伸出胳膊圈着他的脖子。

“当心啊，凯特·温斯莱特，”菲尔在她耳边低声道，“我的身上沾着血。”

“不，你才没有呢。”她一边耳语一边打嗝，“你可是拉里·伯德。”

“你马上就会忘了这一切。”他用不沾血的那只手圈住她的后背，在她的前额上轻轻印下一吻，她的肌肤颇为温暖。菲尔左右摇晃着汉娜的身子。

“嗯，”她心满意足地说，“你闻上去有股香喷喷的鸡肉味。”

几秒钟后她便靠着菲尔的胸口沉沉入睡，这时菲尔抬头向那名上了年纪的男人点点头，示意他上前帮忙——新娘把那位上年纪的男人称作“乔叔叔”。

乔弯下腰搂着汉娜的腰肢，她呜咽着不肯离开菲尔的怀抱，乔权当没有听见。伺候汉娜让乔有点泄气，于是他搂住伴娘的大腿，一把将她扛在肩上向停车场走去。菲尔听到汉娜一路气愤地嘟囔着。

贝还站在婚宴帐篷前面，她缩了一缩问道：“请别介意我鲁莽问一句，你是谁？”

“我是南希·麦高文的儿子。”菲尔耸耸肩，“她来不了，所以她让我替她来一趟。”

贝的脸上放了晴，露出了一抹笑容：“你在我的单身客人名单里。”

菲尔满脸不解地盯着她。

“你母亲打算独自前来……我不知道她想要坐哪个席位……”贝对自己的这番解释有点儿泄气，不由闭上了嘴。她顿了顿，接着问道：“你怎么会认识汉娜？”

“我们出演同一部片子。”菲尔笑着从泥地上站起身，在长裤上擦了擦沾血的双手，“听着，请替我母亲给曼特的母亲一个拥抱，行吗？芭波当年为我母亲雪中送炭，她是个很棒的女人。”

“没问题。”贝茫然地说，“顺便问一句，令堂一切安好吧？”她礼貌地问道。

“不太好呢，她今晚得了感冒，不过除此以外都挺好。她还住在曼特家住过的那个街区，现在交了一个很棒的男友，是一名警队队长。”菲尔深吸了一口气，“我觉得她过得真的很棒。”他加重语气收了尾。

菲尔对自己的一番话颇为满意，于是又对着贝笑了笑，没等她回答便起身向停车场走去。“顺便说一句，恭喜新婚。”他冲着贝喊了一句话，随即砰地关上了车门，启动了引擎。

薇琪：清醒之后

此刻薇琪的脸上露出了一抹微笑，从手袋里掏出书扔在了汽车的地板上。

“罗切斯特是在水牛城[①]吗？”吉米·费的女友珍妮弗坐在“铂锐”汽车的副驾驶座里开口问道。

真要比起来，珍妮弗的相貌也许比吉米·费更加出众。她长着一头长可及腰的赭色秀发，身材纤细但曲线玲珑，穿着一件紧身绿色礼服，涂着闪闪发光的眼妆，鞋跟虽然比薇琪足足高出了一截，穿在她脚上却轻松自如。

---

① 又译布法罗，美国纽约州西部城市。

薇琪本想学学汉娜玩一玩选角游戏，挑个女星扮演美丽动人的珍妮弗，但眼下头晕眼花的薇琪连一个女星也想不出来。这个女人真该去做模特，薇琪心想。珍妮弗从头到脚挑不出一点瑕疵，礼服裙下隐隐凸起两粒向空中翘立的圆“樱桃”。

就在刚刚，薇琪与吉米一起从塔楼回到了婚宴，两人都穿戴得整整齐齐，吉米手上还拿着珍妮弗的钱包，珍妮弗便立刻与薇琪打成了一片。

“这位是薇琪，她要搭我们的车回酒店。”吉米说着握住珍妮弗的双手，吻了吻她的面颊。薇琪紧张地抹了抹嘴，这时吉米伸手搭在珍妮弗的后腰上：“跳一曲吧，宝贝。”

珍妮弗转身对薇琪喊道：“一起来吧！”薇琪刚要婉言谢绝，珍妮弗一把拉起了她的手，又握住吉米的一只手，将两人一起拖进了舞池。婚礼乐队奏起了亚瑟小子的《Yeah》，三人合着乐曲跳成了一个三角。

“你能听见我说话吗？”此刻副驾驶座上的珍妮弗喊道。

薇琪摇了摇头，总算开口回答了珍妮弗的问题：“罗切斯特离水牛城并不算远，不过这两个并不是同一个城市，水牛城那边雪更多。”

薇琪单手扶额端详着窗外，思忖着自己的处境。

自从撞破了薇琪的好事，乔就再也没有正眼瞧她一眼，他取了汉娜的两个包便匆匆赶回了婚宴帐篷，连“再见”也没有说一声。薇琪不禁觉得心口一阵抽痛，这个男人陪她度过了大半个晚上，但此刻只怕已经把她当做了水性杨花的女人。刚才她瞥见乔瞄了瞄吉米·费脚边的安全套，顿觉满心羞愧。

薇琪也说不好新娘是否正在生她的气。谁让薇琪在人家婚宴期间跟新郎的哥哥胡搞瞎搞，还衣冠不整地被贝当场抓个正着呢，再说薇琪当时本该是去帮汉娜跑腿的。薇琪紧张地把双手搁在腿上，心中暗自思忖着：话又说回来，薇琪离开婚宴帐篷搭吉米·费的车赶回那家老式旅店的时候，贝飞快地搂了搂薇琪，在她耳边说了一句话："你终于重归本色了，实在是太好啦。"从这副架势上看，虽然薇琪撒野闹出了这么一场风波，新娘倒是不太介怀。

仅仅片刻之前，薇琪还在与珍妮弗的男友激情缠绵，眼下她却与珍妮弗同乘一辆租来的敞篷车，坐在汽车后座上跟人家说着梯己话。此时此刻，在罗切斯特为超市挑选油漆颜色的那段生涯似乎远在几个星系之外。

"你在罗切斯特做什么工作呢？"吉米·费的女友问道。之前珍妮弗已经主动提到她自己在罗利经营一家精品店，按她的说法，该店出售"个性礼品"："知道吧，比如搞笑冰箱贴啦，大型画册啦，还有水果形状的冰格之类。"

薇琪思忖着如何跟珍妮弗费口舌解释自己的职业：那就得说到纽约、新泽西和新英格兰地区的一家家沃尔顿超市，那一堵堵墙壁上的五颜六色可都要经过薇琪这位设计师的审核。不管薇琪如何绞尽脑汁地挑选措辞，她的工作听上去却还是让人头皮发麻。

“我自己经营一家室内设计公司。”薇琪被自己嘴里冒出的鬼话吓了一跳，“还有，”她一边往前挪一边慢条斯理地说，“我马上要搬到纽约自己创业，我希望把艺术送进千家万户，为苦苦挣扎的艺术家和装点家园的人们搭起一座桥梁。”

“酷毙了。”珍妮弗的话几乎立刻被车里的电台广播淹没。

吉米·费一一调了不少电台，最后定在了100.7兆赫，车中回响起一曲《这为什么不能是爱》。薇琪把手伸进包里摸了摸里面的V·C·安德鲁斯小说，那本平装书在手袋里显得有点挤，早前她怕婚宴上闲得无聊，便捎上了爱书准备解闷。此刻薇琪的脸上露出了一抹微笑，从手袋里掏出书扔在了汽车的地板上。

乔：姑娘们的谈话

“不一会儿他抬手摆出要敲门的架势，接着又收了回去，最后只是回了自己的房间关上了门。我想我当时就明白了一切。”

乔把汉娜安置在汽车后座上，尽管他也说不出这般布置的原因。汉娜并不需要躺下休息，事实上，乔还吩咐她千万别那么做。根据乔对付醉鬼的经验，醉醺醺的家伙们在车里平躺下来可不是一件好事。

他从上衣口袋里掏出口香糖递给汉娜，吩咐她摇下车窗。一定要透透气，乔告诉汉娜，伴娘低声呜咽了一句算是作答。

两人在乘车返回酒店的路上没有说上几句话，乔听见小姑娘呻吟了几声，从后视镜中瞧见她正冲自己的胸衣发火。“你这浑球。”听她那副口吻，仿佛胸衣是个大活人。有时乔从后视镜中望见她双眼紧闭，便大叫出声：“你还好吗？”伴娘点点头回答他。

“拜托千万别吐。”途中他好几次喃喃自语道，“这可是租来的车，租来的车啊，租来的车。”他唠叨了一遍又一遍。

两人好不容易撑到了停车场，汉娜乖乖地让乔扶着出了汽车，还让他牵着手领她进屋。

“你这人还真不坏，斯科特·巴库拉。”汉娜一边随他穿过大厅，一边口齿不清地说。满腔苦水的乔摇了摇头，这一夜原本不该是这副模样。这时他想起了薇琪，琢磨了片刻她身在何方，随后把这个念头抛到了脑后。他不想知道薇琪的下落，反而转念想起了自己的女友莎拉。莎拉打算今晚去“丽都”酒店看一场“鼓击”乐团的表演，她的一位朋友买了演出门票，不仅让莎拉开心得忘乎所以，也给乔行了一个方便，这样一来，他便可以一身轻松地出门赶赴婚礼，还不用担心莎拉会心存芥蒂。今天晚上莎拉要到深夜才会到家，说不定会在电视机前面打个盹，想到莎拉裹着那条放在沙发上的针织薄毯，乔顿时松了一口气。

汉娜的房间位于酒店一楼，因此这一趟倒是没花多大力气，但乔的心里对前台服务员犯着嘀咕：前台也实在太好说话了，居然就这样把房门钥匙给了他。就在刚刚，乔找前台索要汉娜的房间钥匙，当时乔这上了年纪的男人怀里搂着一位二十出头的年轻女郎，女孩醉得不省人事，乔倒是没有一丝酒意，结果前台的人既没有过问乔要干吗，也没有过问乔究竟是谁，轻轻松松就将别人的房间钥匙给了他。

走到140房间时，乔有点担心薇琪已然回了屋。自从出了塔楼的那场风波，他实在不知道该如何面对薇琪，薇琪的背叛惹得他一腔怒火，到现在还没有消。他一进房间便松了一口气，屋里一片寂静，床单还没有动过，薇琪的行李搁在第二张床旁边的地板上，敞开的小皮箱摆在吉他盒旁边，吉他盒则关得牢牢地上了锁。乔把眼神从薇琪的物品上掉开，带着汉娜走向靠近浴室的那张床，让她身子后仰靠在一只枕头上，但片刻后汉娜便呻吟了起来，夺路下床奔进洗手间，乔紧跟在她的身后。

雷厉风行的汉娜让乔惊叹不已，她一边用左手捞起头发挽成一条完美的马尾辫，一边对准马桶一口吐了出来，连一滴也没有溅到马桶圈和地板上。“你真是个中高手。”乔一边暗笑一边往后缩，汉娜哇哇地吐出了好些清水。

汉娜起身时乔想要伸手帮上一把，但伴娘猛地推开了他，拼命地摇着头。尽管洗手间还敞着门，汉娜却已经把衣服捞到腰间，脱下小可爱一屁股坐到了马桶圈上，毫无羞色地面对着乔。

乔赶紧退到门口垂下眼神盯着地板，这时耳边传来一串屁声和马桶里稀里哗啦的水声。“哎呀。”汉娜呻吟道，“我很抱歉，这玩意捂都捂不住。”

“千真万确。”乔把一双手垂在身侧，低声说道。

汉娜好不容易收拾停当冲了马桶，洗干净手走回床边。她又垫着三个枕头躺了下来，还让乔取一块湿毛巾搭在她的额头上。

“你居然打算让我去那里？”乔指着洗手间问。

“行行好吧。”汉娜发出一声呻吟，“只要憋住气就行。”

乔按汉娜的吩咐牢牢地闭上了嘴，飞快地弄湿一条毛巾，冲出浴室把凉爽的毛巾敷在汉娜灼烫的皮肤上。这时他听见了一阵敲门声，心下认定是没带钥匙的薇琪回了房间，不由愣了一愣，但等他打开门一看，屋外却赫然站着贝。

“她还好吗？”新娘问道。

也许是因为跳了几曲舞，此时贝的妆容已经败了颜色，盘得一丝不苟的发束里散出了缕缕鬈发，但乔觉得她眼下的模样比发型一丝不乱时更加娇美。

“你这就回来啦？”乔飞快地瞄了一眼手表，盘算着自己安置汉娜花了多长时间。

“我只是赶紧去自己房间换上牛仔裤，我们一拨人要去市中心的一间酒吧，我可不想糟蹋了我的礼服，所以我想在离开之前来瞧瞧汉娜。她吐过了吗？”

“她没事。”乔哄着新娘，“去玩得开心点。”

“贝——！是贝来了吗？”汉娜在床上大喊大叫。

听到她的名字，贝迈步进了房间，挨着汉娜坐在床上。汉娜从额头上拿掉毛巾，一脸羞赧地望着新娘。

“对不起。”汉娜一边轻声说话，一边用手覆住贝的手。

“有什么好对不起的？”

乔坐在薇琪的床上望着两人。

“因为我喝得醉醺醺地让你难堪啊。”汉娜深深地吸了一口气，“还因为汤姆的事……我觉得很糟糕，大家原本都以为……我感觉很糟糕，他也许没有我认为的那么差劲。”

“我知道。”贝说着用力捏了捏汉娜的手，“我没有料到今天晚上会让你这么难熬，我还以为罗勃会在你身边帮你分分神呢，我还认为把罗勃放在汤姆身边会让你看清一些东西。我……我很遗憾罗勃没有来。”

汉娜猛地坐起身，枕头叠成的高塔在她身后坍塌了下来。乔一声不吭地搜肠刮肚，苦苦思索着一件事：有谁提过罗勃这个名字吗？罗勃这家伙究竟是谁？

“贝。”汉娜换上了一副求恳的口吻，听上去已经没有醉意，“我要告诉你一些关于罗勃和我的事情，我必须告诉你，罗勃和我曾经……”

“我知道。”贝又说了一遍这句话，从容地打断了汉娜的话。她眨了眨眼睛，放开了汉娜的手，“我是说，我并不清楚全盘细节，但那年夏天我们一到科德角，我就知道他心里有你，我看见他……我看见他站在你的门前，汉娜。”

“什么？”汉娜憋住了一个哈欠，“我不明白。”

“那是我们在科德角汤姆父母家过的第一夜，当时所有人都已经睡下了，你单独待在一间客房里，我则待在走廊尽头。反正半夜里我起身去上厕所，正巧看见罗勃站在你那间屋子的门前，皱着眉频频摇头，仿佛在生自己的气。不一会儿他抬手摆出要敲门的架势，接着又收了回去，最后只是回了自己的房间关上了门。我想我当时就明白了一切，前前后后也都说得通了，但那时一切已经太晚了，接下来的一周他就回了奥斯汀。”

“不过，”贝接着说，“我原本以为这周末他也许会来敲你的门，我的意思是，我希望他能这么做，希望他能鼓起勇气。”

新娘从床上站起身，乔也紧随其后，汉娜的目光一直牢牢地粘在贝身上，动了动嘴想要开口说话，却又把话生生咽了下去。她睁大眼睛望着贝，随后打了个哈欠——她还穿着一身礼服呢。

“好好睡一觉吧。”贝说。乔俯下身帮贝理了理婚纱，她刚才坐下的时候把婚纱扭得不成样子。

“谢谢你，贝。”汉娜笨手笨脚地钻到了被子下面，床单下露出了礼服裙的一角。

“哦，等一等！”乔和贝正向大门走去，汉娜突然冲着两人喊道，“能帮我把黑莓手机从包里拿过来吗？我只想查件事。”

乔探身上前从汉娜的一堆私人物品中找出了银光闪闪的黑莓手机，把那部裹着红色皮套的机子摆在她面前。

汉娜一把抓起手机开始翻阅短信，总算看到了一条十点整发来的信息，发信人区号为310。

读完短信，汉娜向后一仰靠在床上，把手机放在身旁，闭上双眼咬了咬下唇。“她同意了，她归我了。”她总算咕哝了一句话，声音小得差点让乔和贝听不清。“谁？”乔问道。

“娜塔莉。”汉娜几乎说不出话来，她的呼吸已经变得缓慢而沉重。

“谁是娜塔莉？”贝和乔异口同声问道。

但汉娜已经沉入了梦乡，她那紧闭的双唇带着一抹笑意。

罗勃：且行且忆

罗勃恼火地哼了一声，眼睁睁望着汤姆开玩笑把汉娜往水里推。看汤姆那副架势，他仿佛会冷不丁把她扔入冰冷入骨的滚滚波浪。

罗勃浑身上下脏兮兮的，味道倒是不难闻，至少他自己闻上去不像体味，但他身上脏得要命，浑身衣物沾满了深色的污渍，脸上糊着泥土和血迹。

罗勃必须在半小时内赶到机场，他在最后关头订上了飞赴巴尔的摩机场的红眼航班，抵达后再从巴尔的摩搭乘清晨六点的公共汽车前往安纳波利斯。冲个澡是来不及了，话说回来，他家的浴室看上去仍然不比犯罪现场强多少。只怕要足足好几个小时才能拖干净莉兹的血、打扫干净浴缸里的玻璃碴，于是罗勃干脆跳过了冲澡这一步。

他也懒得换一换身上的衣服，换句话说，罗勃此刻还身穿给莉兹下葬时的那一套行头——下身是他最心爱的牛仔裤，上身是一件德克萨斯大学的灰色T恤。他倒是可以换一身新行头，但他宁愿身穿这套旧衣轰轰烈烈地到汉娜的旅馆房间亮个相，话说回来，罗勃感觉自己刚刚从一场波澜壮阔的战役中逃生，他家衣柜里的一派乱象倒也跟他的心情颇为登对。

他抓起一只小行李袋和一个背包，塞进一周的换洗衣物和一本平装书——那是一本从自闭症患儿角度撰写的小说，一直摆在他的咖啡桌上没有翻过，他的图书馆同事对该书醉心不已，罗勃正打算找个机会拜读。小说封面上有幅狗儿图样，让罗勃心里咯噔了一下，但他还是决定带上这本书。

这一趟航班大约要花六百美元，罗勃把账划到了一张信用卡上。往返票倒是实惠得多，但罗勃说不好回程的时间。他打算给图书馆里的上司打个电话，解释说自己家里有个成员刚刚去世，图书馆的女人们都听过莉兹的大名，她们会给罗勃放个丧亲假。再说图书馆眼下不缺他这么一个人手，九月末算是图书馆的淡季，学生们该买的课本已经买过，对读书消遣暂时也还没有打起劲头。

罗勃总算在最后关头奔到了机场，赶在登机门关闭前使出全身力气冲了进去。

他在飞机上一觉睡了三个小时，还把那本自闭症书籍读了四分之一，等到飞机降落在巴尔的摩机场时，朝阳已然冉冉升起。睡眠不足的罗勃有些晕头转向，接下来的公汽之旅也帮了个倒忙。那辆白色面包车里有股混着人造香草和肉桂的怪味，害得罗勃有点晕车，一路上不得不用T恤捂住口鼻。面包车把他载到了安纳波利斯购物区的一角，离该市的环行干道只隔着一截路。

“罗伯特·约翰逊宾馆就在环路上。”公汽司机告诉罗勃。要不是捂住口鼻出不了声，罗勃原本会开口问一问路，但他只是点了点头砰的一声关上车门，一等面包车开走便深深地吸了一口新鲜空气。

他立刻发现自己正在一条街上转悠，眼前的地段有一排小商店，橱窗中摆放着海军军官学院运动衫，看上去像是安纳波利斯的小商品街。他的右手边正对着一家商店，店内橱窗摆放着一件红色围裙，胸口赫然印有几只褐色木槌[①]，还印着一句话：“到马里兰，吃大螃蟹。”罗勃读完露出了微笑。

走到鹅卵石铺成的街道尽头，罗勃一眼望见了大海。离海边不远的地方停泊着一艘艘白色帆船，大西洋平静的水波将片片白帆拥在怀中。罗勃一动不动，微微的海风几乎连他的头发也没有撩起，他已经忘记了离海这么近是什么感觉。

---

① 可用木槌砸开螃蟹食用。

罗勃闭上双眼嗅着咸咸的海风，不禁记起在东海岸度过的最后一个周末，当时汤姆自告奋勇要带罗勃、汉娜、薇琪、贝和里奇去自家那栋位于科德角的夏季别墅。

那个周末罗勃一直有点郁郁寡欢，因为他没法子到汉娜的屋里跟她同睡。两人从学年结束后就没有谈过几句话，在科德角之旅中还分乘了两辆车——汉娜跟薇琪、里奇同乘一辆，罗勃与汤姆、贝坐了另一辆。科德角之旅才过了一天，罗勃已然察觉汉娜与汤姆之间有了新动向，他们两人融洽了许多，他们在晚餐时分挨着坐，早间则把其他人撇到一边单独到海滩散步。

“你不觉得这一对很可爱吗？”贝对罗勃说。那是科德角之旅的最后一夜，当时汤姆、汉娜、薇琪和里奇正在贝和罗勃的前方仔细端详一堆乱七八糟的海藻。

“哪一对？”罗勃无动于衷地回答。

“汤姆和汉娜啊。”贝说着露齿而笑，“汉娜也确实该跟人约会了。”

罗勃恼火地哼了一声，眼睁睁望着汤姆开玩笑把汉娜往水里推。看汤姆那副架势，他仿佛会冷不丁把她扔进冰冷入骨的滚滚波浪。汉娜一边放肆地尖叫一边躲开汤姆的魔掌，但那双胳膊最后还是搂住了她的纤腰。

按罗勃的猜想，那两人便是从那个周末开始约会的。他有些好奇汉娜在雅茅斯港与汤姆的家人待了多久，她是否与基廷一家一起共度了那个夏天，而在那栋距离海边一英里的白色别墅里，她是否会跟汤姆同睡一个房间。

一阵响亮的吱嘎声和砰砰声猛然将罗勃从回忆中惊醒，他踉跄着后退几步，转身面对着街道，一眼瞧见一个年轻人正在附近的咖啡店里张罗着开门营业，店外已经等了两位客人。

罗勃从口袋里掏出手机查了查时间，眼下是八点整。如果店铺已经纷纷开始营业的话，那叫醒她的时候总算到了。

乔：现实生活

这时乔一不小心与吉米对上了眼，吉米颇有绅士风度地向他点点头，乔只好依样画葫芦点了点头，掉开眼神望着自己碟子里剩下的蓝莓小松糕。

乔一边小口吃着早餐，一边在桌子底下轻轻踏脚。他通常对碳水化合物敬而远之，但卡尔弗特旅店自助餐供应的小松糕实在让人难以抗拒，再说乔马上要开车走上很长的一段路，这块香甜的的脆皮小松糕权当是对自己的一番犒赏吧。

他的身旁坐着那位瞧不上他的嫂子——唐娜。今天早上唐娜脸色苍白，一直没怎么开口，专心致志地盯着自己的餐盘陷入了沉思。就乔所知，贝的妈妈通常可不是这副模样，她常常会趁这种时候在他的穿衣打扮上找找茬，要不然就含沙射影地问一问拉斯维加斯的犯罪率。

但眼前的唐娜看上去一副形只影单的模样，乔感觉自己破天荒与唐娜有了共鸣，他料想这便是女儿出阁带来的失落。唐娜抬起手指慢条斯理地敲着咖啡杯，又缓缓地眨了眨眼。

“唐娜。”乔低声打断了她的沉思。

“怎么啦？”

“你没事吧？”

“没事，当然没事，只是有点累。”

“婚礼办得非常漂亮。”他说着探身向前用肩膀碰了碰她的肩。

“谢谢你，乔。”唐娜的口吻透出几分戒备，但她立刻察觉出乔并非在开玩笑，于是整个人都放松了下来。

乔觉得自己眼下能好声好气地跟唐娜讲话，恐怕要归功于刚刚制定的那份日程。昨晚他跟贝吻别道了晚安，回到罗伯特·约翰逊旅店那个走廊尽头的房间，当机立断决定在东海岸多待上一阵子，至少多待一个星期。他用iPhone发了封电子邮件给前妻瑞秋通气，声称自己要去缅因州探望辛西娅，接着预订了波特兰的一家酒店，随后给自己的合伙人在语音信箱里留了个言——谢天谢地，乔的合伙人便是他的死党，他绝不会拦着乔不让他见宝贝女儿。乔也没有忘记给莎拉打个电话，通报一声自己的打算。

莎拉刚刚听完音乐会回到家中，她的声音听上去有些刺耳，仿佛已经放开喉咙嚷了一整夜。

“怪得要命，乐队居然没有演奏那首《昨夜》。”莎拉告诉乔，“我猜他们实在烦透了那首歌，不过我倒挺喜欢的。”

“逊毙了。”乔顺嘴用上了莎拉的口头禅，“听着，莎拉，我还要在外面逗留几天，开车去见一见辛西娅。我是说，反正我人在东海岸，对吧？”

“这个主意非常棒，乔。”莎拉疲惫的声音有些沙哑，“我的意思是，我挺想你，不过辛西娅一定会开心得不得了。”

“我可说不好。”乔翻身上了酒店的床，不禁摇了摇头，原本他还指望能与薇琪共赴巫山，眼下却是孤零零一个人。

“她会开心的。”莎拉给乔鼓劲，“辛西娅可是个十多岁的女孩儿家，她就算开心也死活不会让你看出苗头。”

现在与乔共进早餐的倒是一帮成年人，他也并不讨厌与这些人做伴。他扭头到左手边瞄了瞄几张桌子开外的贝，她用叉子取了一块土豆饼放进嘴里，贝的新婚丈夫曼特坐在她的对面，正慢条斯理地啜着一杯橙汁。

乔的目光落在贝身旁的吉米·费身上。吉米的对面坐着他的女友，那是一位相貌出众的女郎，眼下看上去却有些不堪入目，连昨晚的眼妆也没有卸掉。她的身上套了一件背心，搭配着一件灰色露肩运动衫，让乔想起了他那张《霹雳舞》老带子的封面。这时乔一不小心与吉米对上了眼，吉米颇有绅士风度地向他点点头，乔只好依样画葫芦点了点头，掉开眼神望着自己碟子里剩下的蓝莓小松糕。

“你到缅因州要多久？”唐娜问道。听到她的话，贝的父亲理查德惊讶地抬起了头。

“你要去探望辛西娅？”理查德问道。

“我还指望着十个小时能到呢。”乔说。理查德分明想知道乔为何改了主意，乔偏偏不肯遂哥哥的意，“不管我什么时候起程，只怕还是会堵在纽约那一带。”

眼见乔没有搭理自己，理查德又埋头吃起了鸡蛋。

乔喝光了最后几口咖啡，到贝身边道了个别，感谢她带来了一个难忘的晚上。两人紧紧地拥抱道别，他那位侄女对着乔的胸口咯咯笑出了声：“昨天晚上对我来说也很难忘啊。”

理查德过来跟乔握了握手，唐娜则坐在桌边向他微微一笑，乔顿时觉得自己打了一场翻身仗。

这是个雾气缭绕的早晨，此刻的安纳波利斯与乡村俱乐部大厅里的海景图颇有几分相似。乔最爱在这种天气里开长途车，既没有刺眼的阳光，也没有把路面弄得滑不溜丢的雨水。上高速路前乔一直开着车窗在透气，这样一来他至少可以吹上几分钟小风。拉斯维加斯通常热得厉害，罕少遇上能摇下车窗的时候，乔通常也呼吸不到室外的新鲜空气——他在密不透风的建筑物里一待就是大半天，呼吸着酒店空调送来的冷冰冰的空气，这样的空气全天二十四小时笼罩着一家家赌场。

这时乔驾车驶上了50号公路，他叹口气打开收音机，一阵微风吹皱了他身上那件外套的衣领。

乔调到一个流行音乐台听了起来。经过这么一番熏陶，等到待会儿见到女儿，他好歹能对时下的排行榜略知一二。“如果能知道几首当下的曲目，宝贝女儿多半会对老爹多几分好感吧。”乔心道。

罗勃和汉娜：相逢未相见

这时汉娜猛地打开了浴室的门，迈过湿漉漉的白色瓷砖一脚踏上了棕褐色地毯。浴室里的蒸汽随她一涌而出，让她感觉云雾缭绕，仿佛自己正穿过干冰造出的雾气飘然而来。

退房的那对夫妇至少已经害罗勃等了十分钟。那位身材娇小、一头金发的女人盘着一个严严实实的发髻，她已经冲着自己的丈夫嚷了两回，第一回训斥他起床太晚，第二回训斥他不擅饮食。“居然吃蛋白！”她对着丈夫嚷道，“更别说昨晚你还吃了那么一堆呢。”

那女人的尖叫声害得罗勃的头痛又重了几分。

那对夫妇总算退完了房，罗勃立刻对柜台后的年轻男人说：“我想查一查汉娜·马丁住在哪个房间。”

前台接待用狐疑的眼神打量着罗勃，端详着罗勃那件衬衫上的斑斑血迹。“先生，”接待员回答道，“客人的房间号谢绝查询。”

“她是住在这里吧？”罗勃问，“我说不好是不是找对了地方，这些上年头的旅馆看上去都一个样。”

前台接待眯起了眼睛，伸手去拿柜台上的一部电话，看架势仿佛要打电话报警。

罗勃深知自己看上去确实挺像一个虐待狂，正在四处搜寻躲起来的女友。他对那位紧张不安的前台接待露出了一抹微笑，接着往后退了一步，暗自揣摩着是否该出门等待汉娜。

“打搅一下。”那个声音尖利的女人插了句嘴，她正站在罗勃的身边，挨着自己的丈夫和行李。“你是谁？”她露齿而笑，又接着说，“你怎么会认识汉娜？”

罗勃转身从头到脚地打量着她，女郎的一张圆脸涂着胭脂和香粉，说不定是伴娘中间的一员——汉娜在周末的时候不还打电话跟他抱怨过那群伴娘吗？这位女郎长着挺直的鼻梁、炯炯有神的秀目，一口亮白的牙齿完美得有点过火。

“我叫罗勃，是汉娜大学时代的朋友，原本打算来参加贝的婚礼，可惜我的航班有点延误。”他对那位身着粉红衣衫的女人露出了笑容。这时她一眼瞧见了罗勃身上的血渍，脸上的坏笑又深了几分。

“还真是延误了不少时间呢。”那位身穿粉红衣衫的女人说着往一旁扭了扭臀。她的丈夫是个粗脖子男人，长着一脸雀斑和一头波浪发，此时正紧张地踏着脚尖陷入沉思，罗勃有些好奇此人一辈子究竟会花多少时间定定地盯着空中，免得听见妻子的絮叨。

“是啊，真是延误了不少时间，我猜我错过了不少热闹呢。”

“你连个尾巴都没赶上。”红衣女郎的脸上已经没有了笑意，她对这番攀谈失去了兴致，还察觉到自己的丈夫正迈步走向门外。

“你不会碰巧知道汉娜的房间号吧？我想给她一个惊喜。”

红衣女郎犹豫了一下，从上到下仔仔细细地端详着罗勃。“汉娜的朋友罗勃对吧？”她总算松了口，“她应该是住在140房间，我就住在她的隔壁。”

罗勃几乎算得上拔腿跑过了走廊。经过了如此漫长的一段路，他迫不及待地想要见到汉娜的面孔，他想知道一点——他和汉娜在退房之前还能不能抓紧时间小憩一觉。

但等他抵达140房间时，应门的却是另外一张面孔。

汉娜隔着房门听见薇琪与一名男子在隔壁讲话，但她认不出那个男人的声音。刚开始她以为那是酒店负责打扫清洁的员工，但隔壁两人既没有说到毛巾，也没有说到退房的时间，她能听见那个男人嗫嚅着问了些问题，薇琪若有所思地回答着他。汉娜的一颗心突然提到了嗓子眼——要是门外的男人是汤姆，那可如何是好？她把洗手间的门打开一条缝偷听着门外的对话。

“别叫我维克，大家都不叫我维克。”她听到薇琪的声音说道。

“我从来都叫你维克。”那个男人说。

“我从来都很讨厌这个绰号。”薇琪用调侃的口吻说道。

汉娜顿时悟出了来客的身份，随即飞快地抹了抹浴室镜子上积起的雾气，好端详端详自己的模样。她的两只眼睛都长了黑眼圈，脸色跟吸血鬼一样苍白，浑身上下还有些奇怪的凹痕。刚才她穿着礼服和胸衣便沉入了梦乡，面孔紧紧地压在枕头和毛巾上，这套别扭的睡姿害她成了个大花脸，脖子上多了好些纵横交错的压痕，不过更显眼的还数右脸颊上的星星点点。“这个大花脸反正是没治了。”汉娜心想，她的化妆包在隔壁屋的床边上。

“你好歹还是露了个面，对吧？你现在还来做什么？婚礼已经结束啦，罗勃。”隔壁房间的薇琪说道。

“我不知道。我……我有……我家里刚刚有个家庭成员去世。我只是想，说不定我该来跟汉娜聚一聚，在纽约过上几天。我说不好，说不定也顺便看一看纽约有什么研究生院。这一趟没个准，我只买了一张单程票。”

汉娜一边专心致志地偷听，一边抓起梳子把头发梳得顺滑帖服，那架势仿佛她在出演一支洗发水广告。

“我也要跟汉娜一起去纽约，我要开始自己创业啦。”薇琪说。汉娜吃了一惊，梳子脱手掉到了防滑垫上，发出砰的一声。薇琪回房时她已经沉入了梦乡，她一觉醒来时薇琪却还在呼呼大睡，两人从婚宴开场就没有说上话。

“她家的折叠沙发归我了。”薇琪接着说，“你只能睡双人沙发，要不就睡地板。”

“别想用地板打发我，维克。”罗勃说。汉娜觉得他有几分自以为是的口吻，她简直想象得出薇琪听完这话后怒气冲冲的模样。

“我们会理出个头绪的。”薇琪的口气比汉娜预想中要和气得多。

汉娜拿起一块白毛巾裹住了身子，毛巾的尺寸不够大，她要么会露出一大截腿，要么会露出一截酥胸。汉娜觉得还是露胸为妙，于是低头望了一眼白毛巾，确保胸前的两粒“樱桃”并未走光。

“那我们怎么去纽约？”罗勃正在问薇琪，汉娜能听见薇琪在拉行李箱的拉链。

“汉娜有张火车票，不过我们不如干脆坐我的车过去，我相信我总能在布鲁克林找到个地方停车，至少停个几天没问题。”

“你觉得我应该跟贝打声招呼，告诉她我来了吗？”罗勃若有所思地问。汉娜也在浴室里掂量着这个问题。

“反正我不会。”薇琪说，“至于原因嘛，我就不一一细说了，不过我觉得我们应该赶紧开溜，能溜多快溜多快。”

这时汉娜猛地打开了浴室的门，迈过湿漉漉的白色瓷砖一脚踏上了棕褐色地毯。浴室里的蒸汽随她一涌而出，让她感觉云雾缭绕，仿佛自己正穿过干冰造出的雾气飘然而来。

菲尔：你快来吧

凌晨两点左右，辗转难眠的菲尔想通了一件事：在那一刻，他最为渴求的东西其实触手可及。

菲尔没有料到自己这么早便已一觉醒来。从安纳波利斯回到巴尔的摩时还未及午夜，时间倒是相当早，他取来冰袋敷着肿胀的手，心里回想着打给母亲的那个电话，折腾来折腾去无法入睡，过了凌晨四点才迷迷糊糊沉入了梦乡。到了七点菲尔一觉醒来，睁眼便望见枕套上到处是血，身上的运动服也未能幸免——就是换上这套运动服以后，他才在卧室的电视机前面打了个盹。

今天他本该去探望母亲一趟，谁让他当初非要出个主意，要在母亲康复的时候带东西过去吃呢。不过菲尔觉得母亲并不稀罕自己这份心意，就算没有菲尔，今天早晨她也能过上好日子。

眼下是上午九点，公寓大楼的走廊里已经传来了一些动静，是时候把凌晨制定的那份计划付诸实施了。凌晨两点左右，辗转难眠的菲尔想通了一件事：在那一刻，他最为渴求的东西其实触手可及。

他在客厅的沙发上等到九点半，总算听见一阵慢条斯理的脚步声从隔壁传了过来。脚步声越来越响，菲尔立即打开电视用遥控器翻阅着录像机的列表，列表末尾还有一集孤零零的《欲望都市》，排在整整一季《24小时》后面，那是菲尔在一年多以前录下的节目。

菲尔从列表中选定了那集“女人与鞋”。从私心里讲，他并不讨厌这一集《欲望都市》，因此才手下留情放了它一马。这一集讲的是凯莉·布拉德肖前往参加一个新生儿送礼会，不得不脱掉一双价值不菲的鞋，结果宝贝高跟鞋从此没了踪影，凯莉还为此天翻地覆地闹了场风波。

菲尔跟这一集颇有共鸣，他也恨死了只穿袜子在朋友家里走来走去，倒不是因为担心有人打自己那双鞋的主意，但只要脱了鞋光着双脚，菲尔顿时有种沦落成野蛮人的感觉。“袜子是双脚的遮羞布。”他曾经这样告诉伊丽莎白，“只穿袜子在陌生人面前走动实在有点不雅。”

两人分手后，菲尔一股脑儿把伊丽莎白的剧集删了个干净，好腾出地方来录自己的节目，他也曾经起过念头要删掉这一集，却实在没能硬起心肠。多亏当时心软，这条漏网之鱼总算在今天派上了用场。

菲尔伸出右手攥住遥控器，拇指在“播放”键上徘徊，一直等到她的脚步一声声逼近两家中间的那堵墙壁。也许她正在沙发上对着一块面包圈大快朵颐，也许薄墙那边的她正打算打开自家的电视，总之菲尔认定她就在附近，于是摁下了大拇指，飞快地将音量调到最大。他的耳边奏起了《欲望都市》的主题曲，那乐声是如此洪亮，菲尔感觉木琴的旋律在自己的趾间嗡嗡作响，他的眼前闪过熟悉的镜头，荧幕上的凯莉·布拉德肖身着短裙，正一步一步穿过纽约。

这时菲尔转身面向着墙壁。“快来吧。”他一边自言自语，一边等待着对方入瓮。

汉娜：恋人，朋友，家

罗勃刚要戴上太阳镜，却猛然从镜子里望见了汉娜，不由露出了笑容。他舔舔嘴唇，对她眨了眨眼。汉娜顿觉有些难为情。

汉娜在罗勃面前停下了脚步，身上裹着浴巾，头发还在滴滴答答往下滴水。她先瞧了瞧他那一头邋里邋遢的乱发，又瞧了瞧他的双眼，再瞧了瞧他的T恤——罗勃的眼眸似乎比上次见到时黑了几分，他的T恤上星星点点地洒着干涸的血渍。汉娜细细地审视着一团糟的罗勃，罗勃也端详着她，脸上露出一抹坏笑。

“你要不要跟我们说说你到底取了谁的性命？”汉娜竭力摆出平静的口吻。

罗勃没有吱声。

汉娜向前靠了靠。“我可不会在纽约窝藏一名罪犯。”她的脸与罗勃隔着几英寸，“小心我去警局通风报信。”

“你下不了手。”罗勃低声说。

汉娜拉了拉毛巾的一头，免得不小心走了光。她和罗勃默默地凝视着对方，一动也不动。

“赶紧穿上衣服，我们马上出发。”薇琪大叫一声，吓得汉娜回过了神。“你们要是乐意眼对眼比谁撑得久，这一路四个小时你们可以比个够，不过我们先得离开这里。”薇琪说。

汉娜立刻行动起来，一溜碎步绕过罗勃走到手提箱前面，转头回浴室换上了衣服。等她再次露面，汉娜发现罗勃的目光正落在自己身上，此刻的汉娜已经穿戴整齐，上了淡妆，湿漉漉的头发挽到脑后，脚上套了一双人字拖。

罗勃一声不吭拎起汉娜的包往外走，汉娜望着薇琪把吉他盒子踢到了床底下，不禁一头雾水。“别管啦，拜托，我不想再要这东西了。”薇琪一边不好意思地说着，一边拎起了自己的包。

他们三人没来得及跟伴娘团道个别，贝是见不到了，此刻她想必正忙着和家人一起享用早午餐呢，其他伴娘也见不到，伴娘们要么仍和男伴一起呼呼大睡，要么已经登上了前往罗利的早班飞机。汉娜、薇琪和罗勃一溜小跑出了前门，这时汉娜依稀在大厅里瞥见了杰姬的身影，但她实在不敢一口咬定。

薇琪将两人带到了酒店背后的小停车场，一路上行李箱的轮子在鹅卵石上磕磕绊绊。

“我得喝点咖啡。”薇琪突然开口道，说完便把自己的行李塞进了后车厢，钻到了驾驶座上。

“我们干吗不在街上找个地方停一下？”汉娜问，“这个镇上有十六家咖啡馆呢。”

“算啦，”薇琪伸手在汽车储物箱里摸索着太阳镜。“我们去95号公路的免下车快餐窗口解决吧，我想尽快赶到纽约。”汉娜听完顿时满脸喜色。

薇琪踩下了油门，汉娜吧嗒一声翻下遮阳板，用上面的镜子端详着罗勃的举动。罗勃正低着头坐在她身后，伸手到行李袋中掏出一副太阳镜和一本平装书，把书搁在身旁的座位上。

罗勃刚要戴上太阳镜，却猛然从镜子里望见了汉娜，不由露出了笑容。他舔舔嘴唇，对她眨了眨眼。

汉娜顿觉有些难为情，立刻调了调镜子的方向免得照到罗勃。她的双眼还布满血丝，但脖子上被胸衣勒出来的印子已经开始消退。

她俯身从包里掏出黑莓手机，找到昨晚那条仅有三个字的短信又读了一遍——这封信该不是她自己活生生造出的白日梦吧。“搞掂了！”助理在短信中写道。汉娜定定地盯着手机屏幕，连口大气也不敢出。

她的心思随即又飘向了后座。汉娜一边暗笑一边把镜子调到可以看见罗勃的位置——她不打算再继续跟自己过不去。罗勃正望着她，双手轻轻抚摸着摆在大腿上的小说。他朝后一仰靠上椅背，往前溜了溜身子，把一只脚跷到前座中间的扶手上，运动鞋的鞋尖碰到了汉娜的胳膊，她顺势靠了上去。

“我们离海湾大桥只有五英里啦。”薇琪一眼望见了高速公路旁边的绿色标牌，开口向两人宣布。汉娜与罗勃双双露出了一抹笑容，汉娜轻声回答了一句话，目光却一直没有从罗勃身上挪开：“换句话说，再开上两百英里，我们就到家了。”

图书在版编目（CIP）数据
单身婚礼 / (美)顾思坦著；胡绯译.—成都：四川文艺出版社,2012.8
ISBN 978-7-5411-3534-7
Ⅰ.①单… Ⅱ.①顾… ②胡… Ⅲ.①长篇小说—美国—现代 Ⅳ.①I712.45
中国版本图书馆CIP数据核字（2012）第151232号

著作权合同登记号 图进字：21-2012-84

单身婚礼

Danshen Hunli

[美] 梅瑞迪丝·顾思坦 著　　胡 绯 译

选题策划 孙淑慧
责任编辑 钟 文 奉学勤
封面设计 江山社稷

出版发行 四川出版集团 四川文艺出版社
社　　址 四川省成都市槐树街2号
网　　址 www.scwys.com
电　　话 028-86259285（发行部） 028-86259303（编辑部）
传　　真 028-86259306
读者服务 028-86259293

印　　刷 北京外文印务有限公司
开　　本 880mm×1230mm 1/32
印　　张 9.5
字　　数 162千
版　　次 2012年10月第一版
印　　次 2012年10月第一次印刷
书　　号 ISBN 978-7-5411-3534-7
定　　价 28.00元